오리지마 카노코

Illustration
타다노 유키코

© Yukiko Tadano

하얀 거?

응, 두 번째 선반에 있는

커다란 거.

© Yukiko Tadano

거의 다 됐어—.

사가라, 미안한데 그릇 좀 꺼내줘—

어느새 그녀의 방에

내 그릇이 조금씩 늘어나기 시작했다.

주방 선반에 커플 머그컵이 나란히 놓여 있는 것을 보면 왠지

낯간지러운 기분이 들었다.

사가라 이치카

사가라의 의붓여동생.
나고야에 거주 중인 고등학교 2학년생.
어떤 때는 성실한 포니테일, 어떤 때는 건방진 갸루

소우헤이의 여자 친구가 어떤 사람인지 궁금했어요.

……소우, 헤이?

아, 오해하지 마세요. 전 소우헤이의 여동생이에요.

……여, 여동생?

소우헤이한테 얘기 못 들었어요?

© Yukiko Tadano

나는 지금까지 '수영복은 옷감의 면적이 적을 뿐,

유카타가 더 섹시하다'라는 생각의 소유자였는데,

앞으로는 그 주장을 바꿔야 할 것 같다.

수영복도 유카타와 다른 매력이 있고 그건 그것대로 훌륭하다고 생각한다.

도저히 우열을 가릴 수 없다.

CONTENTS

usotsuki lip
ha koi de kuzureru.

© Yukiko Tadano

커버 · 컬러 내지 · 본문 일러스트
타다노 유키코

제 1 장

연인들이 하는 일은

usotsuki lip
ha koi de kuzureru.

　수업 종료를 알리는 벨이 울리는 것과 동시에 교과서와 필통을 숄더백에 집어넣었다. 제일 앞줄 한가운데 있는 자리에서 일어나자 서둘러 강의실을 나섰다.

　스마트폰을 보니 [4교시 휴강이야! 2호관 식당에 있을 게]라는 LINE 메시지가 도착해 있었다. 그 메시지에 [끝 났어. 지금 갈게]라고 답장한다.

　신입생들로 붐비는 4월의 대학 캠퍼스는 어디를 둘러 봐도 온통 사람이다. 앞으로 한 달만 더 있으면 황금연휴 가 끝나면서 그 수도 확 줄어들겠지만.

　입학식이 일주일 정도 지났는데도 편의점 앞에 앉아 있 는 두 여학생은 왠지 어색하게 대화를 나누고 있었다. 그 녀가 기다리는 도서관으로 가는 길에 같은 스터디 그룹 에 있는 호쬬와 마주쳐서 짧은 대화를 나누었다.

　1년 전. 대학에 갓 입학한 나는 누구와도 눈을 마주치 지 않으려 하면서 캠퍼스 안을 걷고 있었다. 인사를 나눌 지인이라곤 한 명도 없었다. 친구와 연인도 필요 없고 그 저 평온무사하게만 지냈으면 좋겠다고 생각했었는데.

　──여기 앉아도 돼?

내 대학 생활을 완전히 바꾼, 그날. 그렇게 말하며 내 옆에 앉은 그녀는 지금도 내 옆에 계속 앉아 있다.

잔디 광장에서는 학생들의 즐거운 웃음소리가 울려 퍼지고 있었다. 광장 옆에 있는 화단에는 선명한 빨간색과 분홍색 꽃이 심겨 있다. 그 꽃이 제라늄이라는 건 그녀가 얼마 전에 가르쳐주었다. 이것 봐, 너무 예쁘지? 라면서 웃는 그녀가 없었다면 나는 분명 신경도 쓰지 않고 그냥 지나쳤을 것이다.

2호관에 있는 식당으로 들어가 주위를 두리번두리번 둘러본다. 사람이 제법 많았는데도 금방 그녀를 찾아낼 수 있었다. 자랑은 아니지만 그녀를 찾아내는 것 하나는 꽤 자신이 있다.

예쁘게 묶은 밤색 머리카락은 창문으로 비쳐 드는 햇빛을 받아 반짝반짝 빛나고 있었다. 나도 모르게 넋을 놓고 보고 있자 고개를 든 그녀가 나를 알아보고 반갑게 미소 지었다.

"사가라."

눈을 깜빡일 때마다 흔들리는 긴 속눈썹에 커다란 보석 같은 눈망울. 장밋빛 입술. 완벽하게 화장을 한 미인의 이름은, 나나세 하루코. 작은 빈틈 하나 없이 반짝반짝 빛나는 미인은 놀랍게도 평범하고 보잘것없는 내 연인이다.

……역시 이상해. 아무리 생각해도 이건 꿈인가?

나나세와 사귀기 시작한 지 약 2개월. 4월에 들어서면서 우리 둘 다 무사히 대학교 2학년생이 되었다.

"나나세, 휴강이었다고 했지? 기다리게 해서 미안해."

"아냐! 삿짱이랑 같이 얘기하느라 하나도 안 지루했는걸."

그제야 나는 스도 사키의 존재를 알아차렸다. 나도 모르게 "스도도 있었구나……"라고 중얼거리자 스도는 모양 좋은 눈썹을 찌푸리더니 "뭐?" 하고 노려보았다.

"내가 있으면 안 되나?"

"그런 말은 한마디도 안 했잖아. 있는지 몰랐던 거지."

"즉, 하루코 말고는 눈에도 안 들어온다 이거네?"

"따, 딱히, 그런 건…….."

완전히 부정하지도 못한 채 우물거리고 있자 스도는 어이가 없다는 듯 손을 팔랑팔랑 흔들었다.

"네, 네, 사이 좋아서 부럽슴미더. 내는 갑니데이."

스도의 놀리는 말에 나나세는 "그, 그런 거 아냐! 너무해, 삿짱!"이라며 얼굴을 붉혔다.

생각해 보니 1년 전만 해도 이런 미인 두 명이 대화하는 모습을 나와는 전혀 상관없는 다른 세계 사람이라고 생각하며 바라봤었는데. 그 당시의 나는 우리 스터드 그룹 최고의 미인과 사귀게 될 줄은 꿈에도 몰랐다.

"둘이 어디 가나?"

"아니. 그냥 같이 돌아가려고."

나나세는 고개를 가로저었지만, 오늘은 나나세의 집에

서 같이 저녁을 먹을 예정이라서 같은 장소로 돌아가는 셈이다. 나나세가 어젯밤에 오늘은 양배추말이를 만들 거라고 의기양양하게 말했었다.

"삿짱은 이제 갈 거야?"

"히로키가 올 때까지 기다릴 기다."

"그렇구나! 그럼, 내일 봐."

함께 식당에서 나와 주차장을 향해 나란히 걸어간다. 새로 산 봄빛 치마가 바람에 하늘하늘 나부꼈다.

이젠 익숙해졌지만 이렇게 나나세와 함께 걷고 있으면 노골적인 시선을 느낄 때가 많다. 우울하게 생긴 사내놈이 혼자 걷고 있어 봤자 아무도 신경 쓰지 않겠지만 옆에 있는 사람이 아이돌 뺨치는 미인이라면 이야기가 달라진다. 선망과 시기가 뒤섞인 시선이 날아와서 박히자 조금 아프다. 내가 나나세와 잘 어울리지 않는다는 것은 이미 충분히 알고 있다.

주차장에 도착하자 나란히 자전거에 올라탔다. 어쩔 수 없는 일이지만, 앞뒤 한 줄로 나란히 자전거를 타고 집에 가는 건 연인다운 분위기가 별로 안 난다. 그러다가 문득 떠오른 생각에 나나세를 불렀다.

"저기, 나나세, 2인승 자전거 안 타고 싶어?"

나나세는 '장밋빛 대학 생활'에 대한 동경을 품고 있는데 기회가 있을 때마다 (일단 남자 친구인) 내게 '청춘다운 상황'을 요구하곤 한다. 무려 지난주에는 둘이 함께 동네 공원에 가서 그네를 타기까지 했다. 십여 년 만에 서서 그네를 타고 있자 '이건 도대체 무슨 시간이지?'라는 허무함이 밀려왔지만, 옆에 있는 나나세는 만족스러워 보였다. 다음에는 학교에 있는 잔디 광장에서 비눗방울 놀이를 하고 싶다고 했다. 같이 할지 말지 조금 고민된다.

연인과 공원에서 그네를 타고 싶어 하는 나나세라면 2인승 자전거를 동경한다 해도 전혀 이상하지 않다. 라고 생각했지만 나나세는 정색을 하고 대답했다.

"사가라, 2인승 자전거는 도로교통법 위반이야."

"⋯⋯지당하신 말씀입니다."

맞는 말이다. 나나세는 당연한 말을 한 건데도 왠지 모르게 웃음이 나왔다. 나는 나나세의 이런 점이 참 좋다.

앞뒤로 나란히 자전거를 타고 니시오지도오리를 내려간다. 가는 길에 동네 마트에 들러서 저녁거리를 샀다. 나는 보통 저렴한 가격에 파는 우동 정도밖에 안 사지만, 나나세는 영양 균형을 고려해서 장을 보는 것 같았다.

둘이 함께 연립주택에 도착한 후, 나나세의 집으로 들어갔다. "다녀왔습니다!"라고 말한 나나세가 뭔가를 기대하는 눈으로 나를 쳐다봤다.

"⋯⋯어, 어서 와?"

다행히 정답이었는지 만족스러운 미소를 짓는 나나세.

"후후. 어서 와, 사가라."

"……다녀왔어."

뭐야, 이 대화는. 바보 커플도 아니고.

괜히 멋쩍어서 머리를 긁적이고 있자 나나세는 "옷 갈아입고 올게!"라면서 욕실로 사라졌다. 젖빛 유리 너머로 비치는 실루엣을 될 수 있는 한 안 보려고 고개를 돌렸다.

잠시 후에 나온 사람은 방금 전의 반짝반짝 빛나는 미인과는 동떨어진, 맨얼굴에 안경을 쓴 나나세 하루코였다. 양쪽으로 묶은 밤색 머리카락에 고등학교 때 체육복을 입고 있다. 반짝반짝 모드에서는 상상하기 힘든 수수함이다.

"저녁 준비할 테니까 잠깐만 기다려!"

체육복 위에 앞치마를 두른 나나세가 좁은 주방에 섰다. 내가 할 수 있는 건 아무것도 없다. 나나세에게만 맡기는 게 미안해서 지금까지 몇 번이나 "나도 도울게"라고 했지만 요리에 젬병인 나는 걸리적거리기만 할 뿐이었다.

머지않아 능숙하게 요리를 마친 나나세가 말했다.

"거의 다 됐어─. 사가라, 미안한데 그릇 좀 꺼내줘─."

"하얀 거?"

"응, 두 번째 선반에 있는 커다란 거."

선반에서 넓적한 접시를 꺼내 나나세에게 건넸다. 그 김에 밥공기도 꺼내서 밥통에서 밥을 푼다. 벚꽃 무늬가 들어간 조금 작은 게 나나세의 것이고 파란 세로줄이 들어간 게 내 그릇이다.

그러고 보니 언젠가부터 나나세의 집에 내 그릇이 조금씩 늘어나기 시작했다. 절대 싫은 건 아니지만, 주방 선반에 커플 머그컵이 나란히 놓여 있는 것을 보면 왠지 낯간지러운 기분이 들었다.

"고마워! 그럼, 먹자."

낮은 테이블 위에 접시를 내려놓은 나나세는 앞치마를 벗고 내 옆에 앉았다. "잘 먹겠습니다"라며 손을 맞대고 인사한 후, 따끈따끈한 김이 올라오는 양배추말이를 입으로 가져간다.

"맛있어?"

나나세가 조금 불안한 눈으로 나를 쳐다봤다. 잘 씹어서 삼킨 후에 "맛있어"라고 대답했다. 나나세가 만든 요리는 언제나 맛있다.

내 대답을 들은 나나세는 환한 얼굴로 기뻐했다. 두꺼운 렌즈 너머에 있는 눈이 실처럼 가늘어졌다.

"다행이다. 전에 요리 교실에서 배웠어. 맛있게 만들어져서 사가라도 꼭 먹어줬으면 좋겠다는 생각이 들더라구."

나나세는 반년 정도 전부터 스도와 함께 요리 교실에 다니고 있다고 한다. 굳이 비싼 돈까지 내면서 요리 교실에 안 다녀도 나나세의 요리 실력은 최고라고 생각하지만. 하긴 그런 건 내가 입을 댈 일이 아니다. 게다가 「먹어줬으면 좋겠다」는 말을 듣는 건 솔직히 기뻤다. 당연히 그 역할을 다른 녀석에게 양보할 생각은 털끝만큼도 없었다.

양배추말이를 다 먹은 나는 "잘 먹었습니다"라고 두 손을 맞대고 인사한 후, 싱크대로 그릇을 가져갔다. 나나세는 "그냥 두면 돼"라고 했지만 그럴 수는 없다. 하다못해 뒷정리 정도는 하게 해줘.

"늘 미안해. 다음엔 내가 맛있는 거 사줄게."

"아냐. 식비도 받고 있는데 그럴 필요 없어. 대신 다음에 학교 근처에 있는 라멘 가게에 가자. 늘 사람들이 줄을 서 있어서 궁금했었는데 막상 혼자 줄을 서려니까 쓸쓸하더라구."

"알았어."

기본적으로 나는 「밥은 줄을 서서까지 먹는 게 아니다」라는 주의지만 나나세가 그렇게 말한다면 어쩔 수 없다. 나나세를 위해서라면 지금까지 고수해 온 소소한 고집 따윈 얼마든지 버릴 수 있었다. 내가 생각해도 참 신기하다. 카모가와 강변에 나란히 앉아 있거나 그네를 타는 내 모습을 1년 전의 내가 봤다면 뭐라고 생각할까.

그래도 나는 예전의 나보다 현재의 내가 더 좋다.

"사가라, 왜 싱글거리고 있어?"

"……아, 아무것도 아니야."

나나세의 말을 들은 나는 서둘러 표정을 굳혔다. 최근

들어 나는 헤벌쭉할 때가 많아진 것 같다.

뒷정리를 끝내고 나나세와 나란히 앉아서 TV 드라마를 보면서 이런저런 대화를 나누었다.

완전히 맨얼굴 오프 모드인 나나세는 편안한 표정으로 내게 몸을 기댔다. 딱 붙어 오자 팔뚝 부근에 부드러운 물체가 닿았다. 드라마 내용 따윈 머리에 들어오지도 않는다. 어깨 정도는 안아도 되지 않을까, 망설였지만 결국 용기가 나지 않아서 아무것도 못 했다.

날짜가 바뀔 무렵, 나나세의 눈에 슬슬 졸음이 차오르자 "그만 가볼게"라며 일어났다.

"벌써 가게?"

내 점퍼 자락을 꽉 잡은 나나세가 눈을 살짝 위로 떠서 바라보고 있다. 아쉬워하는 그 표정을 본 순간, 기우뚱, 하고 이성이 한쪽으로 기울었다.

안 돌아간다고 하면 어떻게 할 거야?

목구멍까지 올라온 말을 서둘러 꾹 삼켰다. 나나세가 한 말에 깊은 의미는 없을 것이다. 혼자 앞서 나갔다가 상처를 주는 일이 있어서는 안 된다.

"너도 곧 잘 거잖아. 내일 1교시 수업이라며?"

"……응. 맞아."

"잘 자, 사가라."

나나세가 그렇게 말하며 헤엣 하고 웃었다. 역시 가지

말까, 라는 말이 튀어나오려는 것을 꾹 참고, "너도 잘 자"라고 대답했다.

집으로 돌아와서 조금 전에 본 나나세의 미소를 되새겨 본다.

……연애라는 거, 의외로 괜찮구나.

이제까지는 나 한 명으로 완결되던 대학 생활에 나나세의 존재가 있다. 내 생활의 일부에 다른 사람이 개입하는 것을 얼마 전의 나라면 성가시게 생각했겠지만―현재의 나는 그렇게 생각하지 않았다. 나나세가 없는 대학 생활은 상상조차 할 수 없다.

그렇지만 나나세는 정말 나로도 충분한 걸까.

――사가라, 난 말이야. 장밋빛 대학 생활을 보내고 싶어.

나나세와 사귀기 시작한 지 약 두 달이 지났다. 나는 아직 나나세가 바라는 '멋진 남자 친구'와는 한참 거리가 멀다.

'장밋빛 대학 생활'을 지향하는 나나세 옆에 내가 있어도 되는 걸까. 나는 아무리 좋게 봐도 모두가 부러워하는 이상적인 남자 친구는 아니다. 그렇다면 나는―좀 더 노력해야 하지 않을까. 필사적으로 노력해서 자기를 바꾼 나나세처럼.

그도 그럴 것이, 나는 나나세가 장밋빛 대학 생활을 보낼 수 있도록 협조하겠다고 약속했으니까.

더니 싱글거리며 미소 지었다. 뭐가 그렇게 재미있냐, 하는 생각에 발끈했지만 가르침을 구걸하는 입장이라 꾹 참았다.

점심시간의 학생 식당, 나는 꽃미남—— 아니, 같은 스터디 그룹의 호죠와 점심을 먹고 있었다. 오늘도 메뉴는 제일 저렴한 우동이다. 우동을 후루룩 먹으며 호죠에게 묻는다.

"……뭘 하면 좋을지 도통 알 수가 없어서 물어보는 거야."

일단 돈을 벌기 위해 아르바이트 시프트를 많이 넣긴 했지만, 어디를 가면 좋을지, 뭘 사면 좋을지 통 모르겠다. 지금까지 나나세 외에 다른 여자와 사귄 적은 없지만 생일 데이트가 평소와 똑같아선 안 된다는 건 알고 있다. 못해도 평소보다 고급스러운 가게에서 식사를 하고 선물을 주는 것 정도는 해야 하지 않을까. 예전에 나나세에게 립스틱을 선물한 적이 있으니 똑같은 것을 줄 수도 없는 노릇이다.

나는 고민 끝에 지식인의 지혜를 빌리기로 했다. 약은 약사에게 물어보는 게 제일인 법. 얼마 전까지의, 누구에게도 의지하지 않고 혼자 살겠다는 모드는 예전에 버리고 없었다. 나 같은 놈이 혼자 머리를 싸매고 끙끙거려봤자 나오는 아이디어라고 해봐야 뻔하다.

"그래, 곧 나나세의 생일이구나. 음, 5월이라고 했나?"

"5월 3일! 우리도 축하해주긴 할 건데, 그래도 당일엔 사가라한테 양보해 주지."

대화에 끼어든 건 호죠의 옆에 앉아 있는 스도였다. 호죠에게 잠깐 보자고 했다가 때마침 같이 있던 스도까지 따라온 것이다.

"넌 왜 있냐?"

"하루코에 대한 거라면 히로키보다는 절친인 내한테 물어봐야 되는 거 아이가?"

"음…… 너한테 말하면 나나세도 금방 알게 될 것 같아서……."

여자의 입은 깃털보다 더 가볍다고 옛날에 누군가 말했었다. 하지만 스도는 불만스럽게 입을 삐죽거렸다.

"너무 무시하는 거 아이가? 이래 봬도 내 입이 을마나 무거운데."

어쩔 수 없다. 그렇게까지 말한다면 믿어주자.

"점심이나 저녁, 뭘 먹으면 되지?"

"아―, 어디로 갈 낀데? 시조도리? 잠깐만. 내가 적당한 가게를 찾아서 보내줄게."

호죠는 그렇게 말하자마자 내 LINE으로 음식점 URL을 몇 개 보내줬다. 가게 선택 속도도 굉장히 빠르다. 아마 평소에도 늘 괜찮은 가게를 체크해서 저장해두고 있을 것이다. 하나 같이 근사한 곳이고 대학생 입장에서는 조금 무리를 해야 할 분위기였지만, 그렇다고 깜짝 놀랄 정도로 비싸지도 않았다.

"여긴 붐비니까 예약 필수. 이쪽은 좀 시끄러우니까 데이트 분위기를 내기엔 좀 그럴기다. 여긴 분위기는 좋지만 맛은 그냥저냥."

"잠깐만. 내는 거기 가본 적 없는데 누구랑 갔노?"

호죠의 스마트폰을 들여다본 스도가 험악한 분위기를 풍긴다. 호죠는 여유로운 미소를 지으며 "사키랑 같이 가려고 알아둔 거지"라며 능숙하게 넘어갔다. 음, 역시 노련하다.

이런 일에 관해 호죠보다 더 믿음직한 존재는 없다. 예전에 나나세에게 고백하려고 했을 때, 조금도 계획대로 되지 않았던 게 떠오른다. 그때도 호죠에게 도움을 구했다면 조금은 더 수월했을지도 모른다. 뭐, 이제 와서 이런 말해봤자 아무 소용 없지만.

"……생일 선물은? 스도, 나나세한테 뭐 줄 거야?"

내 질문에 스도는 팔짱을 끼며 대답했다.

"바디 스크럽. 자기 돈 주고는 못 사지만 다른 사람에게 받으면 기쁜, 제법 괜찮은 브랜드로."

"바……? 그게 뭔데?"

나는 그런 건 고려조차 못 해 봤다. 어떻게 사용하는지도 모른다. 내가 어리둥절하고 있자 호죠는 "뭐, 남자 친구가 주기엔 좀 그렇지"라며 웃었다.

"선물은 무난하게 액세서리가 좋을 것 같은데."

'무난'한 게 어떤 건데? 무난한 걸 고를 자신이 없으니까 이렇게 물어보는 거잖아.

호죠의 말을 들은 스도가 곁눈질로 찌릿 노려봤다.

"잠깐, 히로키. 방금 무난이라고 했나? 니는 항상 그런 마음으로 선물을 고르나 보지?"

"아니, 그건 표현이 그런 거지, 사키한테 주는 건 엄청 진지하게 고민해서 고른다니까. 앗, 아얏, 정강이 좀 차지 마. 꼭 인체의 급소만 골라 가면서 때리더라."

바로 코앞에서 꽁냥거리는 커플을 무시하고 나나세가 기뻐할 액세서리는 뭘까 잠깐 생각해 본다.

멋 내는 걸 좋아하는 나나세는 늘 머리와 귀, 목에 무언가를 달고 있었다. 그녀의 방에 있는 액세서리 상자 안에도 온갖 종류의 액세서리들이 가득하다. 나나세는 늘 그것들을 행복하게 바라보곤 하는데 난 뭐가 어떻게 다른 건지 도무지 알 수 없었다. 게다가 나나세에게도 취향이라는 게 있을 테고.

"……나나세처럼 '멋 내기에 목숨을 걸고 있습니다――' 같은 타입의 사람에게 장식품을 선물하는 건 허들이 너무 높지 않아?"

"그런가? 나나세라면 사가라가 사준 거라면 뭐든 기뻐할 것 같은데."

"뭐? 하루코한테 아무거나 사서 주면 가만 안 둘 기다!"

스도가 가차 없이 압박을 가해왔다. 나 역시 나나세가

내가 선물한 촌스러운 액세서리를 하고 다니는 건 싫고 가능하면 그런 사태는 피하고 싶었다.

"……부탁인데 같이 선물 사러 가주면 안 될까?"

"싫어. 나라면 다른 여자가 같이 가서 골라준 선물 따윈 절대 안 받고 싶을 기다."

스도가 단호하게 거절하자 나는 어깨를 축 늘어뜨렸다. 그런 건가. 역시 난 그런 점에서 매너라고 할까, 세심함이 부족한 것 같다. 어떻게 할까 고민하고 있자 호죠가 도움의 손길을 내밀어주었다.

"그럼, 생일 당일에 나나세랑 같이 사러 가는 건 어때?"

"……어? 그래도, 될까?"

호죠의 제안을 듣는 순간 깨달음을 얻었다. 이런 건 미리 준비해 뒀다가 서프라이즈 이벤트처럼 주는 건 줄로만 알았는데.

"당연히 되지. 개인 취향이라는 것도 있으니까."

"응. 응. 오히려 취향에 안 맞는 걸 받는 것보다는 훨씬 낫다. 그래도 대충 정해두고 가는 게 좋을 기다. 무엇이든 좋다고 하면 하루코는 분명 싼 걸로 살 거니까! 어느 정도 가격대의 가게에서 좋아하는 걸로 골라봐, 라는 식으로 제안하는 게 좋다!"

"아, 알았어."

그 정도라면 나도 그럭저럭 잘할 수 있을 것 같다. 이제야 어깨의 짐이 한결 가벼워진 기분이다. 최근 며칠,

계속 이 문제로 골머리를 앓았다. 부끄러움을 무릅쓰고 물어보길 잘했다.

"……고마워, 덕분에 살았어."

솔직하게 감사 인사를 건네자 스도가 훗 하고 코웃음을 쳤다.

"딱히. 니가 아니라 하루코를 위해 조언한 거니까."

"사키, 그 발언, 완전 츤데레 같다?"

호죠가 찬물을 끼얹자 "시끄러워!"라며 머리를 살짝 때리는 스도. 이 자식들, 틈만 나면 알콩달콩 난리네, 라며 싸늘한 눈으로 쳐다보고 있자 스도의 창끝이 나를 향했다.

"그런데 사가라, 하루코랑 데이트할 때 적당히 멋도 좀 부리고 하지? 설마 그런 차림으로 가는 건 아니겠지."

스도가 그런 차림이라고 칭한 건 늘 입는 검은색 점퍼다. 둘이 함께 외출할 때, 나나세는 늘 예쁘게 차려입지만, 나는 학교에 갈 때와 거의 다르지 않다. 멋이라는 건 내 사전에는 없는 말이다.

"아니…… 늘, 이렇게 입는데."

스도는 내 대답이 마음에 안 들었는지 눈썹을 치켜올리며 호통을 쳤다.

"뭐?! 니 진짜 그렇게 입고 나가나?! 사가라, 거기 똑디 앉아 보레이."

그때부터 점심시간이 끝날 때까지, 나는 꼼짝없이 스도의 패션 강의를 들어야만 했다. 마음은 고맙지만 그것까지 해달라는 말은 안 했잖아.

학교에서 돌아온 후, 검색 사이트를 이용해서 생일 작전을 세웠다. 지난달에 산 노트북을 열고 [교토 대학생 데이트 추천] [생일 선물 여자 친구 액세서리 브랜드] [대학생 남자 데이트 복장] 같은 키워드로 검색하다가 머리를 싸맸다.

이렇게 낯간지러운 단어로 가득한 검색 기록, 다른 사람한테는 절대 못 보여줘······!

액세서리 브랜드의 홈페이지를 보면서, 하나도 모르겠어, 라며 망연자실해 있었다. 목걸이에 피어스, 팔찌 등, 몸에 걸치는 액세서리의 종류가 많아도 너무 많았다. 후기를 찾아보면 이건 별로고 저건 필요 없고 등등, 다양한 의견이 얼마나 많은지 오히려 머리만 더 아파졌다. 생일 선물 고르기는 난이도가 너무 높다.

그러고 있는 동안 아르바이트를 하러 갈 시간이 다 되었다. 나갈 준비를 하려고 일어난 순간, 인터폰이 울렸다. 문을 열자 맨얼굴의 나나세가 서 있었다.

"나, 나나세."

얼굴을 볼 수 있어서 기쁘긴 하지만 지금은 타이밍이 좀 그렇다. 멈칫하는 나를 본 나나세는 웃는 얼굴로 작은 냄비를 내밀었다.

"갑자기 찾아와서 미안! 이거 너무 많이 만들었는데 괜찮으면 좀 먹어."

냄비 속에는 닭고기와 토란 조림이 들어 있었다. 먹음 직스러운 냄새가 난다. 요즘은 아르바이트 때문에 바빠서 나나세가 손수 만든 요리를 통 못 먹었기 때문에 기쁜 마음이 앞섰다.

"고마워. 아르바이트 끝나고 오면 먹을게."

"아, 오늘도 아르바이트하러 가구나. 뭐 하고 있었어? 공부?"

나나세가 문득 내 등 뒤로 시선을 던졌다. 그녀의 시선 끝에는 열어둔 채로 둔 노트북이 있었다. 화면에는 조금 전까지 보고 있었던 액세서리 사진들이 가득했다.

"……앗!"

아뿔싸, 하며 서둘러 노트북을 닫았다.

……어, 어떡하지? 혹시 다 봤나……?

제발 못 봤기를 바라며 쭈뼛쭈뼛 나나세의 반응을 살피자 그녀는 이상하다는 듯 고개를 살짝 기울이고 있었다.

"아, 무슨 일 있어?"

"아니, 별로……앗. 그. 이상한 사이트 같은 걸 보고 있었던 게 아니라."

나도 모르게 횡설수설했다. 나나세는 맑은 눈동자로 "이상한 사이트?"라고 물었다. 당연히 설명할 길이 없는 나는 그냥 잠자코 있었다. 이러니까 더 수상하잖아, 라는 생각도 들었지만, 괜한 오해를 사는 일만은 없기를 기도 하는 수밖에 없었다.

"어, 어쨌든, 난 이만 아르바이트하러 가야겠어. 저녁
밥, 고마워."

"으, 응. 잘 다녀와."

나는 다소 강제적으로 나나세의 등을 떠민 후 문을 닫
았다. 모처럼 저녁을 가지고 와줬는데 쫓아내는 모양새
가 되어서 미안할 뿐이다.

아마…… 안 들켰……겠지?

나나세의 생일까지 앞으로 일주일. 과연 나는 '근사한
남자 친구'의 역할을 무사히 해낼 수 있을 것인가.

황금연휴 후반, 5월 3일. 오늘은 오랜만에 사가라와 데
이트를 하는 날이다.

평소보다 더 정성 들여 스킨케어를 한 후, 커다란 메이
크 박스를 열고 화장을 시작했다. 평범한 내 얼굴이 화려
하게 변해가는 이 과정을 나는 참 좋아한다. 마무리로 사
가라에게 선물로 받은 립스틱을 바르고 거울을 향해 생
긋 웃었다.

으흠. 내가 봐도 맨얼굴을 상상하기 힘들 정도로 굉장
한 솜씨다.

오늘 입고 나갈 옷은 지난주에 새로 산 셔츠 원피스다.

액세서리 케이스 안에서 골드 링 피어스와 목걸이를 골랐다. 이 목걸이는 큰맘 먹고 산 브랜드 제품으로 기합을 넣고 싶은 날에 하곤 한다.

옆머리를 땋아서 느슨한 하프업 스타일로 마무리. 오늘은 많이 걸을지도 모르니까 신발은 스니커로 하자. 하얀 컨버스 스니커를 신고 집을 나섰다.

맑고 푸른 하늘에 아침 공기도 상쾌하고 시원하다. 나는 들뜬 마음을 자제하며 옆집의 인터폰을 눌렀다. 얼마 지나지 않아 문이 열리고 사가라가 얼굴을 내밀었다.

"안녕! 오늘 날씨도 너무 좋아!"

그러자 사가라는 "안녕"이라며 졸린 얼굴로 대답했다. 텐션은 평소처럼 낮았지만 어제도 늦게까지 아르바이트를 했으니 어쩔 수 없다.

"……어라? 사가라, 그 차림…….."

오늘 사가라는 푸른색 긴소매 셔츠에 폭이 좁은 검은색 바지를 입고 있었다. 신발은 나와 비슷한 캔버스 스니커다. 평소에는 맨손에 지갑과 스마트폰만 호주머니에 넣고 다니는 경우가 많은데 오늘은 검은색 힙색을 비스듬하게 차고 있었다.

평소의 사가라와 다른 코디에 나는 놀라움을 감추지 못했다. 사가라는 옷에 별로 관심이 없고 「싸고 입기 편하며 세탁하기 쉬우면 충분하다」고 생각하는 사람이다.

"여, 역시 이상해?"

©Yukiko Tadano

사가라는 불안한 얼굴로 자신의 차림새를 확인했다. 나는 힘껏 고개를 가로저었다.

"아니, 전혀 이상하지 않아! 멋져!"

그제야 사가라는 "그렇다면, 다행이고"라며 표정이 풀어졌다.

멋지다고 말한 건 빈말이 아니라 진심이었다. 늘 자세가 안 좋다 보니 모를 뿐이지, 사가라는 키도 크고 늘씬하며 의외로 스타일도 좋다. 얼굴도 수수하긴 해도 자세히 보면 꾸밈없는 얼굴에 의외로 멀끔하게 생겼다. 머지않아 다른 사람들도 사가라가 멋지다는 사실을 깨닫게 될지도 모른다. ……그건 좀 곤란한데.

"……좋아. 자, 갈까."

사가라는 그렇게 말하더니 자연스럽게 내 손을 잡았다. 왠지 침착하지 못하고 긴장으로 굳은 얼굴을 본 나는 웃음이 비어져 나오려는 것을 필사적으로 참았다.

……으으, 싱글거리면 안 돼. 드, 들키지 않도록, 조심해야지……!

나는 볼 안쪽 살을 깨물며 사가라의 손을 꽉 힘주어 맞잡았다.

5월 3일, 나나세의 생일 당일.

나는 아침부터, 스도의 조언을 참고해서 구입한 옷을 입고 머리를 매만진 다음, 오늘 일정을 꼼꼼하게 숙지하고 나서 데이트에 임했다. 잊지 않고 사둔 티켓으로 로맨스 영화를 본 다음, 쇼핑몰로 이동해서 나나세와 함께 쇼핑을 했다. 그녀는 "요즘 옷을 너무 많이 샀어"라고 망설이면서도 결국 초코 민트 아이스크림과 비슷한 색의 카디건을 샀다. 나는 자연스럽게 그녀의 짐을 들어주는 데 성공했다.

여기까지는 아주 순조로웠다. 나나세에게 고백한, 첫 데이트를 생각하면 아주 잘하고 있는 편이다.

그 후에 간 곳은 호죠가 가르쳐준 이탈리안 레스토랑이었다.

가게 내부는 근사한 분위기에 피자를 굽는 본격적인 화덕도 있었다. 밤에는 가격이 꽤 나가는 것 같지만, 런치 코스는 그럭저럭 적당한 편이다. 과연 제대로 선택한 건지 불안했지만, 나나세가 기쁜 얼굴로 "멋진 가게야"라고 말해줘서 마음이 놓였다. 호죠, 다 네 덕분이야.

코스 요리를 다 먹고 나자 갑자기 가게 안이 어두워졌다. 그러더니 느닷없이 생일 축하 음악이 흐르면서 상냥한 미소를 지은 종업원이 우리 테이블로 케이크를 가지고 왔다. 딸기 생크림 조각 케이크에는 [Happy Birthday]라고 적힌 초콜릿 플레이트가 올려져 있었다.

"생일 축하합니다!"

종업원이 나나세를 향해 미소를 지었다.

──으아, 이거, 생각했던 것보다 5배는 더 부끄럽잖아……!

호죠의 조언에 따라 예약할 때 따로 부탁하긴 했지만 막상 실제로 해 보니 얼굴이 다 화끈거렸다. 역시 나랑은 안 맞는다. 다른 손님들까지 박수를 치자 더 몸 둘 바를 모르겠다.

……하지만, 오늘은 이 정도로 굴복해선 안 돼.

나는 맞은편에 앉아 있는 나나세를 똑바로 보면서 말했다.

"……나, 나나세. 생일 축하해."

그러자 나나세는 과장되게 눈을 휘둥그레 뜨더니 더 과장된 몸짓으로 두 손을 입가에 댔다.

"……와, 와아~ 깜짝 놀랐어~! 저, 전혀 몰랐지 뭐야! 사가라, 내 생일, 기억하고 있었구나?"

갑자기 일본어가 모국어가 아닌 사람처럼 어색하게 말하는 모습을 보자 그만 힘이 쭉 빠졌다.

나를 배려한답시고 최선을 다해서 놀라는 시늉을 하고 있는 거겠지만, 안타깝게도 훤히 다 보였다. 너무 발연기다. 정직한 나나세는 거짓말이 영 서툰 사람이었다.

"……나나세 ……내가, 생일 축하해주려고 한 거…… 처음부터, 다 알고 있었어?"

"…………응."

내 물음에 나나세는 유감스럽게 고개를 끄덕이더니——
결국 못 참고 어깨까지 들썩거리며 웃기 시작했다.

"왜, 왜 웃어!"

"아, 아니야! 너무 기뻐서 그래……! 얼마 전부터 계속 준비하고 있는 게 훤히 다 보이더라구. 그치만 이것저것 많이 알아보고 고민했을 거라 생각하니……."

내 딴에는 몰래 한다고 했는데 아니었나 보다. 서프라이즈 이벤트란 거, 참 어렵구나…….

내가 풀이 죽어 있자 나나세는 황급히 "미, 미안해"라고 말했다.

"그 마음이 얼마나 고맙고 기쁜지 몰라. 축하해줘서 정말 고마워."

나나세가 반달눈을 하며 헤엣 하고 웃었다. 비록 서프라이즈는 성공하지 못했지만…… 나나세가 이렇게 기뻐해 주니 실패는 아닌 셈이다. 아마도.

그 후에 둘이 같이 케이크를 먹고 계산할 때는 "내가 낼게" 하고 다소 밀어붙이듯 말해서 별로 스마트하진 못했지만, 어쨌든 계산도 내가 했다. 이어서 오늘의 최대 난관, 생일 선물 고르기가 기다리고 있다.

"사가라, 다음엔 어디 갈 거야?"

"아—…… 일단 따라와."

나는 그렇게 말하고 나나세와 함께 시조카와라마치에

있는 백화점으로 들어갔다. 1층에는 나나세가 좋아하는 화장품과 액세서리 가게가 죽 늘어서 있다. 평소엔 이런 곳에 오면 나 혼자만 따로 노는 것 같아서 괜히 주눅이 들곤 했지만, 제법 말쑥하게 차려입은 오늘은 평소보다 당당한 기분이었다. 화장을 통해 자신감을 얻는 나나세의 마음을 조금이지만 알 것 같았다.

나는 점찍어둔 가게 앞에서 걸음을 멈췄다. 반짝반짝 윤이 나는 진열장에는 온갖 액세서리가 진열되어 있었다. 하나 같이 나나세가 좋아할 것 같은 디자인이다. 스도에게도 확인하고 GO 사인을 받았으니 크게 빗나가진 않을 것이다…….

"……맘에 드는 걸로 골라 봐."

"어?"

"그…… 생일 선물이야."

"진짜?! 그래도 돼?! 너무 기뻐!"

나나세의 얼굴 가득 미소가 피어올랐다. 그러더니 설렘으로 반짝이는 눈동자로 진열장을 들여다본다. 여기저기 분주히 시선을 옮기면서도 "어떻게 하지……어떤 걸로 할까" 하고 뺨까지 붉혀가며 황홀해했다.

디자인도 다양한 액세서리를 한차례 훑어본 나나세는 수줍은 미소를 지었다.

"……나, 반지가 갖고 싶어."

"엇? 바, 반지?"

나나세의 말에 나는 살짝 동요했다.

지금까지 생각해 본 나나세의 생일 선물 후보 중에 반지라는 선택지는 없었다. 연인에게 선물하는 반지에는 그 나름의 의미가 부여되는 느낌이 들어서. 그, 뭐라고 할까……약혼이나 결혼, 뭐, 그런 거 말이다.

"안, 돼?"

나나세가 불안해하며 묻나 나는 재빨리 "안 될 게 뭐가 있어"라고 대답했다.

괜히 나 혼자 큰 의미를 두는 것일 뿐, 나나세에게는 평범한 장식품 중 하나에 지나지 않을 것이다. 아마 다른 연인들도 가벼운 마음으로 서로 반지를 주고받는 것일지도 모른다. 고작 반지 하나 가지고 이렇게 의식하면 오히려 나나세가 부담스러워할 수도 있다.

"……알았어. 좋아."

"고마워! 저기, 반지 좀 볼 수 있을까요?"

그러자 가게 직원은 진열장 밑에서 거대한 상자를 꺼냈다. 그 안에는 반지가 잔뜩 줄지어 있었다. 나나세는 내 소매를 끌어당기며 조심스럽게 속삭였다.

"……네가 골라줘."

"뭐?"

예상 밖의 전개다. 내 센스를 믿을 수가 없어서 이렇게 같이 사러 온 건데.

"아니, 난 이런 건 잘 몰라서……."

"그치만 오늘은 내 생일이잖아!"

반짝거리는 눈으로 그런 말을 하면 거절할 수가 없다. 하지만 솔직히 내 눈에는 죄다 비슷해 보였다. 눈부신 녀석들과 한참을 서로 노려 보고 있자 머리가 어질어질해지기 시작했다.

"……이건?"

"괜찮네."

"……역시, 이거?"

"응응, 그것도 귀여워."

이것저것 손가락으로 가리켜봤지만 나나세의 반응은 거의 다 비슷해서 정답을 통 모르겠다. 나나세는 곤혹스러워하는 나를 보고 마냥 기쁘게 생글생글 웃고 있다. 혹시 "좋아하는 사람이 나를 위해 열심히 고민해 주는 게 너무 기뻐"라는 그건가?

결국 나는 나나세의 안색을 살피며 약 1시간이 걸려서야 반지를 골랐다. 작은 보석이 박힌, 가느다란 금반지다. 완전히 피폐해진 상태로 계산을 끝내고 예쁘게 포장된 반지를 받았다.

"정말 기뻐! 사가라, 고마워!"

나나세는 백화점 밖으로 나오자 내 팔을 꼬옥 끌어안았다. 팔짱을 끼고 걷는 건 조금 쑥스럽지만, 오늘만큼은 어쩔 수 없다. 그도 그럴 것이, 오늘은 사랑스러운 여자친구의 생일이니까.

그 후로도 둘이 함께 여기저기 거리를 걸어 다니다가 카모가와 강변에 나란히 앉아 있었다. 때마침 해 질 녘이라 산 너머로 천천히 태양이 기울고 있다. 예전에는 그렇게나 싫어했는데 지금은 교토의 명물인 카모가와 강변에 동일한 간격으로 앉아 있는 커플들 중 하나가 되었다.

나나세와 사귀고 나서야 카모가와 강변에 앉아 있는 커플들의 마음을 알게 되었다. 자리를 잡고 앉아서 둘이 느긋하게 대화를 나누기에 이보다 좋은 곳은 없다. 지금 같은 계절에는 따뜻하고 바람도 상쾌하다.

"이거, 열어봐도 돼?"

나나세는 못 기다리겠다는 듯 반지가 든 쇼핑백을 들어 보였다. "물론"이라는 말에 나나세가 포장을 풀자 안에서 작은 상자가 나왔다. 상자에서 반지를 꺼낸 나나세가 왼손을 가만히 내밀었다.

"……사가라가 끼워주지 않을래?"

"아?! 아, 아니, 그건……."

그건 역시 허들이 너무 높다. TV에서 자주 본, 무릎을 꿇고 반지를 끼워주는 장면이 머리에 떠오르자 나는 동요했다. 그런 건 그에 맞는 상황에서 해야 하는 것 아닌가?

"미안. 농담이야."

당황한 나를 보고 나나세가 웃었다. 조금이지만 마음이 놓였다.

나나세는 잠깐 고민하는 것 같더니 오른손 약지에 반지를 꼈다. 가게에서 사이즈를 쟀기 때문에 마치 주문 제작이라도 한 것처럼 그녀의 손가락에 잘 맞았다.

"예뻐라! 에헤헤, 소중히 할게."

나나세는 석양을 향해 손가락을 들어 보이며 황홀한 미소를 지었다. 오렌지색 빛을 받은 반지도 빛나고 있지만 그것을 바라보는 나나세의 눈동자가 내 눈에는 더 반짝반짝 예뻐 보였다.

"오늘, 고마워. 너무 즐거웠어."

"……그랬다니 다행이야."

나나세의 말에 나는 가슴을 쓸어내렸다. 나나세가 바라는, '근사한 남자 친구'라는 것에 조금은 가까워졌을까.

해가 완전히 저물자 주위에는 순식간에 어스름한 땅거미가 깔렸다. 파르스름한 하늘에 떠오른 달은 마치 실처럼 가느스름하다. 바로 코 앞에 있는 나나세의 얼굴은 어두운 곳에서도 잘 보였다.

한동안 서로 아무 말 없이 기분 좋고 편안한 침묵에 잠겨 있다가 문득 나나세가 입을 열었다.

"있지, 사가라. 오늘 내 생일 맞지?"

왜 뜬금없이 다 아는 얘기를 하는 걸까. 내가 "응"하고 고개를 끄덕이자 나나세는 뺨을 붉히며 귓가에 대고 속삭였다.

"……마지막으로 하나 더, 선물 받고 싶어."

그리고 나나나세는 무언가를 기대하는 것처럼 속눈썹을 파르르 떨며 눈을 감았다. 그녀의 의도를 알아챈 나는 주위를 두리번거리며 확인한 후, 장밋빛 입술에 짧게 입을 맞추었다.

　짧은 순간 살짝 입술이 맞닿은 후, 눈을 뜬 나나세가 에헷 하고 미소 지었다.

　"고마워, 사가라."

　……오늘 생일의 주인공은 분명 나나세인데 선물은 오히려 내가 받은 기분이었다. 나나세에게 받은 행복의 10분의 1이라도 그녀에게 제대로 전해졌을까.

　나는 용기를 내서 나나세의 오른손을 살짝 잡았다. 그녀의 약지에 끼워진 반지의 감촉이 조금 차가워서 왠지 마음이 더 진정되지 않는 것 같았다.

거짓말쟁이 입술은

사랑에 무너진다

usotsuki lip ha koi de kuzureru.

제 2 장

폭풍의 예감

최근 들어 나는 아르바이트가 없을 때는 대학 도서관이나 연구실에 틀어박혀 있다.

황금연휴가 끝나고 1학기 시험까지 아직 시간이 남은 지금 시기는 교내에 사람이 별로 없다. 차분하게 공부하기에 더할 나위 없이 좋은 환경이다. 나는 카페나 패밀리 레스토랑에서는 정신이 산만해서 공부를 못 하는 타입이다.

4교시까지 이어진 수업을 마친 후, 나는 곧장 연구실로 향했다. 최근엔 정신 없이 아르바이트를 하느라 공부를 소홀히 했다. 묵묵히 필기 문제집을 풀고 있는데 연구실 문이 열리는 기척이 났다. 뒤를 돌아보니 호죠가 서 있었다.

"어라, 사가라. 뭐 하노?"

"공부하는 중인데……너야말로 뭐 하는 거야?"

"교수님한테 볼 일. 연구실에서 기다리라고 하시더라고."

일부러 교수님을 찾아오기까지 하다니, 보기와 달리 성실한 녀석이다. 그러고 보니 이 녀석, 시험 전에는 늘 큰일이라고 호들갑을 떨면서 막상 보면 학점은 야무지게 잘 딴다. 역시 요령이 좋은 놈이다.

"맞다, 나나세 생일은 어땠노?"

호쬬는 싱글거리며 양해도 구하지 않고 내 맞은편에 걸터앉았다. 당시를 떠올린 나는 "아——……" 하고 말을 우물거렸다.

"엇, 혹시 실패? 미안, 내가 영 감이 죽었나 보네."

"……아니, 전혀. 꽤 성공적, 이었던 것 같아……."

전체적으로 보면 그리 나쁘진 않았다고 생각한다. 나나세가 말한 "즐거웠어"라는 말에도 거짓은 없었을 것이다. ……하지만.

역시 난 아직 한참 멀었어…….

스스로는 꽤 열심히 했다고 생각하지만 결코 스마트하진 못했다. 서프라이즈로 할 생각이었는데 이미 다 들켰고 반지도 끼워주지 않았다. 호쬬 흉내를 내긴 했지만 결국 나와는 어울리지 않았던 셈이다.

내 스펙, 여유, 경험치 등 모든 것이. 나나세에게 어울리는 남자가 되기엔 아직 한참 부족했다. 눈앞에 있는 완벽한 미남을 향해 문득 질문을 던져본다.

"너랑 스도는 잘 되고 있어?"

"어라, 웬쩐 일로 니가 다른 사람에게 관심이 생깄나?"

"장난치지 말고. ……아—, 역시 됐어…… 어차피 들어봤자 참고도 안 될 텐데 뭐."

호쬬는 하나부터 열까지 다 스마트하게 잘 해낼 게 분명하다. 비교해봤자 풀만 죽을 테니 더 이상 상처에 소금을 뿌리는 짓은 하지 말자.

"아니. 난······."

호죠가 무슨 말인가 하려는데 연구실 문이 열렸다.

"호죠, 미안하다. 많이 기다렸지?"

들어온 사람은 교수님이었다. 호죠와 대화 중인 나를 보더니 "뭐야, 사가라도 있었냐"라며 삼백안으로 노려보았다. 여전히 눈매가 사나운 분이다.

우리 스터디 그룹의 교수님은 눈매가 사납고 무뚝뚝해서 학생들에게 별로 인기가 없었다. 하지만 도리에 맞지 않는 일을 하는 타입도 아니라서 나는 그렇게 싫어하지 않았다. 살가운 성격은 못 되지만 학생들을 가르치는 일에는 열심이고 의외로 가족처럼 대해주는 타입이다.

"마침 잘 됐군. 사가라에게 부탁할까."

교수님의 말에 나도 모르게 긴장했다. 설마 귀찮은 일을 떠안게 되는 건 아니겠지. 불안해하면서도 "무슨 일인데요?"라고 물었다.

"이제 곧 오픈 캠퍼스가 있잖아. 우리 스터디 그룹 설명회도 있으니까 사가라도 좀 돕도록 하지."

"네?"

오픈 캠퍼스. 대학이 수험생들에게 캠퍼스를 개방해서 설명회를 개최하는 이벤트를 말한다. 나 같은 경우는 고등학생 때 오픈 캠퍼스에는 일절 참가하지 않았고 처음으로 캠퍼스에 발을 들여놓은 건 대학 입학식 때였기 때문에 정확히 어떤 일을 하는 건지는 잘 모른다.

내가 대답을 망설이고 있자 호죠가 "그렇게 어려운 일은 아이다. 내도 도울 거니까 괜찮을기다"라며 웃었다. 그렇지만 자세한 것도 안 물어보고 결정할 순 없다.

"……정확히 뭘 도우면 되는 건데?"

"접수를 받거나 팸플릿 나눠주기, 고등학생에게 캠퍼스 안내해 주기, 뭐 대충 그런 거. 참고로 내는 교수님 부탁으로 스터디 그룹 설명회에서 강연할 예정이고."

호죠를 발탁한 것만 봐도 책사로서의 교수님의 면모를 알 수 있었다. 아마 내년, 우리 스터디 그룹의 가입 희망자 수는 배로 늘어날 것이다. 지금도 1학년생 사이에서 호죠 팬들이 대량으로 발생하고 있다는 소문이다.

"딱히 보수가 있는 것도 아니라서 강요하는 건 아니다만."

"일손이 많이 부족해서 도와주면 고맙겠다 이거데이."

나는 고민했다. 금전적인 보수는 발생하지 않는다고 하니 완전히 자원봉사인 셈이다. 솔직한 심정으로는 별로 내키지 않았다. 작년까지의 나였다면 「차라리 아르바이트하는 게 더 나아」라며 냉정하게 거절했을 것이다.

하지만 지금의 나는 그렇게 생각하지 않았다. 인간적인 매력을 가지려면 자신만의 껍질 속에 갇혀 있어선 안 된다. 나나세도 자신을 바꾸기 위해 다양한 일에 도전했다. 나도 언제까지나 예전 모습 그대로 정체되어 있을 순 없다.

"⋯⋯알겠습니다. 저도 도울게요."

"그래, 고맙구나."

내 대답에 교수님은 안도했는지 아주 잠깐이지만 표정이 누그러졌다. 호죠도 "음, 잘 됐다, 잘 됐어"라며 고개를 끄덕이고 있다.

"나처럼 가벼워 보이는 놈만 하면 그런 스터디 그룹인가 보다 하고 다들 꺼릴 텐데, 그런 점에서 보면 사가라는 아무 문제 없지."

"그건 무슨 뜻이냐?"

"그리고 사가라는 할 일은 확실하게 하는 타입이다 아이가. 수험생을 꼬실 염려도 전혀 없고."

"당연히 안 하지. 누가 그딴 짓을 해?"

"유스케?"

헤실헤실 웃는 경박한 남자의 얼굴을 떠올린 나는 고개를 끄덕였다.

"⋯⋯하긴 유스케는 그럴 것 같긴 해."

뭐, 접수나 안내 정도는 그리 어려운 일도 아니니 나도 할 수 있을 것 같다. 당연히 수험생을 꼬실 생각도 없다. 호죠처럼 살갑게 굴 수 있을지 없을지는 별개로 하고.

"그럼 자세한 건 나중에 다시 연락하마. 당일에 잘 부탁 좀 하자."

교수님은 내 어깨에 손을 툭 올리더니 호죠와 함께 연구실 안쪽으로 사라졌다. 강연 내용에 대한 상의라도 할 모양인가 보다.

……저런 녀석이 남자 친구라면 나나세도 분명 자랑스럽겠지.

머리를 스친 비굴한 생각을 고개를 흔들어 쫓아낸다. 그런 생각을 하는 것은 호죠에게도 나나세에게도 실례다. 쓸데없는 잡념을 떨쳐내려는 듯 나는 다시 문제집을 펼쳤다.

사가라와 데이트를 한 지 일주일 후. 친구들은 내 생일을 축하해주었다. 멤버는 늘 사이좋게 잘 지내는 네 명, 나랑 삿짱, 후지이 츠구미, 그리고 우메하라 나미. 모두 나와 같은 경제학부다.

예쁜 카페에서 점심을 먹고 생일 선물을 받은 후에 직원에게 부탁해서 사진도 찍었다. 스마트폰 화면 위의 나는 친구들과 즐겁게 웃고 있다. 고등학교 때의 내가 봤다면 나와는 거리가 먼, 반짝반짝 빛나는 인싸녀라고 생각했을지도 모른다. 내면은 아직 반짝반짝과는 거리가 있지만.

생일을 축하해주는 친구가 있다는 기쁨을 곱씹고 있는데 나미가 "그러고 보니, 아까부터 신경 쓰였는데"라며 운을 뗐다.

"그 반지, 남자 친구의 선물?"

나는 수줍은 미소를 지으며 "응" 하고 고개를 끄덕였다.

"생일 선물로 받았어. 예쁘지?"

"어머—! 엄청 예쁘데이. 하루의 남자 친구, 의외로 제법 좀 한다?"

나는 사가라에게 받은 반지를 한시도 몸에서 떼지 않고 끼고 다녔다. 좋아하는 사람에게 반지 선물을 받는 것을 줄곧 동경했기 때문이다.

……조금 더 욕심을 내자면 왼손 약지에 끼워줬으면 좋았을 텐데…….

순정 만화나 TV 드라마에서 몇 번이나 본, 근사한 연인이 무릎을 꿇고 반지를 끼워주는 장면이 머리에 떠올랐다. 나도 언젠가 그런 프러포즈를 받을 수 있으면…… 이라는 망상을 하다가 퍼뜩 정신을 차렸다. 이런 생각을 하면 사가라가 부담스러워할 수도 있잖아.

반지가 좋겠다고 했을 때도, 반지를 끼워달라고 했을 때도. 사가라는 왠지 곤란한 표정을 짓고 있었다. 어쩌면 좀 부담스럽다고 생각했을지도 모른다. 혼자 앞서 가지 않도록 조심하자.

사가라의 생일도 축하해주고 싶은데…….

작년에는 아직 사귀지 않을 때라 특별한 건 아무것도 못 해줬지만…… 올해는 꼭 축하해주고 싶었다. 나도 사가라를 기쁘게 해주고 싶으니까.

어디에 가서 뭘 하면 좋을까, 하고 생각하다가—— 문득 깨달았다.

……그러고 보니. 우리 데이트는 늘 내가 가고 싶어 하는 곳에만 갔었구나…….

가만히 생각해 보니 데이트에만 국한된 게 아니었다. 우리 관계에서는 늘 사가라만 내게 맞춰주는 것 같다. 이게 하고 싶어, 저게 하고 싶어, 라는 나의 분홍빛 동경을 사가라가 맞춰주고 있을 뿐…….

——네가 장밋빛 대학 생활을 보낼 수 있도록 내가 협조할게.

사가라는 그 말대로 내 소망을 들어주고 있었다. 그렇지만 이대로 계속 사가라에게 응석을 부려도 괜찮을까. 아니, 괜찮을 리 없어. 일방적으로 받기만 하는 게 아니라 나도 사가라에게 뭔가 해줘야 한다.

그런데 어떻게 하면 좋을까. 어떻게 하면 사가라를 기쁘게 해줄 수 있을까……?

나 혼자 고민해봤자 답은 나오지 않는다. 이럴 때는 경험이 풍부한 친구에게 조언을 구하는 게 좋다. 나는 창피함을 무릅쓰고 물어봤다.

"……저기, 남자 친구를 기쁘게 해주려면…… 어떻게 하면, 좋을까?"

나를 제외한 세 명은 타고난 인싸녀다. 지금까지 다양한 사람과 사귀었을 테니 남자 친구에게 무엇을 해주면 좋을지 가르쳐줄 수 있을지도 모른다.

츠구미는 스푼으로 아이스크림을 떠먹으면서 별것 아니라는 투로 말했다.

"그냥 가슴이라도 만지게 해줘."

"뭐?!"

그녀의 입에서 나온 예상 밖의 조언에 동요를 감추지 못했다.

남자들은 그, 그런 걸 좋아하는 거야?! 다들 남자 친구에게 그런 걸 해주고 있어?! 나, 나한테는, 허들이 너무 높아……!

"나 때문에 화가 났을 때도, 미안, 가슴 만질래? 라고 말하면 오케이……."

나미는 "어이구"라며 츠구미의 머리를 살짝 찔렀다.

"하루코에겐 허들이 너무 높잖아. 그냥 뽀뽀 정도 해주면 어때? 남자 친구가 풀이 죽어 있을 때 일단 뽀뽀를 해주면 금방 기운을 차리거든."

"그, 그런 거야……?"

일단 허들을 내려주긴 한 것 같은데, 그래도 여전히 어렵다. 키스라면 지금까지 몇 번 한 적이 있지만 내가 먼저 사가라에게 한 적은 없었다.

……그보다 우리들, 다른 커플에 비하면 좀 느린 편인가……?

사가라와 사귀기 시작한 후, 나는 '그런 일'에 대해서는 구체적으로 생각해 보지 않았다. 하지만 다들 당연하게 하고 있는 일이겠지. 역시 사귀는 사이라면 그런 것도 해야 하는 걸까…….

역시 나는 반짝반짝 인싸녀와는 아직 거리가 먼 것 같다.

다음 날, 월요일. 수업이 끝난 후, 나는 사가라와 둘이서 저녁을 먹고 있었다. 오늘 메뉴는 미트소스 파스타다. 다진 고기에 잘게 썬 연근을 섞어서 살짝 일본 스타일로 만들어봤다.

파스타를 먹으면서 다다음주 일요일에 데이트를 하자는 얘기를 나누었다. 나는 단단히 마음먹고 사가라에게 물었다.

"이번에는 사가라가 가고 싶은 곳에 가지 않을래? 늘 나한테 맞춰주는 것도 미안하니까."

내 말을 들은 사가라는 곤란한 듯 미간을 찡그렸다.

"난 딱히 가고 싶은 곳이 없는데……."

"그렇구나……."

은근슬쩍 사가라의 소망을 들어주려고 했는데 좀체 생각대로 되지 않았다. 무리해서 「어디 가고 싶은지 말해 봐!」라고 말하는 것도 부담이 될 테고.

그나저나 사가라가 좋아하는 것이나 하고 싶은 일은 뭐가 있을까……?

그런 생각을 하고 있는데 사가라가 갑자기 "앗" 하고

목소리를 높였다.

"미안. 생각해 보니까 그날은 안 될 것 같아. 다른 날로 하자."

"어라, 혹시 약속 있어?"

"우리 대학 오픈 캠퍼스. 교수님께 도와달라는 부탁을 받았거든."

"앗? 그렇구나. 하겠다고 했어?"

"그냥…… 응. 해 볼까 싶어."

솔직히 놀랐다. 얼마 전까지의 사가라였다면 오픈 캠퍼스를 돕는 일 따위 거절했을 것이다. 작년 문화제 같은 경우도 전혀 내켜 하지 않는 걸 내가 거의 강제적으로 돕게 했을 정도다. 어느새 이렇게 적극적으로 변한 걸까…….

"그리고 호죠가 설명회에서 강연을 한다더라."

"정말? 사가라도 강연하는 거야?"

"난 그런 거 못 해. 수험생 안내나 팸플릿 나눠주기 같은 거야……."

"우와, 힘들겠다."

"맞다, 교수님이 정장 입고 오래. 입학식 때 입은 정장, 어디 뒀더라……."

"앗! 사가라가 정장 입은 모습, 나도 보고 싶어!"

나도 모르게 몸을 앞으로 내밀었다. 입학식 때는 아직 알기도 전이라 정장을 입은 사가라는 아직 본 적이 없었다.

"별로 비싼 옷도 아닌데 뭐. 게다가 호죠도 그 자리에 있어. 나는 그냥 들러리나 마찬가지야."

"그런가, 난 분명 멋질 것 같은데…… 좋겠다, 빨리 보고 싶어……."

정장을 입은 사가라의 모습을 멍하게 상상해 보았다. 사회인이 되어 정장을 입고 일해야 하는 회사에 취직하면 매일 볼 수 있을까. 다녀오세요, 라며 넥타이를 매주는 신혼부부의 모습을 멍하게 상상하다가 얼른 정신을 차렸다. 안 돼, 또 혼자 앞서가잖아!

……오픈 캠퍼스라. 나도 가보고 싶었는데…….

나는 고등학교 때, 오픈 캠퍼스에는 한 번도 가본 적이 없었다. 이제라도 오픈 캠퍼스의 분위기를 느껴보고 싶었다.

"나도 도울 수 있을까?"

"괜찮지 않을까? 일손이 부족하다고 했으니까 교수님에게 한번 여쭤봐."

"응!"

데이트가 연기된 건 아쉽지만 사가라와 함께 일을 돕는 것도 나름대로 즐거울 것 같다.

"정장 입고 같이 사진 찍자!"

내가 그렇게 말하자 사가라는 "놀러 가는 게 아니잖아"라며 부드럽게 타일렀다.

5월의 마지막 일요일. 오늘은 여름이 한발 먼저 찾아온 게 아닐까 싶은 날씨에 새파란 하늘에는 구름 한 점 없었다. 나와 나나세는 스터디 연구실 창문으로 캠퍼스를 오가는 사람들을 내려다보고 있다.

휴일인데도 캠퍼스는 많은 사람으로 붐비고 있었다. 그건 평일도 마찬가지지만 평소와 분위기가 확연히 다른 건 고등학교 교복을 입은 사람들이 있기 때문일 것이다.

오늘은 우리 대학── 릿세이칸 대학의 오픈 캠퍼스 날이다. 대학 수험을 앞둔 고등학생이 아직 못 본 캠퍼스 라이프에 희망을 품고 찾아오는 것이다.

"우후후. 왠지 다들 풋풋하고 귀여워."

내 옆에서 나나세가 말했다. 나이 차이는 얼마 안 나는데 왠지 어리다고 느껴지는 게 참 신기하다. 기껏해야 한두 살 어린 후배를 한참 어린 풋내기 취급하는 선배들의 마음도 왠지 알 것 같았다.

결국 나나세도 교수님에게 말해서 둘이 함께 오픈 캠퍼스 일을 도와주게 되었다. 스스로 돕겠다고 나서는 걸 보면 역시 나나세는 적극적인 성격의 소유자다. 나는 부탁을 받고도 숙고한 끝에 마지못해 수락했는데.

"사가라, 정장, 잘 어울려."

나를 찬찬히 살펴본 나나세가 눈이 부신 것처럼 실눈을 뜨고 말했다. 입학식 때 입은 취업용 정장을 거의 1년 만에 꺼내서 입었다. 오랜만에 재킷을 입으니 어깨가 뻐근하고 오늘 날씨에는 조금 덥기까지 했다.

그렇게 말한 나나세도 검은색 정장을 입고 있었다. 긴 머리를 하나로 묶어서 평소보다 성실한 인상을 풍긴다(그녀는 늘 성실하지만). 허리에서 다리까지 이어지는 라인을, 들키지 않도록 몰래 보면서, 딱 붙는 치마도 잘 어울리는구나, 하고 생각했다.

"앗. 사가라, 넥타이 비뚤어졌어."

"아, 진짜? 젠장, 넥타이 매는 게 영 서툴러서……."

나는 나나세의 지적에 목에 매고 있던 넥타이를 풀었다. 다시 매려고 하는데 나나세가 "저기, 내가 해도 돼?!"라며 한 손을 들었다.

"당연히 되지만……왜?"

"이런 거, 조금 동경했거든!"

나를 살짝 올려다본 나나세가 에헤헤, 하고 수줍게 웃는다. 그녀는 내 넥타이를 잡고 목에 둘렀다. ……이런 시추에이션은, 나쁘지 않네.

그런데 생각대로 잘 안되는지, 나나세는 "어라? 이상하네……"라며 악전고투하고 있었다. 자기 넥타이라면 또 몰라도 다른 사람의 넥타이를 매주는 건 의외로 쉽지 않은 일이다.

이러다 목 졸려 죽는 건 아닐까, 하고 생명의 위기를 느낄 즈음, 연구실 문이 열렸다. 나와 나나세는 후다닥 떨어졌다.

"뭣들 하고 있어?"

연구실로 들어온 사람은 교수님이었다. "아니, 그게"라며 머뭇거리는 나를 싸늘한 삼백안으로 일별한다.

"그 넥타이는 또 뭐냐. 옷차림이 흐트러지면 마음도 흐트러지는 법."

교수님은 그렇게 말하더니 능숙한 손놀림으로 내 넥타이를 다시 매주었다. 감색 넥타이는 한 치의 흐트러짐도 없이 목에 정확히 안착했다. 시야 한쪽 구석에서 "으으, 교수님한테 졌어……"라며 풀 죽어 있는 나나세의 모습이 보였다.

"맞다. 사가라, 부탁 하나 해도 되겠냐?"

"아, 네."

"호죠가, 인플루엔자에 걸렸다."

한순간 무슨 말인지 이해가 되지 않았다. 호죠는 인플루언서……가 아니라 인플루엔자. 요즘 계절엔 어울리지 않는 전염병이다.

완벽한 초인인 줄로만 알았던 호죠도 바이러스는 이기지 못한 모양이다. 안 됐지만 인플루엔자에 걸렸다면 오늘 이 자리에는 못 올 것이다. 나도 인플루엔자에 걸려서 제1지망 수험을 그대로 날려버린 기억이 있다.

"……하아, 그렇군요. 많이 아프……."

"그래서 말인데, 강연 대역을 부탁할까 한다. 호죠가

직접 지명한 거야."

"아……아앗?! 아, 아니, 그건 무리예요. 전 아무 준비도 안 했다구요."

나는 예상치 못한 전개에 당황했다. 당일에 갑자기 그런 말을 듣고, 네, 알겠습니다, 하고 냅다 수락할 사람이 어디 있단 말인가.

"호죠는 사가라라면 괜찮을 거라고 하더군. 호죠가 준비한 원고 데이터는 네 주소로 보내놨다."

"그, 그래도."

애당초 나는 많은 사람 앞에서 이야기하는 데는 영 재주가 없다. 호죠가 무엇을 근거로 「괜찮다」고 했는지는 모르겠지만, 너무 과대평가하는 것 아닌가?

"정 못하겠다면 나나세에게 부탁할까."

"엣, 저, 저요?"

느닷없이 교수님의 지명을 받은 나나세는 당황해서 울상을 지었다.

아마 나나세는 교수님의 부탁을 받으면 도망치지 않고 수락했을 것이다. 그녀는 성실하고 책임감이 강하니까. 나 같은 것보다는 나나세가 훨씬 더 훌륭하게 역할을 완수할 것이다.

하지만 나나세도 원래는 다른 사람들 앞에서 이야기하는 게 영 서툰 타입이다. 미인 대회에 출연했을 때도 긴장해서 얼굴이 창백하게 질려 있었을 정도니 말이다.

나나세가 아닌 다른 여자의 목소리다. 뜬금없는 사태에 심장이 멎을 뻔했다.

목소리가 들린 쪽을 보니 세일러복을 입은 양갈래 머리 여고생이 이쪽을 보고 있었다.

……역시 들킨 건가?!

식은땀을 흘리고 있자 여고생은 생긋 살가운 미소를 지었다.

"아까 강연했던 경제학부 사람이죠?"

"아? 아, 아아. 네."

"와아, 역시! 강연, 좋았어요. 감사히 잘 들었습니다!"

여고생은 가슴 앞에서 두 손을 맞잡으며 그렇게 말했다. 그냥 인사치레로 한 말일 수도 있지만, 그래도 어느 정도 마음이 놓였다. 적어도 한 명은 내 이야기를 들어줬다는 뜻이다.

……그런데 이 얼굴…… 왠지, 낯이 익는데…….

양쪽으로 묶은 흑발에 성실해 보이는 여학생이다. 화장을 지운 나나세 정도는 아니지만 비교적 수수한 인상을 풍겼다. 어디선가 본 적이 있는 것 같은 기분이 들었지만 도저히 생각이 나지 않았다. 내 지인 중에 여고생은 없는데. 그냥 기분 탓인가.

여학생은 흥미진진한 표정으로 나와 나나세를 번갈아 쳐다봤다. 그리고 호기심을 감추지 않으며 물었다.

"나중에 교내 안내도 해준다고 들었는데 집합 장소는

어디인가요?"

여학생은 생글생글 웃으며 물었다. 나보다 나나세가 먼저 대답했다.

"저…… 그거라면 건너편에 있는 잔디 광장 앞이에요. 제가 안내해 드릴 테니 괜찮다면 같이 가는 게 어때요?"

믿음직한 선배의 얼굴로 미소 짓는 나나세를 향해 여학생은 "네"라며 환한 표정을 지었다.

역시 어디선가 본 적이 있는 것 같은데……라며 기억의 실타래를 더듬고 있는데 여학생이 나를 향해 휙 몸을 틀었다. 그러더니 내 얼굴을 뚫어져라 쳐다보며 묘한 표정을 지었다. 그리고 내 귓가에 대고 가만히 속삭였다.

"저기…… 묻었어요."

"네?"

"립스틱."

무슨 말인지 잠깐 고민하다가—— 화들짝 놀라서 입을 가렸다. 아까 키스를 할 때, 나나세의 립스틱이 묻었던 모양이다. 나나세도 머쓱한지, 얼굴을 붉히며 고개를 숙이고 있었다.

여학생은 "그럼, 다음에 봐요"라며 짓궂은 미소를 지었다. 나나세는 나를 향해 입 모양으로 "미안"이라고 말한 후, 여학생과 함께 자리를 떠났다. 혼자 남겨진 나는 그 자리에서 고개를 푹 숙였다.

……이제 두 번 다시 학교에서 애정 행각은 벌이지 말자.

© Yukiko Tadano

여, 역시…… 사가라와 키스하는 모습, 다 봤던, 걸까…….

평정을 가장한 채 걷고 있었지만, 얼굴에서는 불이 날 것 같았다. 방금 전 일을 떠올리니, 으아아아아, 하고 고함을 지르며 그 자리에서 도망치고 싶은 심정이다. 아아, 도대체 왜 그런 짓을 한 걸까!

사가라의 강연은 그가 말한 것만큼 심하지 않았다. 오히려 당일에 느닷없이 맡게 된 것치고는 상당히 잘했다고 생각한다.

그런데도 사가라는 마치 이 세상이 끝나기라도 한 것처럼 풀이 죽어 있어서 어떻게든 그의 힘을 북돋워 주고 싶었는데── 그때 문득 머리에 떠오른 건 나미가 한 말이었다.

──남자 친구가 풀이 죽어 있을 때 일단 뽀뽀를 해주면 금방 기운을 차리거든.

……그렇다고 꼭 이 타이밍에 실행에 옮길 건 없었잖아! 학교에선 그러는 게 아니었는데! 신성한 배움의 장소에서 무슨 짓을! 성실한 우등생이었던 고등학교 시절의 내가 봤다면 기절할지도 몰라…….

내 옆에서 걷는 여학생을 힐끔 쳐다본다.

동그란 눈에 자그마한 코와 입술. 작고 귀여운 동물을

연상시키는 얼굴이다. 세미롱 길이의 흑발을 양갈래로 묶고 옆머리는 얼굴 옆에 늘어뜨렸다. 귀엽다는 생각을 하고 있는데 나를 향해 고개를 돌린 그녀와 눈이 마주쳤다.

"왜 그러세요?"

"앗, 미, 미안해! 뚫어져라 쳐다봐서……."

"아뇨, 신경 쓰지 마세요."

그녀는 그렇게 말하더니 얼굴을 쑥 가까이 들이댔다. 바로 코앞에서 물끄러미 쳐다보니 괜히 위축된다.

"……언니, 마스카라, 어떤 거 사용해요?"

"어? 마, 마스카라?"

나는 당돌한 질문에 고개를 기울였다. 그녀는 눈을 반짝이며 흥미진진하게 물었다.

"컬이 굉장히 예쁘게 말려 올라갔네요. 혹시 속눈썹 펌한 거예요?"

"아, 아니! 인조 속눈썹……."

"에, 인조 속눈썹이라고요? 전혀 몰랐어요."

"고, 고마워……! 인조 속눈썹을 자연스럽게 붙이는 데는 자신 있거든!"

"정말 예뻐요! 괜찮으면 붙이는 방법 좀 가르쳐주세요."

그녀는 그렇게 말하며 자신의 속눈썹을 가리켰다. 지금 그녀는 거의 맨얼굴인 것처럼 보이지만, 어쩌면 화장에 관심이 있는지도 모른다. 뷰러를 사용하는 방법조차 몰랐던 고등학생 때의 내가 떠올라서 조금 그리운 기분이 들기도 했다.

손짓발짓을 총동원해서 속눈썹을 붙이는 비결을 가르쳐주고 나자 그녀는 화제를 전환했다.

"그러고 보니…… 아까 강연했던 사람, 언니의 남자 친구예요?"

아까 그 사람이라면 사가라를 말하는 것이리라. 키스하는 장면을 그녀가 목격했다(그럴지도 모른다)는 게 생각나자 얼굴이 확 달아올랐다.

"으, 응……사귀는 사이야."

"와아, 그렇군요. 어쩐지 사이가 좋아 보인다 했어요."

그녀는 "맞다"라면서 메고 있던 가방 주머니에서 스마트폰을 꺼냈다.

"언니, LINE 좀 가르쳐 주시면 안 돼요?"

"에, 에?"

갑작스러운 부탁에 나는 당황했다. 붙임성이 좋은 아이라는 생각은 했지만 설마 연락처까지 물을 줄은 몰랐다. 아무리 여학생이라도 처음 보는 사람에게 연락처를 가르쳐줘도 될까……?

"대학 문제도 그렇고, 상의할 수 있는 선배가 있으면 좋겠다고 생각했거든요. 언니는 믿음직해 보여서……괜찮으면 이것저것 가르쳐 주셨으면 해요."

그녀가 그렇게 말한 순간, 망설임 따윈 금방 날아가 버렸다.

……선배라니! 믿음직하다니! 우와, 이렇게 근사한 말이 또 있을까……!

후배가 「선배!」라고 부르며 의지하고 잘 따르는 것도 내가 가진 꿈 중 하나였다. 지금 1학년생들과는 거의 교류가 없지만, 이 아이가 우리 학교에 들어오면 나한테도 귀여운 후배가 생길지도 몰라……!

"무, 물론이지!"

나도 스마트폰을 꺼내 서로 LINE ID를 교환했다. 채팅창에 그녀가 보낸 고양이 스탬프가 도착하자 나도 [잘 부탁해!]라는 개 모양 스탬프를 보냈다.

"이름이 하루코 씨군요. 나중에 연락할게요."

"응! 언제든 연락해!"

그러는 동안 우리는 잔디 광장에 도착했다. 안내를 맡은 학생에게 그녀를 맡기고 나는 "그럼, 나중에 봐"하고 손을 흔들었다.

"……아까 그 사람에게도 대신 인사 전해주세요."

그렇게 말하며 미소 짓는 그녀의 표정은 왠지 의미심장해 보였다.

━━━━━━━━━━

6월의 첫 일요일. 일찍 일어난 나는 아침부터 집안 청소를 했다.

애당초 어지를 물건이 별로 많지 않은 데다가 평소에도 꽤 치우며 사는 편이라고 생각했는데 막상 청소를 시작하고 보니 의외로 많이 더러웠다.

다다미 바닥에 청소기를 돌리고, 하는 김에 화장실과 주방 청소도 했다. 이사 온 후로 제일 깨끗한 상태라고 자화자찬하고 있는데 인터폰이 울렸다. 문을 여니 긴 머리를 하나로 묶고 상큼한 초록색 카디건을 입은 나나세가 서 있었다.

"안녕. 아직 다들 안 왔지?"

"응."

"기대된다, 타코파! 나 꼭 한번 해 보고 싶었거든!"

나나세는 그렇게 말하며 얼굴 가득 환한 미소를 지었다. 아침에 일어났을 때는 다른 사람이 집에 오는 건 역시 귀찮다고 생각했지만…… 뭐, 괜찮겠지. 집도 깨끗해졌으니까.

오늘은 우리 집에서 타코야키 파티—— 즉, 타코파를 할 예정이다. 멤버는 나와 나나세에 스도와 호죠, 그리고 같은 스터디 그룹에 있는 키나미 유스케다.

타코파를 하게 된 최초의 발단은 호죠의 인플루엔자였다.

오픈 캠퍼스가 있은 지 며칠 후, 다 나아서 학교에 온 호죠를 보고 내가 "미안하면 밥이라도 사"라고 다그치자 어째서인지 키나미까지 끼어들었다.

"그러면 사가라 집에서 타코파하는 건 어때? 돈은 히로키가 내는 걸로 하고!"

키나미는 사교적이고 친구도 많은, 흔히들 말하는 인싸다. 나처럼 내성적인 남자에게도 허물없이 말을 걸어준다. 모든 인류를 차별 없이 대한다는 고상한 신념이 있어서가 아니라 그냥 아무 생각도 없는 것이겠지만.

그나저나 왜 하필 타코파인데, 라거나, 왜 우리 집인데, 라거나, 키나미 넌 거저 얻어먹는 거잖아, 등, 이것저것 하고 싶은 말은 많았지만—근처에서 듣고 있던 나나세가 "타코야키 파티?! 나도 하고 싶어!"라며 눈을 반짝이는 바람에 반대할 동력을 상실하고 말았다. 나나세가 그렇게 말한다면 어쩔 수 없다.

"테이블 좀 닦아둬야겠어. 아무것도 준비할 필요 없다고 했지만 소스 정도는 있어야 하지 않을까?"

"돈가스 소스라면 있어."

"그거, 간사이 사람들이 알면 화낼 텐데……."

나나세와 그런 대화를 나누고 있는 사이, 저기 밖에서는 "뭐—?! 사가라, 이런 곳에 살고 있나?!"라는 목소리가 들렸다. 스도는 언제나 목소리가 크다.

계단을 올라오는 기척이 나나 싶더니 곧 인터폰이 울렸다. 나 대신 나나세가 "어서들 와!"라며 마중을 나갔다.

"나 왔데이—. 실례합니다~."

"앗. 하루코, 먼저 와 있었나."

"사가라, 냉장고 좀 빌리자."

내가 「어서 와」라는 말을 하기도 전에 녀석들은 거침없이 집 안으로 들어왔다. 이 좁은 방에 5명이나 어떻게 있나 걱정했지만 아슬아슬하게 어떻게든 될 것 같다. 바닥이 무너지지 않기만 기도할 뿐이다.

"우와! 사가라네 냉장고, 우동밖에 없잖아!"

음료수를 냉장고에 넣던 키나미가 큰 소리로 외쳤다. 집에서 요리를 잘 안 하다 보니 냉장고 안은 거의 텅 비어 있었다. 식재료를 사봤자 썩히기 일쑤인 데다가 요즘은 거의 나나세에게 식생활을 의지하고 있다 보니 더 그렇다.

내 방을 죽 둘러본 스도가 의아해하며 물었다.

"이 방, TV나 만화책 같은 오락류는 하나도 없는데…… 사가라, 도대체 왜 그렇게 스스로를 괴롭히는 거고?"

"그냥 관심이 없어서……."

내 대답을 들은 스도는 "그렇구나……"라며 가여워하는 시선을 던졌다. 어쩌면 「이 자식은 무슨 재미로 사는 거지」라는 생각을 했는지도 모른다. 역시 나는 재미없는 인간이구나 하는 생각에 조금 한심한 기분이 들었다.

그때 들고 온 에코백을 펼친 호죠가 "아" 하고 외쳤다.

"우짜지, 일회용 접시를 깜빡했다. 사가라, 미안한데, 접시만 좀 사용해도 되나?"

"응? 그치만 그릇이 별로 없는데."

"그나저나 궁금한 게 있는데."

키나미가 캔맥주를 마시면서 검지로 이쪽을 가리켰다.

"나나세랑 사가라, 서로 성으로 불러? 왜?"

"……에?"

나와 나나세는 무의식중에 서로 얼굴을 마주 보았다.

생각해 보니 사귀기 시작한 후로 호칭을 바꾸자는 얘기는 한 번도 한 적이 없었다. 호죠와 스도도 그렇듯이 보통 연인 사이가 되면 성이 아니라 이름으로 부르는 건지도 모르겠다. 나 역시 여자 친구를 이름으로 부르고 싶은 마음은 있지만…… 새삼 호칭을 바꾸려니 꽤 쑥스러웠다.

아니, 애당초 이름으로 부르는 것 정도로 너무 깊이 생각하는 것 아닐까? 다른 커플들은 다들 호칭 정도는 간단히들 바꾸는 건가? 내 그런 점도 남자 친구로서는 자격 미달인가?

한참 고민을 하고 있는데 키나미가 "앗" 하고 외쳤다.

"가만히 보니까 지금 여기, 나 말고는 다 커플만 있잖아! 어색해!"

"어라, 너한테도 어색하다는 감각이 있었냐? 전혀 신경 안 쓰는 줄 알았는데."

"그러면 니도 여자 친구 데리고 오지 그랬나. 문학부 1학년생이라고 했제?"

"응, 엄청 귀여워. 맞다, 히로키, 너희 서클 애랑도 친해."

"아, 유이나?"

호죠의 입에서 모르는 여자의 퍼스트 네임이 튀어나온 순간, 스도의 미간이 움찔거렸다. 험악한 표정으로 허공을 노려보면서 레몬 사와를 마시고 있다. 나는 바로 앞에서 위험한 분위기를 온몸으로 느끼면서 생각했다.

……아무 생각 없이 다른 여자를 퍼스트 네임으로 부르는 것도 생각 좀 해봐야겠다.

그 후로 실컷 먹고 마시다가 해산한 건 저녁 8시였다. 술에 취한 키나미는 여자 친구 자랑을 늘어놓으며 호죠에게 끌려서 집으로 돌아갔다.

방안에 타코야키 냄새가 진동을 해서 환기를 시킬 요량으로 창문을 열자 습기를 머금은 무더운 공기가 방 안으로 들어왔다. 어두운 밤을 비추는 하얀 가로등에 작은 나방들이 모여 있는 게 보였다.

"너무 재미있었어!"

멍하게 창밖을 바라보고 있자 어느새 나나세가 옆에 서 있었다. 오늘 나나세는 정말 즐거워 보였다. 나나세에게 함께 있으면 편하고 좋은 친구들이 생겨서 정말 잘 됐다고 생각한다. 혼자 공부만 하던 고등학교 때의 나나세를 떠올리니 왠지 감개무량했다.

"아, 맞다. 사가라, 삿짱이 여름 방학에 다 같이 비와호 (琵琶湖)에 가자더라."

"비와호? 왜?"

"바다처럼 헤엄도 칠 수 있고 호숫가에서 바비큐도 할 수 있대! 차는 호죠가 가지고 온다고 했어. 있지, 사가라······ 안 갈래?"

"음······."

나나세의 말에 나는 꽤 오래 생각에 잠겼다. 그녀의 바람을 이루어주고 싶은 마음은 굴뚝 같았지만, 솔직히 별로 내키지 않았다. 굳이 말하자면 내 마음의 저울은 「가고 싶지 않다」로 기울어 있었다. 더위는 질색이고, 인싸들과 여름의 비와호에서 바비큐를 한다니, 상상만으로도 현기증이 났다. 교우 관계는 꽤 넓어졌지만 인간의 본질이란 그리 쉽게 변하는 게 아니다.

내가 망설이고 있자 나나세는 생글거리며 말을 이어갔다.

"그리고 나, 수영복도 살까 싶어. 고등학교 체육 시간에 입었던 학교 수영복밖에 없거든."

그 말을 듣는 것과 동시에 내 마음의 저울은 너무나 간단히 역전되었다. 물론 나야 수영복보다는 유카타를 더 좋아하지만, 당연히 수영복을 입은 나나세도 보고 싶었다.

"··········갈게."

그러자 나나세는 "앗싸"라며 들뜬 고함을 질렀다.

"벌써 기대돼! 수영복, 어떤 걸로 살까."

그 말을 들은 나는 무의식적으로 수영복을 입은 나나세의 모습을 상상하고 말았다. 평소에는 노출이 적은 편이지만 의외로 굴곡이 있어서 몸매가 좋다는 건 익히 알고 있었다. 망상에 빠져 있는 내 머릿속에 아까 키나미가 한 말이 떠올랐다.

──그나저나 여자 친구랑 같은 연립주택에 살다니, 부럽다, 야. 원하는 대로 실컷 할 수 있겠네.

……앗, 지금 무슨 생각을 하는 거야! 사고방식까지 키나미에게 침식당하는 건 위험하다고.

"……그러고 보니, 사가라."

갑자기 나나세가 내 얼굴을 가만히 들여다봤다. 나는 머릿속에 떠오른 수영복 차림의 나나세를 필사적으로 내쫓으며 아무렇지도 않은 척 "응?" 하고 대답했다.

"저기, 우리도…… 슬슬, 이름으로 불러 볼래……?"

"아."

갑작스러운 제안에 내 눈은 동그래졌다. 혹시 아까 키나미에게 들었던 말을 신경 쓰고 있었던 걸까.

"아, 사가라가 싫다면 난 괜찮아! 지금 이대로도!"

나나세는 그렇게 말하며 얼굴 앞에서 두 손을 절레절레 흔들었다.

키나미가 한 말이 계기가 되는 건 썩 내키지 않지만…… 지금이 서로를 부르는 호칭을 바꿀 수 있는 좋은 기회인지도 모른다.

"아, 아냐. 난 좋아, 이름으로 부르는 거."

"어, 그럼………… 소, 소우헤이."

로 다시 부르는 것도 부끄럽다. 이 자리에는 이토가와 선배도 있고 말이다.

"미, 미안. 사가라가 있는 게 보여서 그만."

나나세도 나를 성으로 불렀다. 호칭을 자연스럽게 바꾸는 건 영 쉬운 일이 아닌 것 같다.

"갑자기 와서, 방해만 됐지……."

"아, 아냐. 괜찮아."

나는 곁눈질로 이토가와 선배의 존재를 신경 쓰면서 대답했다. 이토가와 선배는 싱글싱글 웃으며 우리 둘을 바라보고 있었다. 다른 사람이 보는 자리에서 연인과 대화를 나누는 건 묘하게 쑥스러운 기분이 들게 하는 면이 있는 것 같다.

"……안녕하세요."

나나세가 이토가와 선배의 존재를 알아챘는지, 머리를 꾸벅 숙였다. 이토가와 선배는 생글생글 태평한 미소를 지으며 나나세에게 말을 건넸다.

"안녕, 내는 이토가와. 전에 기온 마츠리 때 봤었제? 그라고 보니 이름을 안 물어봤네."

"나나세, 하루코라고 해요."

"나나세라고 하구나. 참 예쁘게 생겼데이."

이토가와 선배는 그렇게 말한 후, 놀리는 듯한 말투로 내게 물었다.

"예전부터 궁금했는데…… 사가라하고 나나세는 무슨

사이고?"

즉시 대답하지 못하고 한순간 망설였다.

나와 나나세가 사귀고 있다는 사실을 주위 사람들에게 일부러 감추고 있는 건 아니다. 그렇다고 동네방네 떠들고 다니는 것도 아니다. 그렇다 보니 나는 아는 사람에게 나나세를 여자 친구로 소개한 적이 한 번도 없었다.

제 여자 친구예요, 라는 말이 목구멍에 걸린 채 나오질 않았다. 나와 나나세가 사귀고 있는 건 명백한 사실인데. 나 같은 놈이라도 진짜 괜찮은 걸까, 라는 비굴한 감정이 스멀스멀 가슴을 좀먹기 시작한다.

내가 어쩔 줄 몰라 하고 있자 나나세가 입을 열었다.

"……우리들, 사귀고 있어요."

"와아, 역시 그럴 줄 알았데이! 사가라, 이렇게 예쁜 아를 다 잡고, 제법이네——."

이토가와 선배가 장난스럽게 말하며 팔꿈치로 나를 찔렀다. 나나세는 "일하시는데 방해해서 죄송해요"라며 머리를 숙였다.

나나세가 방해가 되는 건 절대 아니지만 쑥스러운 것은 사실이다. 내가 아무 말도 못하고 있자 나나세는 힘없이 미소 지으며 말했다.

"나, 그만 가볼게. ……저기, 저녁 준비해서 기다리고 있을게."

마지막 한마디만 작은 목소리로 속삭이고는 그대로 편

의점을 나갔다. 나는 그 쓸쓸한 뒷모습을 말없이 배웅하는 수밖에 없었다.

사가라의 아르바이트가 끝나기를 기다리면서 저녁 준비를 하고 있었다.

오늘 메뉴는 비프 스튜……로 하려고 했지만 멍하게 있다가 소고기가 아니라 돼지고기를 사버리고 말았다. 이렇게 되면 포크 스튜인데…….

이제 와서 다른 메뉴로 바꿀 수도 없어서 하는 수 없이 돼지고기로 만들기로 했다. 나는 커다란 냄비에 고기와 야채를 볶으면서 아까 일을 떠올리고 있었다.

사가라의 아르바이트 선배인 이토가와 씨는 어른스럽고 예쁜 사람이다. 평소에도 이래저래 많이 챙겨준다고 사가라에게 이야기를 들은 적이 있었다.

……사가라. 그 사람 앞에서 나랑 사귀고 있다고 말하지 않았어…… 게다가 이름으로 불러주지도 않았고…….

그런 생각을 하자 마음이 어두워졌다.

이름으로 부르기로 했지만, 결국 그날 이후, 사가라는 내 이름을 불러주지 않는다. 애써 이름으로 부르는 것을 피하고 있는 것처럼 보였다. 나 역시 소우헤이라고 부르고 싶지만, 여전히 습관을 못 바꾸고 있었다.

이름은, 그렇다 쳐도. 적어도, 적어도…… 나를 당당하게 여자 친구라고 소개해 주길 바랐는데…….

사가라의 성격을 생각하면 쉽지 않은 일이라는 것은 안다. 사귀고 있다는 사실이 알려지면 놀림을 받을지도 모르고. 사가라는 그런 것을 싫어하는 타입이다. 나 혼자 앞서 나가서 멋대로 대답하지 않는 게 좋았을지도 모른다. 그렇지만 말하지 않을 수 없었다.

왜냐하면 사가라는 내 남자 친구니까.

심한 독점욕이 부글부글 끓어오르는 느낌에 나는 한숨을 깊이 내쉬었다.

돼지고기를 익히면서 마음을 진정시키고 있자 체육복 주머니에 넣어둔 스마트폰이 울렸다. 확인해 보니 메시지 하나가 도착해 있었다.

[하루코 씨, 지난주에 나온 신상 립스틱, 발라봤어요?]

보낸 사람은 저번 오픈 캠퍼스 때 연락처를 교환한 여고생이었다. 이름은 이치카. 수험생인 줄 알았는데 아직 고교 2학년생이라고 했다.

그 후로 빈번하게 연락이 와서 메시지를 주고받고 있다. 두 사람 다 화장을 좋아한다는 공통점이 있어서 금방 의기투합하게 되었다. 나는 허겁지겁 답장을 입력해서 보냈다.

[벌써 샀어] [여름 느낌이 물씬 나는 상큼한 컬러가 너무 예뻐!]

이치카와 메시지를 주고받다 보니 우울했던 기분이 점점 나아지기 시작했다. 생각해 보니 삿짱을 비롯한 다른 친구들 앞에서는 왠지 조심스러워서 좋아하는 것에 대한 이야기를 실컷 하진 못했던 것 같다.

이치카와 주고받는 대화는 특별할 것 없는 것들뿐이다. 화장 이야기뿐만 아니라 대학 생활, 수험 공부, 진로 문제, 남자 친구(즉 사가라) 이야기 등. 이치카는 연애 이야기를 좋아하는지, 나와 사가라에 대해 자주 물었다.

[대학은 참 재미있을 것 같아요]

[재미있어!] [얼마 전에도 친구들이랑 타코파를 했어]

[남자 친구도 같이요?]

[응] [투덜대면서도 할 건 다 해줘]

[하루코 씨 남자 친구는 다정해요?]

나는 망설이지 않고 답장을 보냈다.

[엄청 다정하고 근사한 사람이야]

이치카는 [그렇군요]라는 답장을 보내왔다.

[다음에 또 교토에 가면, 그때는 같이 놀아주세요]

그녀의 메시지에 나는 [물론이지!]라고 보냈다. 직접 만나서 이야기도 잔뜩 나누면 분명 즐거울 것이다.

저녁 8시가 조금 지났을 무렵, 사가라가 돌아왔다. 나는 스튜를 그릇에 담아서 테이블 위에 놓았다. 그는 "잘 먹겠습니다"라며 야무지게 두 손을 모아 인사한 후, 먹기 시작했다. 나는 사가라를 향해 두 손을 모으고 말했다.

"진짜 미안해! 소고기와 돼지고기를 착각하는 바람에⋯⋯."

"어, 그래? 아니. 괜찮아. 엄청 맛있는걸."

사가라는 그렇게 말해주었지만, 그는 무엇이든 「맛있다」고 말하는 타입이니 별로 신용할 건 못 된다. 혹시 차이를 못 느낀 건가. 설사 이게 치킨 스튜였다고 해도 전혀 신경 쓰지 않을지도 모른다.

나도 스튜를 떠먹어 본다. 음, 의심의 여지 없는 돼지고기다. 이건 이것대로 괜찮다고 생각하면 되긴 하지만⋯⋯ 으으, 다음에 반드시 재도전해야지⋯⋯!

혼자 분해하고 있자 사가라가 "아, 맞다"라며 입을 열었다.

"오늘은 미안했어. 그⋯⋯ 네가 왔을 때, 어색하게 굴어서."

"에? 아, 아냐. 난 괜찮아."

사실은 별로 괜찮지 않았지만, 거짓말을 했다. 왜 여자친구라고 말하지 않았어? 라고 말하면 일이 복잡해지겠지⋯⋯라는 생각을 하며 미소로 얼버무린다.

"저기, 그 사람⋯⋯ 이토가와 씨. 한동안 안 보이던데, 아르바이트 잠깐 쉬었던 거야?"

"아—. 응. 최근에 복귀했는데⋯⋯."

거기서 말을 멈춘 사가라는 "저기"라며 화제를 바꿨다.

내가 체념하고 말하자 엄마는 그제야 마음이 놓이는지 숨을 내쉬었다.

"괜찮아. 그럼, 그런 줄 알고 준비하고 있으마."

마지막으로 "꼭 오는 거다"라고 다시 다짐을 받고 나서야 엄마는 전화를 끊었다. 전봇대에 기대어 하아 하고 한숨을 깊이 내쉰다.

의붓여동생과는, 예전에 나나세와 함께 본가에 갔을 때 딱 한 번 마주친 적이 있다. 한심하게도 그 자리에서 바로 도망치고 말았지만. 얼굴은 잘 기억나지 않지만 성실하고 얌전해 보이는 여학생이었던 것 같다.

……뭐, 같이 사는 것도 아니고 앞으로 가끔 얼굴만 보는 정도라면 많이 친해질 필요는 없겠지. 호적상으로는 가족이지만 거의 아무 관계 없는 남이나 마찬가지다.

그렇게 자신을 타이르며 자취방으로 향했다. 나나세의 방에는 아직 불이 환하게 켜져 있었다. 자기 전에 보고 싶었지만── 꾹 참고 곧장 집으로 돌아갔다.

다음 주 주말. 나는 고속버스를 타고 나고야로 돌아갔다.

약속 장소는 호텔 고층에 있는 중화요리 레스토랑이었다. 생각보다 격식 있는 곳인 것 같아서 괜히 주눅이 늘었다. 그래도 내 딴에는 신경을 쓴다고 칼라가 달린 셔츠를 입고 오긴 했는데 역시 정장을 입을 걸 그랬나 보다.

공손하게 맞아주는 직원에게 이름을 말하자 안쪽에 있

는 테이블로 안내해 주었다. 커다란 유리창이 바로 옆에 있어서 나고야 시내가 잘 보이는 자리였다.

"소우헤이! 와줘서 고맙구나."

엄마는 나를 보자마자 안도했는지 표정이 환해졌다. 혹시 안 오는 건 아닌지 걱정했을지도 모른다.

엄마의 맞은편 자리에 앉아 있는 건 온화한 분위기를 풍기는 중년 남자와 세일러복을 입은 여고생이었다. 나는 두 사람을 향해 머리를 숙였다.

"……사가라 소우헤이입니다."

"그렇게 딱딱하게 굴 것 없네. 소우헤이, 얼른 앉아."

엄마의 재혼 상대── 내 의붓아버지가 될 남자는 눈가에 깊은 주름을 잡으며 웃었다. 제대로 얼굴을 보는 건 처음인데 느낌이 좋은 사람이라 마음이 놓였다.

솔직히 말하자면 너무 우울해서 "역시 가지 말까……" 하고 몇 번이나 생각했지만, 자신을 다독여가면서 간신히 여기까지 왔다.

──괜찮아. 괜찮아, 사가라.

예전에 나를 격려해 준 나나세의 말은 지금도 내 등을 떠밀어주고 있다.

나는 나나세 덕분에 가까스로 엄마와 마주할 수 있게 되었다. 이제 와서 도망칠 수는 없다.

"소개하지. 이쪽은 내 딸인 이치카. 고등학교 2학년생이니까 소우헤이보다 세 살 아래인가?"

의붓아버지 옆에 앉아 있던 소녀는 양쪽으로 묶은 머리를 흔들면서 꾸벅 고개 숙여 인사했다.

"안녕하세요, 이치카라고 해요."

"……처음 뵙겠습니다."

내가 그렇게 말하자 그녀는 쿡 하는 웃음을 흘렸다.

"처음 보는 사이가 아닌데요?"

"……어?"

"오랜만이네요. 오픈 캠퍼스 때 뵀었죠."

"……앗?!"

그 말을 들은 순간, 그제야 그녀의 정체를 깨달았다.

양쪽으로 묶은 흑발에 세일러복을 입은 성실해 보이는 여고생. 내 바로 맞은편에 앉아 있는 의붓여동생은 저번에 오픈 캠퍼스에 왔던 여고생이었다.

──묻었어요, 립스틱.

그때 일이 떠오르자 등에 식은땀이 흘렀다. 의붓여동생에게 여자 친구와 키스하는 장면을 목격당한 셈이다. 지인에게 들키는 것도 최악인데 심지어 가족이라니, 부끄러워서 죽고 싶은 심정이다. 구멍이라도 있으면 파고 들어가서 두 번 다시 나오고 싶지 않았다.

학교에서 여자 친구와 꽁냥거리는 남자라니, 절대 인상이 좋을 리가 없다. 하지만 의붓여동생은 나를 향해 붙임성 좋게 웃어 보였다.

"아무 말 안 해서 죄송해요. 저를 못 알아보는 것 같아서 그랬어요."

"미안…… 전혀 몰랐어."

솔직하게 대답했지만 그녀는 기분 상한 기색 하나 없이 "그럴 줄 알았어요"라며 웃었다.

"줄곧 오빠가 있었으면 했는데 이렇게 뵙게 되어 너무 기뻐요. 소우헤이라고 불러도 될까요?"

"아, 응…… 편한 대로 불러."

상당히 살가운 성격이다. 하지만 안타깝게도 나는 여고생과 즐겁게 대화를 이어나갈 스킬이 없다 보니 작은 소리로 애매한 대답 밖에 하지 못했다. 호죠나 키나미였다면 밝게 분위기를 띄울 수 있었을 텐데.

"그랬구나. 소우헤이는 교토의 릿세이칸 대학에 다닌다고 했던가?"

"아, 네."

"괜찮으면 이치카에게 공부 좀 가르쳐주지 않겠나? 친구랑 놀기만 하고 아주 천하태평이야."

"어머, 안 그래요. 늘 열심히 공부하고 있는 거 다 알면서 또 그런다. 항상 늦게까지 학원에 남아 있다구요. 게다가 아르바이트까지 열심히 하고 있고."

엄마가 다정하게 웃어 보이자 이치카는 "에헤헤" 하고 수줍게 웃었다.

나는 그런 세 사람을 마치 TV 속 홈드라마라도 보는 것 같은 심정으로 바라보고 있었다. 마치 이물질이 섞여 있는 것처럼, 이 자리에서 내 존재만 붕 떠 있었다. 예전만큼 싫은 마음이 드는 건 아니었지만, 그래도 기분이 좀 가라앉았다.

"소우헤이, 대학에 대해, 이것저것 많이 가르쳐주세요."

나를 바라보는 맑은 눈동자를 향해 "응"이라고 대답했다. 붙임성이 없다는 자각은 있었지만, 더 이상 화제를 넓히고 싶은 생각은 들지 않았다.

중화 코스를 끝내고 디저트로 나온 안닌도후까지 다 먹은 후, 나는 "화장실에 좀 다녀올게"라며 자리에서 일어났다. 혼자가 된 순간, 하아―하고 한숨을 쉰다. 생각보다 더 긴장하고 있었던 모양이다.

한심한 이야기지만, 빨리 교토로 돌아가서 나나세의 얼굴을 보고 싶었다. 스마트폰을 꺼내서 LINE 톡방을 연다. 버스를 타기 전에 온 [잘 다녀와. 돌아오면 같이 저녁 먹자]라는 메시지를 보니 저절로 마음이 치유되는 기분이 들었다.

남자 화장실을 나오는데 세일러복 소녀와 딱 마주쳤다. 의붓여동생이다.

"으, 으앗. 깜짝이야."

나도 모르게 소리를 질렀다. 나를 기다리고 있었던 의붓여동생―― 이치카는 "저기, 소우헤이"라며 조심스럽게 말을 걸어왔다.

"저기…… 조금만 더 살갑게 굴면 안 될까?"

"뭐?"

"모처럼 가족들이 다 모였으니까 좀 더 즐겁게 대화도 나누고 그러면 좋잖아."

이치카의 말에 나는 "어" 하고 심드렁하게 대답하며 벽에 기대었다.

아까부터 잠자코 밥만 먹고 대화에는 적극적으로 참여하지 않고 있는 건 사실이었다. 이치카의 지적은 틀린 게 없지만.

"……뭐, 그건 그렇지만…… 가족이라고 꼭 무리할 필요는 없잖아."

"……무슨, 뜻이야?"

갑자기 이치카의 미간에 주름이 깊이 팼다.

"너도 딱히 나랑 친하게 지내고 싶진 않을 거 아냐? 그렇다면 서로 적당히 거리를 두는 게 편……."

거기까지 말했을 때, 탁! 하고 내 몸 바로 옆에 있는 벽을 손으로 힘껏 때렸다. 생각지도 못한 일에 나는 몸을 움찔 떨었다. 가냘픈 이치카가 이쪽을 올려다보며 무시무시한 얼굴로 나를 노려보고 있었다.

"……적당히 좀 해. 필사적으로 분위기를 띄우려는 내 입장도 좀 되어보시지?"

갑작스러운 변모에 나는 아연실색했다. 이치카는 혀를 쯧 하고 차더니 지긋지긋하다는 듯 내뱉었다.

"그쪽은 오늘만 어떻게 넘기면 되는지 몰라도, 난 아니라고! 분위기 파악하고 좀 살갑게 굴란 말이야."

그 기세에 압도되어 아무 말도 나오지 않았다. 도대체 뭐지? "오빠가 있었으면 했어요"라고 말했던 솔직한 의붓여동생은 환상이었던 건가.

내가 아무 말 없이 있자 이치카는 초조한 목소리로 내뱉었다.

"들었던 거랑 전혀 다르잖아! 다정하고 근사한 사람이라고 했는데……!"

이치카는 그렇게 말하더니 얼굴로 흘러내린 머리카락을 거칠게 쓸어 올렸다. 그 바람에 귀에 뚫은 피어스 구멍이 슬쩍 보였다. ……우와, 몇 개나 뚫은 거야? 혹시 첫인상처럼 성실하진 않은 건가……?

"내 얘기는 누구한테 들었지? 엄마?"

"……누구든 상관없잖아. 게다가 하나도 안 멋진데 엄청 미인이랑 사귀더라."

"윽."

"학교에서 뽀뽀하는 건 괜찮나 봐?"

맞는 말이다. 너무 맞는 말이라 찍소리도 할 수 없었다.

"……어, 엄마한테는, 말하지 마."

학교에서 여자 친구랑 키스했다는 걸 엄마나 의붓아버지가 알게 되는 건 절대 싫다. 도대체 대학에 뭐 하러 간 거냐, 라며 어이없어할지도 모른다. 게다가…… 나는 그렇다 쳐도 나나세가 대학에서 그런 짓이나 하는 여자라고 오해받는 건 싫었다.

이치카는 입술 끝을 올리며 씨익, 심술궂은 미소를 지었다.

"흐음. 어떻게 할까."

"어, 어이."

"뭐, 오늘은 봐줄게. 나한테 빚진 거다?"

"빚이라니……."

"나한테 약점을 잡혔다는 거, 잊지 말도록 해. 일단 오늘은 좀 친한 척이라도 하는 거야."

이것저것 하고 싶은 말은 많았지만 고분고분 "알았어……"라며 고개를 끄덕였다. 지금까지 내가 보인 태도에 문제가 있는 건 사실이다.

엄마와 의붓아버지가 기다리는 테이블로 돌아가는 길에 이치카가 팔짱을 꼈다. 예상 밖의 스킨십에 깜짝 놀라서 팔을 풀려고 하자 이치카는 "협조 좀 해"라고 작은 목소리로 속삭였다. 아무래도 나와 사이좋게 잘 지내는 모습을 부모님에게 어필하고 싶은 모양이었다.

"어머, 소우헤이. 이치카랑 벌써 친해진 거니?"

우리를 본 엄마가 기쁘게 말했다. 의붓아버지도 "잘 됐구나"라며 환한 표정을 짓는다.

"응, 친해질 것 같아. 그치?"

그렇게 말한 이치카는 내 팔을 힘껏 꼬집었다. 이거,

만만찮은 놈이잖아. 나는 아픈 걸 꾹 참으며 "……응" 하고 어색한 미소를 지어 보였다.

엄마와 의붓아버지는 "자고 가면 좋을 텐데"라며 만류했지만, 나는 그날 바로 나고야에서 교토로 돌아왔다. 허름한 연립주택에 도착하자 한꺼번에 피로가 밀려들었다. 무거운 다리를 이끌고 2층으로 이어지는 계단을 올랐다.

집으로 들어가기 전에 옆집 인터폰을 눌렀다. 딩동, 하는 소리가 끝나기도 전에 눈앞에 있는 문이 힘껏 열렸다.

"사가라, 어서 와!"

맨얼굴에 체육복을 입은 나나세가 그렇게 말하며 생긋 웃어 보였다. 그 얼굴을 본 순간, 나도 모르게 마음이 놓였다. 생각했던 것보다 정신적으로 많이 지쳤나 보다.

내 얼굴을 가만히 보던 나나세가 조심스럽게 물었다.

"……어땠어?"

"……응. 의붓아버지는 좋으신 분 같았어. 엄마도 잘 지내고 계시고."

"그렇구나. 잘 됐어!"

"그리고 엄마의 재혼 상대에게, 딸이 있는데…… 나보다 3살 어린, 여고생이었어."

"앗, 그러고 보니 의붓여동생이 생겼다고 했었지. 어떤 애였어?"

험악한 얼굴로 나를 노려보는 이치카의 얼굴이 머릿속

에 떠올랐다.

　……오픈 캠퍼스에서 만난 여고생이 의붓여동생이었다
는 말은 하지 말자. 내 가족에게 그런 모습을 들켰다는
걸 알게 되면 나나세도 충격을 받을 것이다.

　"……어 ……그게, 착실해 보였어."

　"그래! 잘 지내면 좋겠다, 그치?"

　나나세는 천진난만하게 말했지만 나는 쉽지 않을 거란
생각이 들었다. 갑자기 의붓여동생이 된 여고생을 어떻
게 대하면 좋을지 모르는 건 물론이고 처음부터 대폭 호
감도를 떨어뜨리고 말았다. 다행히 당분간 만날 일은 없
겠지만.

　──나한테 약점을 잡혔다는 거, 잊지 말도록 해.

　일부러 협박하는 것처럼 말한 건 조금 마음에 걸리지
만. 설마 나쁜 꿍꿍이가 있는 건 아니겠지……?

　"……왜 그래?"

　심상치 않은 분위기를 감지했는지, 나나세가 내 얼굴
을 걱정스럽게 살폈다. 난 서둘러 "아무것도 아니야"라고
말했다.

　너무 깊이 신경 쓰지 말자. 나 같은 가난한 대학생의 약
점을 잡아봤자 이치카에게는 득이 될 게 아무것도 없다.

　"맞다, 저녁 같이 먹어야지! 지금 그라탕 만들고 있어!
맛있게 돼야 할 텐데."

　나나세는 그렇게 말하더니 안경 너머의 눈을 가늘게 접

으며 미소 지었다. 고작 그것만으로도 거칠어진 마음이 잠잠해지는 걸 보면 참 신기하다.

나도 모르게 나나세의 팔을 끌어당겨서 품에 꼭 가두었다. 그녀는 깜짝 놀랐는지 눈을 깜빡거렸지만, 이내 나를 꼭 안아주었다.

"무슨 일 있어, 사가라?"

"……아무것도 아냐."

"맞다. 그라탕 안 먹을 거야?"

배는 고팠지만 품 안에 있는 이 온기를, 아직은 놓아주고 싶지 않았다. "조금만 더, 이렇게 있어 줘"라고 속삭이자 나나세는 아무 말 없이 내 등을 어루만져 주었다.

그리고 몇 분 후, 오븐 토스터에서 꺼낼 타이밍을 놓친 그라탕은 살짝 타고 말았다.

1교시 독일어 수업이 끝나고 스마트폰을 확인하니 삿짱이 보낸 [미안, 오늘은 3교시 스터디 수업 때나 갈 것 같아]라는 LINE이 도착해 있었다.

아무래도 어학 수업은 땡땡이쳤나 보다. 저번에 친 쪽지 시험 결과도 별로 안 좋았다고 했는데 괜찮을까.

……그나저나 오늘 점심은 어떻게 할까.

스터디 수업이 있는 화요일에는 늘 삿짱과 둘이 함께

점심을 먹는다. 사이 좋은 츠구미와 나미는 그쪽 스터디 그룹 친구와 같이 먹는다고 한다. 하지만 나는 안타깝게도 나도 끼워달라는 말을 할 수 있을 정도로 사교성이 좋지는 않았다.

물론 점심 정도는 혼자 먹어도 괜찮지만. 학교에서 혼자 밥을 먹는 사람이 있어도 그딴 건 아무도 신경 쓰지 않는다. 알고는 있지만 외톨이로 지냈던 고등학생 때가 생각나서 선뜻 그러기가 쉽지 않았다.

사가라에게 연락해서 같이 먹자고 할까. 그는 보통 혼자 먹을 때가 많다. 내가 부탁하면 절대 거절하진 않겠지만.

……나, 그렇게까지 사가라에게 딱 달라붙어 있어도 괜찮은 걸까. 사가라도 혼자 있고 싶을 때가 있을 텐데. 억지로 나랑 같이 있게 하고 싶진 않았다.

고민하고 있는데 손에 들고 있던 스마트폰이 진동했다. 확인해 보니 LINE 메시지 1통이 도착해 있었다. 오픈 캠퍼스에서 만난 여고생── 이치카가 보낸 것이다.

[지금 하루코 씨 대학에 와 있는데, 만날 수 있을까요?]

메시지를 확인하고 나도 모르게 "어라" 하고 놀랐다. 오늘은 평일이고 고등학생이라면 수업이 있을 텐데 괜찮은가……?

그렇지만 이치카가 왔다면 꼭 만나고 싶었다. 빈번하게 연락을 주고받는 사이에 그녀와 친해졌다……고 생각한다. 메시지만 주고받는 데서 머무르지 않고 영상통화도 몇 번 했는데, 이치카는 참 솔직하고 귀여우며 착한 아이였다. 이치카가 나를 떠올리고 만나고 싶다는 생각을 해준 게 참 기뻤다.

[물론이지! 지금 어디 있어?]라고 답장을 보내고 나자 가슴이 설레기 시작했다.

도서관 앞에 있다고 했지만 이치카의 모습은 보이지 않았다. 그 대신 분홍색 카디건을 걸친 여자가 한 명 서 있었다. 귀에는 커다란 링 귀걸이를 하고 새빨간 립스틱을 바른 갸루였다. 나는 반사적으로 눈을 피했다.

원래 수수했던 나는 갸루 같은 여자는 지금도 대하기 영 껄끄러웠다. 야, 다들 조용히 해봐, 나나세 님이 화난 거 안 보여? 라는 식으로 놀림 받았던 고등학생 때 기억이 되살아나서 우울해졌다.

그 순간, 갸루가 고개를 들더니 내 쪽을 쳐다봤다. 그리고 눈이 마주친 순간, "아" 하고 눈을 커다랗게 뜨더니 나를 향해 달려온다.

"하루코 씨, 오랜만이에요."

"……어?"

잘못 들은 게 아니라면 바로 내 앞에 있는 갸루가 내 이름을 불렀다.

나는 갸루의 모습을 말끄러미 쳐다봤다. 화장은 빈틈 없이 완벽했다. 아이섀도와 립스틱은 새빨간색, 블러셔는 조금 연하게, 검은색 아이라인은 눈꼬리까지 길게 그려져 있다.

가까이에서 얼굴을 보고 나서야 알아차렸다.

"호……혹시, 이, 이치카?"

너무 충격을 받은 나는 몇 걸음 뒤로 물러났다.

지금 내 앞에 있는 사람은 분명 이치카였다. 저번에 만났을 때와 인상이 완전히 달랐다. 위에 오버핏 카디건을 입고 있어서 몰랐는데, 교복도 저번과 똑같은 세일러복이다. 가만히 보니 귀에는 피어스 구멍이 잔뜩 뚫려 있었다.

지금까지 이런 타입의 여자아이와는 별로 엮일 일이 없었는데……!

대학에 들어와서 생긴 친구들은 다들 멋쟁이에 반짝거리는 인싸녀이지만 소위 갸루와는 조금 다른 타입이다. 이런 스타일의 여자를 대하는 방법은 내 대인관계 매뉴얼에는 기재되어 있지 않았다.

선배 노릇을 하려던 마음은 이미 싹 가시고 없었다. 귀여운 후배의 변모에 당황해서 어쩔 줄 몰라 하고 있자 이치카가 "앗" 하고 오른손을 입가에 댔다.

"……맞다. 이런 모습으로 하루코 씨와 만나는 건 처음이었네."

"으, 응…… 예전과 이미지가 달라서 깜짝 놀랐어."

"……혹시, 실망했어요?"

조심스럽게 묻는 이치카를 본 나는 아차 싶었다.

그녀의 화려한 차림을 보고 괜히 혼자 위축해 있는 내가 부끄러웠다. 깜짝 놀란 것은 사실이지만, 어떤 모습을 하고 있든 평소처럼 대하면 될 뿐이다.

"아, 아냐! 내가 왜 실망을 해! 이치카는 이치카인걸."

나는 단호하게 말했다. 이치카는 "다행이다"라며 그제야 안도했는지 표정이 풀어졌다. 웃으니 아주 조금이긴 해도 맨얼굴일 때의 모습이 보여서 마음이 놓였다.

"이치카, 학생 식당에서 점심 먹지 않을래? 내가 살게! 먹고 싶은 건 다 시켜도 돼!"

나는 선배티를 팍팍 내면서 이치카에게 웃어 보였다.

그 후로 우리는 2호관 지하에 있는 식당으로 이동했다. 여긴 우리 대학에 있는 식당 중에서도 비교적 분위기가 좋아서 여자들에게 인기가 많았다. 전에 사가라와 왔을 때는 "가격에 비해 양이 적어"라며 불평했지만.

"잘 먹겠습니다"라며 예의 바르게 두 손을 모은 이치카에게 물었다.

"그러고 보니, 이치카. 오늘 여긴 어쩐 일로 왔어? 다른 볼일이라도 있었어?"

얼마 전 오픈 캠퍼스 때 왔으니 아직 온 지 얼마 되지도 않았는데 지망 대학 답사라고 하기엔 너무 열심인 것 같다. 함박스테이크를 입안 가득 넣고 우물우물 먹으며 이치카는 대답했다.

"소우헤이의 여자 친구가 어떤 사람인지 궁금해서요."

"……소우, 헤이?"

누구인지 고민할 것까지도 없었다. 내 남자 친구인 소우헤이, 는 이 세상에 사가라 소우헤이, 한 명밖에 없다.

그보다 방금 이치카…… 사가라를 이름으로 불렀어?! 나, 나도 아직 제대로 잘 못 부르는데! 서, 설마…… 바람 상대가 쳐들어온 건가?!

그 가능성에 생각이 미친 순간, 핏기가 싹 가시면서 들고 있던 포크를 떨어뜨렸다. 그런 내 상태를 알아챘는지, 이치카는 당황해서 말했다.

"아, 오해하지 마세요. 전 소우헤이의 여동생이에요."

"……여, 여동생?"

"소우헤이에게 얘기 못 들었어요?"

이치카의 발언에 나는 눈을 깜빡거렸다.

그러고 보니 고등학생인 의붓여동생이 생겼다고 했었다. 둘이 함께 나고야에 갔을 때도 본가 앞에서 세일러복을 입은 여자아이를 봤었다고…….

그녀의 얼굴을 뚫어져라 관찰하던 나는 "앗!" 하고 외쳤다.

"……두 달 정도 전…… 연립주택 앞에서 만났지?"

그때는 세일러복을 입은 갸루가 있다고만 생각했는데, 지금 보니 내 앞에 앉아 있는 여자아이와 동일 인물이었다.

이치카는 겸연쩍은 듯 "네"라며 뺨을 긁적였다.

"혹시 사가라를 만나러 왔던 거야?"

"뭐, 그런 셈……이긴 하죠."

세상에. 사가라의 의붓여동생이 이치카였다니. 사가라는 왜 나한테 말해주지 않았을까. 이야기할 기회는 얼마든지 있었을 텐데…….

"그러면 오픈 캠퍼스에 왔던 것도……?"

"네. 얼굴 정도는 볼 수 있지 않을까 해서요. 설마 강연을 할 줄은 몰랐지만요. 깜짝 놀라서 나도 모르게 말을 걸어버린 거예요."

"그랬구나……."

"하루코 씨에게 연락처를 물어본 것도 의붓오빠의 여자 친구가 어떤 사람인지 궁금해서 그랬어요. 왠지 이용한 것 같아서 죄송해요."

……그렇구나. 내가 좋아서 잘 따랐던 게 아니었구나. 하긴 어떤 후배가 나를 동경하고 따르겠어?

솔직히 조금 충격을 받긴 했지만, 애써 미소를 지어 보였다.

"아냐, 하나도 신경 안 써! 의붓오빠 문제잖아. 당연히 신경 쓰이지. 나라도 괜찮다면 뭐든 다 물어봐!"

"정말이요? 안 그래도 궁금한 게 잔뜩 있어요. 소우헤이에 대해 이것저것 다 물어봐야지."

이치카는 그렇게 말하더니 몸을 앞으로 쭉 내밀고 이것

저것 묻기 시작했다. 나는 소우헤이의 의붓여동생과 친해지고 싶다는 생각에 묻는 족족 다 대답해 주고 말았다.

———————————◆———————————

2교시 어학 수업이 끝난 후, 나는 6호관의 빈 강의실에서 혼자 점심을 먹고 있었다.

여전히 6호관은 아는 사람이 없다는 점이 마음에 든다. 나 홀로 대학 생활은(일단) 벗어났지만, 그래도 나는 혼자 있는 시간도 참 좋아한다.

편의점에서 산 초코칩 메론빵을 입안 가득 베어 물었다. 단 음식은 별로 좋아하지 않지만, 저렴하고 크기도 큰 빵은 에너지 효율이 좋다. 나나세가 보면 "영양적으로 균형이 안 맞아!"라며 걱정할 것 같지만.

그때 테이블 위에 놔둔 스마트폰이 진동했다. 이 시간에 나에게 LINE을 보낼 사람은 보통의 경우 나나세다.

LINE 앱을 열자 사진이 떴다. 수줍은 미소를 짓는 나나세와 처음 보는 갸루의 투샷.

누구지? 하고 잠깐 생각하다가—— 그 갸루의 정체를 깨달은 순간, 하마터면 마시고 있던 아이스커피를 내뿜을 뻔했다.

……왜 나나세가 의붓여동생(그 녀석)과 같이 있는 거지?!

마치 다른 사람 같은 갸루 화장을 하고 있었지만, 나나세와 함께 찍혀 있는 건 분명 이치카였다. 사진에 이어 메시지도 떴다.

[지금 이치카랑 2호관 학생 식당에서 밥 먹고 있는 중이야!]

잠깐, 지금 이게 무슨 상황이지? 의문점은 셀 수 없이 많았지만, 일단 본인에게 물어보는 수밖에 없다. 나는 2호관 식당을 향해 쏜살같이 달려갔다.

두 사람은 많은 학생으로 혼잡한 2호관 식당의 창가 카운터 자리에 나란히 앉아 있었다.

상당히 친근한 모습으로 즐겁게 대화를 나누고 있다. 나나세는 눈썹이 아래로 쳐진 수줍은 표정을 짓고 있고 이치카는 눈동자를 반짝거리며 거듭 고개를 끄덕이고 있었다.

"어이!"

숨을 헐떡이며 뒤에서 불렀다. 먼저 돌아본 사람은 나나세였다.

"앗, 사가라!"

나나세는 내 얼굴을 보자마자 기쁜 얼굴로 활짝 웃었다. 나나세의 맞은편에 앉아 있는 이치카는 시선만 힐끔 이쪽으로 돌릴 뿐이다.

"우와, 혹시 뛰어온 거야? 너무 필사적인데?"

저번과는 완전히 다르게 화려하게 화장한 이치카의 귀

에는 대량의 피어스가 반짝이고 있었다. 마냥 착실한 아이는 아닐 거라 짐작했는데 역시 내숭을 떨었던 것이었나.

"……무슨 생각이지? 왜 네가 여기 있는 거야?"

내 질문에 이치카 대신 나나세가 대답했다.

"놀러 왔대."

"……나나세, 왜 이 녀석과 같이 있는 거야?"

"오픈 캠퍼스에서 이치카와 연락처를 교환하고 나서 자주 연락을 주고받았어. 그래서 오늘 놀러 온다고 하길래 같이 밥 먹자고 한 거야."

"처음 보는 사람과 쉽게 연락처 교환하지 마……."

역시 나나세는 이런 면에서 빈틈이 많다. 내 가족이라 다행이지만 만약 이렇게 만나러 온 사람이 수상한 사람이면 어쩔 거냔 말이다.

"그나저나 하루코 씨는 이렇게 미인에 착한 사람인데 소우헤이에겐 너무 아까워. 하긴 이런 여자 친구가 있으면 학교에서 꽁냥거리고 싶어질 만도 하지—."

이치카가 놀리듯 말하자 나나세의 얼굴이 순식간에 빨개졌다. 우리 가족에게 키스하는 모습을 들켰다는 사실을 이제야 깨달은 모양이다.

"아……아니야! 그게, 늘 그러는 게 아니라!"

나는 당황해서 어쩔 줄 몰라 하는 나나세는 아랑곳하지 않은 채 이치카를 향해 물었다.

"너, 학교는?"

그러자 이치카는 허공을 바라보며 눈만 이리저리 굴렸다. 그러면서 시선은 다른 곳에 둔 채 대답했다.

"……음 ……휴일? ……개교기념일, 비슷한 거야."

"그럼 교복은 왜 입고 있는데?"

이치카는 아무 대답도 하지 않았다. 혹시 학교를 땡땡이치고 여기까지 온 건가. 뭐, 이런 녀석이 다 있지? 가족들 앞에서 보여주던 착한 아이의 얼굴을 떠올린 나는 한숨을 쉬었다.

"엄마한테 여기 온다고 말하고 온 거야?"

"엄마는 상관없잖아."

딱 잘라 내치는 듯한 말투였다. 기분이 상했는지 팔짱까지 끼고 있다.

……혹시 이 자식, 엄마랑 잘 지내지 못하는 건가……?

지금 이치카의 모습을 보면 평소 행실이 좋을 것 같지는 않았다. 집에서 의붓어머니를 상대로 신경 쓰느라 쌓인 울분을 밖에서 풀고 다니는 것……도 있을 법한 일이다. 아마 가정 환경 스트레스로 인해 비뚤어진 것이리라.

이치카는 나한테서 시선을 돌리더니 나나세에게 말을 건넸다.

"하루코 씨, 스터디 그룹은 정확히 어떤 거예요? 한 번 보고 싶어요."

이치카에게 완전히 회유된 것으로 보이는 나나세는 "응, 알았어!"라며 고개를 끄덕였다.

"이제 곧 스터디 수업이 있으니까 그게 끝나면 연구실로 와! 나랑 사가라의 친구도 있으니까 소개해 줄게!"

"우와, 감사합니다!"

……이 자식은 도대체 무슨 생각을 하고 있는 걸까. 목적이 뭔지 도통 모르겠다.

일부러 나나세의 연락처까지 물어가면서 접근한 이유는 뭘까. 내가 의문의 눈초리로 쳐다보고 있는 걸 안 건지, 이치카는 이쪽을 한 번 보더니 이내 휙 하고 눈을 돌려버렸다.

스터디 수업이 끝난 후, 나나세는 이치카를 연구실로 데리고 와서 스도와 호죠에게 소개해 주었다.

두 사람은 뜬금없이 나타난 여고생을 보고 놀랐지만, 「내 여동생」이라는 대략적인 설명을 듣더니 "확실히 조금 닮긴 했네" "어디가? 사가라보다 훨씬 귀엽구만"이라며 떠들어댔다. 귀찮아서 더 이상 자세한 설명은 하지 않았다.

그 후에 캠퍼스 안을 한 바퀴 빙 둘러보고 교내에 있는 카페에 들어간 후, 호죠와 스도와는 헤어졌다. 나와 나나세는 이치카를 배웅하러 교토역까지 왔다.

"아―, 즐거웠어! 그런데 호죠 씨, 너무 잘생긴 것 같아요! 대학은 그렇게 멋진 남자들이 잔뜩 있는 곳이에요?"

한껏 들뜬 이치카를 보고 나나세는 "……잔뜩, 있진 않아"라며 쓸쓸하게 웃었다. 그런 미남들만 캠퍼스 안에 바글거릴 거라 생각했다가는 입학한 후에 실망이 이만저만이 아닐 것이다. 너무 과한 꿈은 꾸지 않는 게 좋다.

"아참, 나나세 씨는 교토에 있는 대학을 선택한 이유가 뭐예요?"

"나 같은 경우는 일단 고향을 떠나고 싶었어. 그리고 럿세이칸이 언니의 모교였기 때문에 동경하기도 했고!"

"어, 왜 고향을 떠나고 싶었어요?"

"그건…… 음…… 그냥 여러 사정이 있어서……."

나나세가 머뭇거리는 사이에 신칸센의 중앙 개찰구에 도착했다. 나나세는 신칸센을 타고 돌아간다고 했다. 나는 저번에 두 시간이나 걸려서 고속버스를 타고 집에 갔었는데, 사치스러운 놈이다.

"그럼 전 이만 가볼게요. 감사했어요, 하루코 씨."

이치카는 그렇게 말하며 나나세를 향해 손을 흔들었다. 그러고 보니 이치카가 여기 온 이유를 아직 못 물어봤다. 나는 개찰구를 지나려는 이치카의 뒷모습에 대고 "저기"라고 말을 걸었다.

"……나한테 용건이 있었던 건 아니야?"

이치카는 빙글 돌아서더니 나를 향해 혀를 쏙 내밀었다.

"소우헤이한테는 볼 일 없어. 목적은 이미 달성했으니까 난 돌아갈게!"

"저기……."

"아, 마지막으로 하나만."

나를 향해 뚜벅뚜벅 걸어온 이치카는 내 귓가에 대고 가만히 속삭였다.

"……오늘 일, 엄마한테는 절대 말하지 마. 말하면 소우헤이가 여자 친구랑 학교에서 뽀뽀했던 거, 다 말해버릴 거야."

"……아, 알았어."

그런 식으로 나오면 엄마한테 일러바칠 수도 없다. 이치카는 "하루코 씨, 또 LINE할게요—"라고 손을 팔랑팔랑 흔들며 개찰구를 지났다.

"이치카, 참 좋은 아이야! 너무 재미있었어!"

"……그래, 응…….."

"맞다, 마지막에……이치카가 뭐라고 했어?"

나나세가 궁금해하며 물었다. 나는 "아니, 딱히……"라며 얼버무렸다.

"그, 그보다 내 의붓여동생 일로 너까지 말려들게 해서 미안해."

"아냐! 나는 친해질 수 있어서 오히려 기뻐. 사가라의 의붓여동생이라면 나중에 내……."

거기서 말을 멈춘 나나세는 화들짝 놀라며 입을 막았다. 그리고는 "아, 아무것도 아니야"라며 애매하게 웃었다.

거짓말쟁이 입술은 사랑에 무너진다

usotsuki lip ha koi de kuzureru.

거짓말쟁이 입술은

사랑에 무너진다

usotsuki lip ha koi de kuzureru.

제 3 장

완벽한 입술은 사랑에 무너진다?

장마가 한창인 시기. 연일 비가 내리는 습한 날씨가 계속 이어지고 있었다. 우중충한 잿빛 구름에서 쏟아진 굵직한 비는 투둑 투둑 소리를 내며 빨간 무늬 우산에 부딪히고 있다.

나는 좋아하는 레인부츠를 신고 발걸음도 가볍게 캠퍼스 안을 걷고 있었다. 목이 긴 검은 레인부츠를 사가라는 늘 「장화」라고 불러서 나는 항상 "레인부츠야"라고 정정해 준다.

4교시는 2호관에서 하는 일반 교양 수업이다. 슬슬 리포트 과제가 발표될 테니까 마음을 다잡아야지.

3호관 앞까지 왔을 때, 안에서 사가라가 나오는 게 보였다. 줄무늬 셔츠에 청바지를 입고 있다. 얼마 전까지만 해도 거무스름한 옷만 입었는데 요즘은 꼭 그렇지도 않았다. 오늘은 수업이 겹치지도 않았는데 우연히 만나게 되니 기쁘다. 기분이 둥실 떠올랐다.

"사가……라……."

뛰어가서 말을 걸려고 하는데 옆에 다른 여자가 있는 게 보여서 걸음을 멈췄다.

밝은 갈색에 찰랑거리는 보브 스타일 헤어에 어깨 부근에 커팅 디자인이 들어간 니트를 입은, 어른스러운 분위기를 풍기는 미인. 사가라의 아르바이트 선배인 이토가와 씨다.

무슨 말인가 나누더니 이토가와 씨가 사가라에게 쇼핑백에 든 물건을 건넸다. 사가라는 그것을 받더니 인사를 했다. 입 모양이 "감사합니다"라고 움직이는 게 보였다.

그 순간, 내 기분은 쿵 하고 바닥으로 곤두박질쳤다.

이토가와 씨는 사가라를 향해 손을 흔들더니 그 자리를 떠났다. 내가 멍한 얼굴로 우두커니 서 있자 사가라가 나를 알아봤다. 서둘러 미소를 지으며 "수고 많았어"하고 달려간다.

"……저기, 사가라. 방금 얘기하던 사람, 이토가와 씨 맞지? 무슨 얘기 했어?"

아무렇지도 않은 척 물었지만 질투심이 조금 배어났는지도 모른다. 사가라는 쇼핑백을 들며 "어" 하고 대답했다.

"자격증 시험 참고서. 구직 활동에 도움이 될 것 같아서."

"……그, 그렇구나…….."

괜히 의심하고 질투한 내가 부끄러워서 얼굴이 화끈거렸다. 사가라는 앞으로의 진로에 대해 진지하게 고민하고 있는데 나는 쓸데없는 고민이나 하고 있다니.

……왠지 사가라가 멀리 가버릴 것 같은 느낌이 들어.

내가 이렇게 정체되어 있는 동안 사가라는 점점 더 앞

으로 나아가서 언젠가 나 홀로 남겨질지도 모른다. 그런 생각이 들자 어찌할 길 없는 불안감이 엄습해 왔다.

"……그럼 나는 이만 가볼게."

나는 그렇게 말하고 한심한 얼굴이 보이지 않도록 우산으로 가린 채 다시 걷기 시작했다.

수업을 마치고 귀가한 후, 나는 혼자 무릎을 끌어안은 채 방에 앉아 있었다.

나는 당연히 사가라와 계속 함께 있을 수 있을 줄 알았는데…… 그렇지 않을 수도 있었던 거였다. 사가라가 영원히 나를 좋아할 거라는 보장이 없으니 말이다.

앞으로도 분명 그의 앞에는 멋진 사람들이 많이 나타날 것이다. 그때도 사가라는……지금과 변함없이 나를 선택해 줄까.

나는 두 손으로 뺨을 찰싹 때렸다.

에잇, 고민해봤자 소용없어. 요즘 나는 계속 우물쭈물하기만 한다. 사가라의 마음이 떠날까 두려우면 붙들어두기 위해 노력하면 된다. 지금껏 살아오면서 대부분의 일을 노력과 근성으로 극복해 온 나니까!

나는 마트에 가서 닭다리살을 대량으로 샀다. 그런 다음, 머리를 하나로 묶고 앞치마를 두른 후, 기합을 넣듯 소매를 걷어붙였다.

그리고 비좁은 주방에서 땀투성이가 되어가며 카라아

게를 만들었다. 치킨 카라아게는 사가라가 좋아하는 음식이다. 처음에는 태우거나 덜 익히기도 했지만, 요즘은 제일 맛있게 튀기는 방법을 익혔다. 하는 김에 사이드 메뉴로 감자샐러드도 준비했다.

요리를 완성한 후에는 땀으로 지워진 화장을 고쳤다. 사가라에게 선물로 받은 립스틱을 고쳐 바르고 "좋았어!" 하고 기합을 넣는다.

사가라는 오늘 아르바이트가 없다고 했으니까 아직 집에 있을 것이다. 나는 부리나케 밖으로 나가 옆집의 인터폰을 눌렀다.

"……어라, 나나세. 어쩐 일이야?"

완벽한 외출 모드인 나를 본 사가라는 의아한 표정을 지었다. 나는 "그, 그냥 좀……"이라며 대충 얼버무렸다.

"저기, 카라아게를 만들었는데…… 괜찮으면 먹으러 안 올래?"

그러자 사가라는 아쉽다는 듯 "미안……"이라고 말했다.

"나 지금 아르바이트하러 가야 해."

"어? 오늘 아르바이트 없다고 하지 않았어?"

"조금 전에 점장님한테 전화가 왔는데 급하게 사람이 필요하다고 일해줄 수 없겠냐고 해서."

나는 그만 그 자리에서 비틀거리고 말았다. 이, 이렇게 타이밍이 안 좋을 수가……!

충격이었지만 어쩔 수 없다. 나는 억지로 입술 양쪽을

끌어올려서 웃는 얼굴을 만들어 보였다.

"그, 그렇구나! 힘들겠다. 열심히 해!"

"……진짜 미안. 모처럼 만들어줬는데."

"아냐! 맞다, 아르바이트 끝나면 먹을 수 있도록 다른 용기에 담아둘게. 잠깐만 기다려."

나는 집으로 돌아와서 카라아게와 감자샐러드를 플라스틱 용기에 담은 후, 다시 사가라의 집으로 왔다. 안이 꽉 차서 묵직한 용기를 사가라에게 건네자 사가라는 상상 이상의 무게에 깜짝 놀라는 눈치였다.

"무, 무겁네."

"미, 미안해. 너무 많이 만들었나 봐!"

"아, 아냐, 나야 좋지. 고마워. 잘 먹을게."

"아냐! 그럼, 내일 봐."

나는 웃는 얼굴로 인사하고 다시 내 방으로 돌아온 후 —— 아직 주방에 대량으로 남아 있는 카라아게를 보고 그 자리에 주르륵 주저앉았다.

……으윽, 실패했어……다음엔 더 열심히 해야지……!

여기서 포기할 내가 아니다. 나는 이미 한 번 차인 후에도 포기하지 않고 계속 노력해서 결국 그를 돌아보게 만든 실적이 있다.

나는 화장을 지우고 반소매 체육복으로 갈아입은 후, "잘 먹겠습니다" 하고 두 손을 모아 인사했다. 그리고 카라아게와 감자샐러드를 와구와구 먹기 시작했다. 다이어

트는 내일부터 하자. 배가 고프면 싸우지도 못하는 법이
니까.

━━━━━━━━●━━━━━━━━━━●━━━━━━━━

　아르바이트를 마치고 뒷문을 통해 밖으로 나오니 아침
부터 내리던 비는 이미 그친 상태였다.

　우산 도둑도 손을 안 댈 정도로 낡아빠진 비닐우산을
들고 귀갓길에 오른다. 비가 그친 직후의 미적지근한 공
기는 습기가 많아서 불쾌지수가 순식간에 높아졌다.

　연립주택에 도착하자 집 앞에 나나세가 서 있는 게 보
였다. 나를 발견하자 "수고 많았어!"라며 웃는 얼굴로 손
을 흔들어준다.

　……이런 시간에 저런 차림으로 뭐 하는 거지……?

　벌써 밤 10시인데 나나세는 완벽한 화장에 머리까지
예쁘게 말고 옷까지 신경 써서 입고 있었다. 설마 또 바
퀴벌레가 나와서 집에 못 들어가고 있는 건가?

　나는 계단을 다 오르자 나나세에게 "무슨 일 있었어?"
라고 물었다.

　"있지, 저기…… 쇼, 헤이."

　"그게 누군데?"

　갑자기 나나세가 모르는 남자의 이름을 불렀다. 그러
더니 허둥지둥 "아, 아니야! 소우헤이!"라고 고쳐 말했

다. 아무래도 말이 꼬였나 보다.

"소, 소우헤이! 저녁 만들었는데 안 먹을래?!"

……혹시 나를 기다린 건가? 이렇게 더워 죽을 것 같은 날씨에? 화장도 안 지우고?

"어…… 아…… 먹을, 게."

당황해서 대답하자 나나세는 안도한 표정을 지었다.

"다행이다! 자, 어서 들어와!"

나는 나나세에게 등을 떠밀려 그녀의 집으로 들어갔다. 오늘 저녁은 안에 치즈가 들어간, 토마토소스 함박스테이크였다. 요리에 대해서는 아무것도 모르지만, 일단 손이 많이 가는 음식이라는 건 알 수 있었다.

"아직 더 있으니까 많이 먹어!"

빈틈없이 화장한 나나세가 생글거리며 말했다. 집에 있으면서도 화장을 지우지 않는 건 왜일까.

저번에도 완벽하게 화장을 한 상태로 카라아게를 만들어서 들고 왔었다. 최근엔 도시락도 매일 만들어주고 있다. 그 외에도 다소 과하다 싶을 정도로 나에게 헌신하려는 느낌이다. 그 마음은 고맙지만…… 왠지 상태가 이상했다.

"나나세, 요즘 무슨 일 있었어?"

"어? 아, 아니야! 아무 일도 없어!"

내 질문에 나나세는 고개를 힘껏 가로저었다. 아무 일도 없으면 좀 더 자연스럽게 대해줬으면 좋겠는데…….

함박스테이크를 다 먹고 설거지를 하려고 하자 나나세는 서슬 퍼런 기세로 "내가 할 테니까 그냥 앉아 있어!"라면서 억지로 스펀지를 빼앗았다.

딱히 할 일도 없어서 무료하게 앉아 있자 설거지를 마친 나나세가 갑자기 말했다.

"사가라……가 아니라 소우헤이! 마사지, 해줄게!"

두 손을 오므렸다 펴는 나나세의 모습에 나는 "뭐, 뭐어?"라며 소리를 질렀다.

"무, 무슨 말이야, 갑자기…….."

"아르바이트하는 곳에서도 계속 서 있고, 요즘은 공부도 열심히 하잖아? 목이나 어깨, 허리가 뭉쳐 있을 것 같아서 그래!"

나나세는 "마사지하는 방법도 알아봤어"라며 천진난만한 미소를 지었다.

내가 당황해서 우물쭈물하고 있는 사이에 나나세는 얼른 내 뒤로 돌아 들어왔다. 등을 제압하는 속도가 상당히 빠르다. 나나세가 암살자였다면 나는 순식간에 숨통이 끊어졌을 것이다.

나나세는 제지할 틈도 없이 내 양쪽 어깨에 손을 올렸다. 그러더니 엄지를 어깨에 대고 꾹꾹 눌렀다. 힘이 조금 약한 것 같지만 의외로 시원했다. 나나세의 말대로 몸이 꽤 많이 뭉쳐 있었던 건지도 모르겠다. 눈을 감고 손가락의 감각에 집중한다.

나나세가 목 뒷부분을 누르면서 속삭였다. 입김이 귀에 닿아서 간지럽다.

"이 부근에 뭉친 어깨를 풀어주는 혈이 있대. 기분 좋지?"

"응……."

"그리고 두피 마사지도 하면 좋다고 했어……."

그러면서 나나세는 자세를 바꿔서 내 관자놀이 부근을 손가락으로 짚었다. 그와 동시에 뭔가 부드러운 물체가 등에 닿는 바람에 움찔했다.

……자, 잠깐만. 혹시 일부러?!

"여기를 꾹 누르면 눈의 피로에도 효과가 있다고 들었어. 또……."

나나세는 부끄러워하는 기색 하나 없이 열심히 마사지에 집중하고 있었다. 그녀에게는 다른 뜻이 전혀 없고 나 혼자 의식하고 있는 것뿐이다. 그러고 있는 동안에도 부드러운 가슴이 계속 등에 닿았다.

쓸데없는 생각하지 마, 라고 자신을 타일렀지만——이미 마사지 따윈 아무래도 상관없었다.

"나, 나나세. 미안. 고맙긴 하지만 그만 됐어."

나는 서둘러 그렇게 말하며 나나세를 제지했다. 그녀는 "어엇" 하며 아쉬운 표정을 지었다.

"그치만…… 아직 허리 마사지는 안 했는데."

크, 큰일날 소리! 이 상태에서 나나세가 허리를 문질러 댔다가는 더 이상한 기분만 들 게 뻔했다.

"괘, 괜찮아! 이제 충분해!"

내가 사양하자 나나세는 "그래……"라고 중얼거리며 시무룩해했다. 그리고 잠시 후, 자세를 바로 하고 앉더니 자기 무릎을 팡팡 두드리며 말했다.

"사가라! 무릎베개 해줄까?"

"사, 사양할게……."

……역시 뭔가 이상하다.

"카레랑 라멘, 둘 다 엄청 맛있잖아. 그러면 카레 라멘에 대한 기대치도 올라가는 것 아니겠어? 그런데 막상 먹어보면, 아~ 이런 건가~라면서 매번 실망한단 말이지. 물론 맛이 없다는 건 아니야! 다만 기대했던 만큼은 아니란 거지."

"난 그런 거 몰라."

나는 키나미의 얘기를 일축하고 가방에서 도시락을 꺼냈다.

시끌벅적한 학생 식당 안에서도 이 녀석의 목소리는 신기하게도 잘 들렸다. 내 맞은편에 앉은 키나미는 새로 나온 메뉴인 카레 라멘을 먹으면서 투덜투덜 불평을 늘어놓고 있었다.

2교시 어학 수업이 끝나고 혼자 도시락을 먹으려던 나는 운 나쁘게도 키나미에게 붙들리고 말았다. "아―, 배고프다. 사가라, 점심 먹으러 가자"라는 녀석에게 목덜미를 붙들린 나는 반강제적으로 학생 식당까지 끌려왔다.

"어라, 그거 혹시 나나세의 사랑의 도시락?"

가방에서 도시락을 꺼내는 나를 본 키나미가 눈치 빠르게 알아봤다.

키나미의 말대로 나나세가 직접 싸준 도시락이다. 오늘 아침에도 "내 도시락 만드는 김에 같이 만들었어!"라며 떠안겨주었다. 고맙긴 하지만 일방적으로 받기만 하는 것 같아서 미안했다.

나는 키나미의 시선을 느끼면서도 도시락 뚜껑을 열었다가── 바로 닫았다. 하지만 이미 안에 든 내용물을 목격한 키나미가 배를 잡고 웃기 시작했다.

"우와──! 기합이 장난 아니게 들어갔잖아!"

"시, 시끄러워. 빤히 보지 마."

키나미를 노려보면서 다시 머뭇머뭇 뚜껑을 열었다.

안에 든 것은 닭고기 완자, 아스파라거스와 베이컨 말이, 톳조림, 달걀말이. 가짓수도 많고 색상도 다양했다. 닭고기 완자와 달걀말이는 귀여운 하트 모양이고 밥에도 하트 모양 햄이 올려져 있었다. 화룡점정은 검은색 김으로 쓴 'LOVE'였다. 기껏 만들어줬는데 미안하지만, 너, 너무 부끄럽다……!

"세상에, 러브라니…… 나나세, 진짜 재밌다."

키나미의 웃음 포인트를 정확히 찔렀는지, 녀석은 깔깔거리며 자지러지게 웃었다. 나는 그런 키나미를 무시하고 하트 모양 달걀말이를 입안에 집어넣었다. 달걀말이에는 설탕을 넣었는지 살짝 달았다.

그런데 아무리 도시락을 만들어도 그렇지…… 보통 이렇게까지 하나?

예전부터 쉽게 폭주하는 면이 있긴 했지만, 최근엔 유난히 브레이크가 고장난 것 같은 느낌이 들었다. 물론 마음은 고맙지만, 왠지 살짝 헛돌고 있는 것 같은…….

"좋겠다—, 나도 나나세의 사랑이 담긴 도시락 먹고 싶다! 완자 하나만 주라."

"절대 안 돼."

"좀생이! 행복을 좀 나눠주면 어디 덧나냐—!"

"싫거든. 그리고 너도 여자 친구 있잖아."

얼마 전에 문학부의 1학년 여학생과 사귀기 시작했다는 식의 말을 했었다. 하지만 키나미는 태연하게 "아니, 헤어졌어"라고 대답했다.

"……벌써 헤어졌냐?"

이 녀석의 모든 교제 편력을 파악하고 있는 것은 아니지만, 최근 몇 달 동안 여자 친구를 몇 명이나 갈아치우고 있는지 모른다. 본인 왈, "그래도 동시 교제는 안 해"라고 했지만 믿을 수 없었다.

"아니, 내 말 좀 들어봐. 사귄 지 벌써 한 달 가까이 되는데 절대 안 해주잖아. 그것도 모자라『내 몸이 목적이야?』라는 식으로 말하더라고—. 그쪽이 그런 식으로 생각한다면 계속 사귈 필요가 없지."

"우와. 너 진짜 최악이다……."

나도 모르게 한심하다는 시선을 보냈다. 하지만 키나미는 신경 쓰는 기색 하나 없이 "뭐, 서로의 방향성이 다르다고 할까?"라며 태연한 모습이다. 무슨 락밴드가 해체하는 이유도 아니고.

"그러고 보니, 너희 둘, 사귀기 시작한 지 꽤 됐지? 하긴 했냐? 어땠어?"

"……."

무례한 질문에는 대답하지 않고 유리컵에 든 물을 마셨다. 그 반응을 본 키나미는 멋대로 결론을 내렸는지, "헉, 진짜?"라며 눈을 동그랗게 떴다.

"혹시 아직 안 한 거냐?! 말도 안 돼—!"

"시, 시끄러워. 큰 소리로 그런 얘기 좀 하지 마."

나는 그렇다 쳐도 나나세에 대해 이런저런 소문이 나는 건 참을 수 없었다. 키나미는 "아—, 미안, 미안"이라며 목소리 볼륨을 한 단계 낮췄다.

"그래도 도통 이해가 안 되네. 기회는 얼마든지 있잖아. 안 하고 싶냐?"

물론 나도 나나세와 사귄 후로 그런 생각을 해 본 적이 없다고 하면 거짓말이다. 같이 있으면 키스하고 싶고 키스하면 그 이상의 일을 하고 싶어지는 것은 지극히 자연스러운 흐름이다.

그치만 과연 나나세는……그런 일에 대해 어느 정도 알고 있을까.

나나세가 생각하는 연인끼리 하는 일은 고작해야 카모가와 강변에 나란히 앉아 있거나 공원에서 둘이 함께 그네 타기, 대학 광장에서 비누 거품 만들기 정도다. 그럭저럭 1년 정도 지났으니 나나세의 의식도 어느 정도 바뀌었을 수 있지만……의식이 따라가지 못하는데 억지로 일을 진전시켜서 「내 몸이 목적이야?」라는 생각을 하게 만드는 건 절대 싫었다.

……무엇보다 내가 정말 나나세에게 어울리는 남자인가 하는 문제도 있다.

"너 또 쓸데없는 생각이나 하고 있지? 하여간에 뭐든 심각한 놈."

키나미는 생각에 잠겨 있는 나를 보고 그렇게 내뱉었다. 신경 꺼, 난 너처럼 가벼운 남자가 아니니까.

카레 라멘을 다 먹은 키나미는 만족스럽게 "하아—, 다 먹었다"라며 배를 문질렀다. 그리고 쟁반을 들고 일어났다.

"그럼 난 간다."

"어? 스터디 수업 있잖아?"

"사실 오늘 제출해야 하는 과제를 안 했거든—! 앉아 있기 불편하니까 그만 갈란다!"

태연하게 말한 키나미는 "나중에 보자!"라며 손을 흔들더니 서둘러 가버렸다. 자기 방식대로 사는 녀석. 저 자유분방함은 조금 부럽다. 물론 저렇게 되고 싶은 건 절대 아니지만.

여름 방학이 가까워지자 모든 수업에서 1학기 리포트 과제가 물밀듯이 쏟아져서 학생들은 비명을 지르기 시작했다. 나 역시 예외는 아니어서 필사적으로 과제를 해치우고 있었다. 작년에는 조금 더 여유가 있었던 것 같은데 왜 이럴까.

나는 방에 틀어박혀서 키보드를 타닥타닥 두드리고 있었다. 묵묵히 계속 쓰다가 밤 11시가 넘자 손이 멎었다.

……달달한 게 먹고 싶네.

옛날부터 쭉, 나의 공부 친구는 초콜릿이었다. 이런 시간에 단 음식을 먹는 건 내키지 않지만 당분을 섭취해야 머리가 더 잘 돌아간다.

자리에서 일어나 주방 선반과 냉장고를 열어 봤지만 과자 종류는 보이지 않았다. 어떡하지, 마트에서 아이스크림이라도 사 놓을 걸 그랬어. 오늘은 30% 할인하는 날인데.

편의점에 가려고 해도 지금은 완전 맨얼굴에 안경, 그리고 고등학교 체육복 차림이다. 이런 차림으로 밖에 나가는 것은 죽어도 무리. 어쩔 수 없지, 포기하자…….

집중력이 떨어진 나는 바닥에 벌렁 드러누웠다. 꽉 닫힌 창문 밖에서는 매미 울음소리가 희미하게 들려왔다. 확실히 7월이 되니 밤이 되어도 더웠다. 이 무더위가 앞으로도 계속될 거라고 생각하니 벌써부터 진절머리가 났다.

사가라는 뭐 하고 있을까.

옆집에 사람이 있는 기척은 나지 않았다. 이 시간이면 아마 아르바이트를 하러 갔을 것이다. 보고 싶다는 생각이 들자 가슴이 옥죄어 왔다.

……안 돼. 리포트 써야 되는데 ……계속 사가라 생각만 하잖아.

사가라와 사귀기 시작한 지금, 나는 태어나서 처음으로 '우등생'인 나 자신이 흔들리고 있는 것을 느낀다.

내가 20년 동안 우등생으로 있을 수 있었던 것은 누구보다 공부에 많은 시간을 할애했기 때문이다. 삿짱은 자주 "하루코는 머리가 좋아서 좋겠다"고 하지만 그렇지 않다. 내가 다른 사람보다 성적이 뛰어난 것은 이해가 될 때까지 계속 반복하기 때문이다.

과거의 나는 혼자 공부하는 게 조금도 힘들지 않았다. 하면 하는 만큼 할 수 있게 되는 것이 즐거웠고 그것 말고는 딱히 할 일도 없었기 때문이다.

하지만 지금은 다르다. 공부는 싫어하지 않지만 이 세상에는 공부보다 즐거운 일이 많다는 것을 알게 되었다. 공부 따윈 내팽개치고 그를 만나러 가고 싶은 마음이 없다고 하면 거짓말이다.

"……웃, 안 돼! 집중! 집중해야지!"

나는 머리를 붕붕 흔든 다음, 두 손으로 뺨을 힘껏 때렸다. 다시 노트북 앞에 앉아서 리포트를 쓰기 시작했다.

그리고 그럭저럭 리포트를 끝낸 토요일. 삿짱이 "수영복 사러 가자!"고 해서 두말없이 승낙했다.

여름 방학에는 다함께 비와호에 놀러 가기로 했다. 나는 어떻게 할지 한참 고민했지만 삿짱이 "엄청 잘 어울려! 귀여워!"라며 적극적으로 밀어서 내 기준에서는 조금 대담한 비키니를 골랐다.

그 후에 둘이 함께 윈도우 쇼핑을 한 후, 저녁을 먹으러 왔다.

"나, 가보고 싶은 가게가 있데이"라며 삿짱이 데리고 간 곳은 키야마치도리에 있는, 비교적 차분한 분위기가 흐르는 술집이었다. 룸이 따로 있어서 주위 사람들을 신경 쓰지 않고 수다도 마음껏 떨 수 있는 곳이었다.

"난 생맥주. 하루코는?"

"음, 어, 어떻게 할까……."

망설이지 않고 바로 술을 주문한 삿짱의 모습에 나는 조금 멈칫했다.

5월에 스무 살 생일을 맞았지만, 아직 술은 마셔본 적이 없었다. 내게 알코올 내성이 있는지 없는지 아직 모른다. 술을 마시면 어떻게 될지 상상하니 조금 불안해졌다.

그렇지만 삿짱을 비롯한 다른 친구들은 늘 즐겁게 술을 마시고 있고 나도 한 번 정도는 술자리에 참여해 보고 싶다는 동경도 있었다. 이참에 내 알코올 내성을 파악해 두는 것도 좋을지 모르겠다.

"무리해서 내한테 안 맞차도 된데이. 그라고 여긴 식사도 맛있다."

"음, 나도 조금 마셔 볼까…… 저기요, 저도 똑같은 걸로 주세요."

얼마 지나지 않아 우리 테이블로 맥주와 기본 안주가 나왔다. 하얀 거품이 나는 맥주를 두 손으로 받아 들었다. 건배하며 둘이 맥주잔을 부딪치고 난 후, 조심스럽게 한 모금, 두 모금 마셔봤다.

"마실만 하나?"

"음…… 못 마시겠는 건, 아닌데…… 써…….."

"그라믄 그건 내가 마실 테니까 니는 달달한 걸로 다시 주문해라."

다음에 내가 주문한 것은 카시스 칵테일에 오렌지주스를 섞은 것이었다. 맥주의 맛은 잘 모르겠지만 이건 달콤해서 너무 맛있었다. 이 정도라면 나도 마실 수 있을 것 같다.

곧이어 주문한 요리가 잇달아 나오자 삿짱은 순조롭게 맥주잔을 비워 나갔다. 야키토리와 감자튀김을 먹으면서 둘이 함께 이런저런 대화를 나누었다. 알코올이 들어가니 평소보다 조금 수다스러워지는 것 같다.

"아, 맞다. 얼마 전에 히로키가 서클 후배한테 고백을 받았다더라고."

삿짱이 맥주를 한 모금 마신 후, 입술을 삐죽거렸다. 그런 얘기를 술술 하는 삿짱을 보고 나는 깜짝 놀랐다.

"뭐? 저, 정말?!"

"본인에게 들은 건 아니지만. 유스케한테 들었어. 뭐, 거절하긴 했다지만."

삿짱은 전혀 신경 쓰지 않는 투로 말했다. 술을 마시는 삿짱은 왠지 평소보다 어른스러운 분위기를 풍긴다.

"삿짱은 호죠랑 사귀는 거……불안할 때 없어?"

"……뭐랄까, 일일이 질투하면 끝이 없으니까."

맞는 말이다. 그렇게 인기 많은 사람과 사귀는 건 보통 힘든 일이 아닐 것이다. 나라면 너무 불안해서 사흘도 못 버티고 상처받았을 것 같다.

"그리고 누가 뭐라고 해도 히로키가 좋아하는 사람은 내니까."

삿짱은 단호하게 말했다.

역시 삿짱은 심지가 강하고 자신감이 넘쳐서 멋지다. 나도 저렇게 사가라를 믿을 수 있으면 좋을 텐데.

요즘 내 나름대로 사가라를 기쁘게 해주려고 애써 봤지만…… 별로 잘 풀리지 않는 것 같았다. 나는 한숨을 쉬며 말했다.

"삿짱은 그렇게 여유도 있고, 대단한 것 같아…….""

"……그래?"

"난 말이야, 전에도 말했다시피 대학 데뷔를 했잖아? 지금까지 남자 친구를 사귀어본 적이 없어서 여자 친구로서 어떤 게 정답인지 잘 모르겠어."

만약 이게 시험이라면 틀리더라도 답을 맞혀 볼 수 있는데 인간관계는 그럴 수도 없다. 지금까지 다른 사람과 제대로 된 인간관계를 쌓아오지 않았던 나는 아무리 시간이 지나도 정답을 모른 채, 답도 못 맞혀 보고 있었다.

"안 그래도 난 다른 사람들에 비해 늦된 편인데……삿짱, 남자 친구와 잘 지내는 비결 같은 거 있어?"

이럴 때는 나보다 훨씬 경험이 풍부한 삿짱에게 조언을 구하는 게 최고다. 내가 기대 어린 눈빛을 보내자 삿짱은 "어디 보자"라며 아득한 눈을 했다.

"……가끔은, 응석도 부려 보는 건…… 어떻겠노? 좋은 여자는 응석을 잘 부린다고도 한다 아이가."

"응석은 어떻게 부리는 건데?"

"…………그건……."

삿짱은 맥주잔에 절반 정도 남아 있던 맥주를 단숨에 들이키더니 테이블에 비치되어 있는 호출 버튼을 눌렀다. 즉시 온 종업원에게 큰 목소리로 "생맥주 큰 걸로 하나 더!"라고 주문했다.

"……오히려 내가 알고 싶다, 야!!"

소리 높여 외친 삿짱은 다 마신 맥주잔을 테이블에 힘 껏 내려놓았다. 가만히 보니 평소보다 뺨도 붉고 눈도 멍 하다.

그러고 보니 삿짱은 처음부터 나보다 훨씬 빠른 페이스 로 술을 마셨었다. 혹시 꽤 많이 취한 걸까. 다시 맥주를 주문한 삿짱에게 나는 살짝 압도되었다.

"잘 지내는 비결이 뭔데! 남자 친구에게 응석을 부리는 방법 따윈 나도 몰라! 네, 네, 어차피 나는 귀여운 구석이 라곤 하나도 없는 여잡니다요!"

"그, 그런 말은 한마디도 안 했어……."

"나 취한 것 같아♡ 라면서 응석을 부리는 여자는 절대 안 취했어! 확신범이라고! 내 말 좀 들어봐, 하루코?!"

"드, 듣고 있어요."

상상 이상의 기세에 짓눌린 나는 고개를 끄덕였다. 가 끔 삿짱에게 경어를 사용하는 사가라의 심정을 조금이지 만 알 것 같아…….

"도대체 여자 친구가 있다는 걸 알면서도 고백하는 여 자는 뭐지?! 전 그런 사람 아니에요, 라는 얼굴을 하고 있 지만 누가 봐도 기회를 노리는 게 뻔히 다 보인다고―!"

혹시 삿짱…… 내가 생각했던 것보다 더 여유가 없는 건가.

불평을 쏟아내며 맥주를 마시는 삿짱을 보며 나까지 덩

달아 술잔을 쭉 비웠다. 왠지 얼굴이 화끈거리고 머리도 점점 멍해졌다. 일렁일렁, 시야가 일그러지기 시작한다. 어라, 그러고 보니 이 술, 몇 잔째더라…….

"사가라가 무슨 생각을 하는지는 모르겠지만, 하루코는 귀엽게 꼬옥 끌어 안고 『좋아해♡』라고만 말하면 될 기다! 일단 해봐!"

"……응, 알았어! 삿짱, 한번 해 볼게!"

나는 그렇게 말하고 주먹을 힘껏 치켜들었다. 잘은 모르겠지만, 지금이라면 무슨 일이든 할 수 있을 것 같아!

●━━━━━━━━●

아르바이트가 끝난 후에야 나나세가 보낸 LINE 메시지 2통을 확인했다.

[삿짱이랑 쇼핑 다녀올게]라는 메시지가 온 지 몇 시간 후, [수영복 샀어!]라는 메시지. 어떤 걸로 샀을까 상상하니까 괜히 신경 쓰였다. 그나저나 곧 시험인데 놀러 가도 괜찮을까.

집으로 돌아와서 시험 공부를 하고 있는데 딩동, 하고 인터폰이 울렸다. 스마트폰을 확인해 보니 자정이 얼마 안 남은 시간이다. 아마 나나세일 것이다. 이 시간까지 스도와 함께 있었던 건가.

문을 연 순간━━ 내 품으로 무언가가 힘껏 뛰어들었다.

"으앗."

"사가라, 나 왔어―!"

느닷없이 태클을 당한 나는 그 자리에서 비틀거렸다. 다행히도 넘어지진 않아서, 그제야 내 품으로 뛰어든 부드러운 존재를 단단히 끌어안았다.

"……저, 기……나, 나나세?"

"에헤헤, 사가라, 보고 싶었어."

나나세는 평소보다 더 에헷거리는 미소를 지으며, 새빨간 얼굴로 나를 꽉 끌어안았다. 잠깐, 이건…… 술 냄새?

"……나, 나나세. 술 마셨어?"

"응! 삿짱이랑 밥 먹었어!"

"술 취했어?"

"아니, 하나도 안 취했어! 하나도!"

그러면서 나나세는 헤실 웃었다. 새빨개진 뺨을 살짝 만져보니 평소보다 체온이 높다. 누가 봐도 취했잖아.

"일단 앉아. 물 좀 마시고."

나나세를 다다미 바닥 위에 앉힌 다음, 컵에 물을 따라서 건넸다. 나나세는 두 손으로 컵을 받더니 멍하게 풀린 눈을 하고 컵을 기울였다. 하지만 물도 잘 마시지 못해서 입에서 목을 타고 흘러내린 물이 그녀의 블라우스를 적셨다.

"아―, 뭐 하는 거야…… ."

수건을 가져와서 나나세의 입가와 목을 닦아준다. 그

때 하얀 블라우스가 젖어서 살이 비치는 게 보여서 숨을 삼켰다.

피부에 찰싹 달라붙은 블라우스 위로 나나세의 몸의 실루엣이 도드라져 보였다. 쇄골 아래에서 봉긋 솟은 가슴 모양이 똑똑히 보였다. 너무 빤히 보면 안 된다고 생각했지만 나도 모르게 계속 시선이 간다. 바닥에 깔린 이불이 눈에 들어오자 괜히 더 이상한 기분이 들었다.

……도대체 무슨 생각을 하는 거야?! 이 상황에서 나나세에게 손을 대는 건 절대 있어선 안 되는 일이야. 상대는 인사불성의 주정뱅이라고…….

"……왜 이렇게 많이 마셨어?"

"음—…… 많이, 안 마셨어…… 그냥 조금…….."

나나세가 몽글몽글한 목소리로 대답했다. 늘 성실한 나나세가 이렇게 되다니, 술은 정말 무서운 것이다. 나도 스무 살이 되면 조심하도록 하자.

컵에 든 물을 꿀꺽꿀꺽 다 마신 나나세가 후우 하고 작게 숨을 내쉬었다.

"……나, 취했어…….."

"보면 알아."

"안아줘."

두 팔을 벌린 나나세가 반쯤 강제적으로 내 무릎 위로 올라왔다. 그리고 무릎 위에 걸터앉더니 정면에서 나를 꽉 끌어안았다. 부드러운 가슴이 내 가슴팍에 눌려서 형

© Yukiko Tadano

태가 바뀐다. 젖은 블라우스가 피부에 닿아서 차가웠지만 지금은 그딴 걸 신경 쓸 때가 아니었다.

이 포지션은 너무 위험해.

이러고 있으니 어떤 종류의 욕구가 부글부글 끓어오르는 것을 속일 방법이 없었다. 남자의 습성이다, 생리 현상이다. 여기서 나나세가 조금이라도 더 이동하면 완전히 아웃이다. 냉정을 유지하기 위해 마음속으로 필사적으로 반야심경을 외웠다.

그런 내 노력도 허무하게 나나세는 내 목에 팔을 두르고 귓가에 입술을 가까이 댔다.

"……사가라, 뽀뽀하고 싶어."

뜨거운 입김이 더해진 속삭임에 내 체온은 점점 더 상승했다. 이젠 반야심경 정도로는 안 된다.

내 목에 휘감긴 가냘픈 팔이 그대로 나를 힘껏 끌어당겼다. 저항하려면 얼마든지 할 수 있었지만 그러지 못했다. 나나세가 이끄는 대로 입술이 겹친다. 서툴게 몇 번이나 입술을 찍어댔다. 키스 사이사이 토해져 나오는 숨결에는 희미한 알코올 냄새가 섞여 있었다. 왠지 나까지 취할 것만 같다.

그 순간, 나나세가 내 가슴을 퍽 밀었다. 균형을 잃은 나는 이불 위에 벌렁 쓰러졌다. 내 배 위에 올라탄 나나세는 초점이 맞지 않는 눈으로 나를 내려다보고 있었다.

"사가, 라."

깊이 생각에 잠긴 듯한 표정을 지은 나나세가 내 손을 잡더니 손가락을 꽉 걸어왔다. 힘이 들어 있는 건 아닌데도 뿌리칠 수가 없었다. 그리고 머뭇거리며 내 손을 들어 올리더니 그대로 자신의 가슴으로 가져갔다.

"……?!"

너무 갑작스러워서 아무 말도 안 나왔다. 나나세는 얼굴과 귀, 목까지 새빨개진 채, 참기 힘들다는 듯 눈을 꼭 감았다.

손바닥 안에서는 물컹하면서 부드러운 감촉이 느껴졌다. 아래로 드리워진 나나세의 긴 머리카락이 내 코끝을 간지럽히자 이성이 날아갈 것만 같았다.

……이제 쓸데없는 생각은 안 해도 되지 않을까. 나나세는 나를 좋아하고 나도 나나세를 좋아하고 우린 연인 사이니까. '연인끼리만 할 수 있는 일'을 해도……괜찮을, 것이다.

그런 생각에 휩쓸릴 뻔한 바로 그때. 조심스럽게 눈을 뜬 나나세가 작은 목소리로 "미, 미안해"라고 말했다.

"……사가라를 기쁘게 해줄 방법을, 몰라서……."

"……아."

"사, 사귀는 사이에는, 보통 이런 거, 하잖아……? 그러니까, 저…… 하, 할래?"

내 손을 꽉 잡은 나나세의 손이 가냘프게 떨리고 있는 게 느껴졌다. 나를 뚫어져라 바라보는 나나세의 고뇌 어린 표정을 보고 있자── 머리가 조금 차가워졌다.

나란 놈은 도대체 무슨 생각을 하는 걸까. 이런 상태에 있는 나나세에게 손을 대서 어쩌자는 거야.

"…………안 해."

나는 목구멍에서 쥐어 짜내는 것처럼 그렇게 말했다. 상체를 일으킨 후, 애끓는 심정으로 그녀의 몸을 떼어냈다. 그리고 충격을 받고 망연자실해 있는 나나세의 팔을 잡아서 억지로 일으켜 세웠다.

"그만 집으로 돌아가."

그녀를 집에 억지로 밀어놓고 다짐을 받듯 말했다.

"안에서 문 잠그는 것 잊지 말고. 옷이 젖었으니까 꼭 갈아입고 자기다?"

"아, 알았어……."

나나세가 고개를 끄덕이는 것을 확인하고 나서야 나는 문을 닫았다. 찰칵, 자물쇠가 채워지는 소리가 들리자 그제야 휴우 하고 작게 한숨을 쉬었다.

내 선택은 절대 잘못되지 않았다. 만약 그대로 성욕에 넘어갔다면, 아마 나는 평생 후회했을 것이다.

그래도 막상 집으로 돌아오니 혹시 천재일우의 기회를 놓친 것은 아닐까 하는 의문이 머리를 스쳤다. 손바닥에 남은 부드러운 감촉이 아무리 시간이 흘러도 사라지지 않았다. 아무래도 오늘밤은 잠자기는 그른 것 같다.

……아침에 눈을 뜬 순간, 이 모든 게 다 꿈이기를 바랐다.

침대 위에 누워서 멍하게 천장을 올려다본다. 그건 분명 꿈이야, 라고 몇 번이나 자신을 달래려 해봤지만 떠올리면 떠올릴수록 꿈이 아니었다.

소설을 보면 술에 취해 있었던 동안 일어난 일은 전혀 기억하지 못하는 경우가 자주 있던데. 현실은 잔인하다. 어젯밤에 일어난 일이 진절머리가 날 정도로 또렷이 기억난다.

삿짱과 술을 마셨던 나는 취한 상태로 사가라의 집으로 돌진했다. 그리고 술김에 그에게 키스하고 쓰러뜨린 다음──.

……솔직히 말하자면. 중간부터는 제법 술이 깬 상태였다. 그런데도 나는 그 기세에 몸을 맡긴 채, 폭주하고 말았다. "그냥 가슴이라도 만지게 해줘"라고 했던 츠구미의 말이 생각나면서, 사가라의 마음을 붙잡아 두려면 이 방법밖에 없어! 라고…….

"으, 으아아아아아악……!!"

나는 그 자리에서 머리를 싸매며 괴로워했다. 이 정도면 치한이나 다를 게 없잖아! 사가라, 나한테 질렸겠지……. 차라리 죽을까 봐…….

한바탕 후회한 후, 일단 사과해야겠다는 생각에 자리에서 일어났다. 그리고 그제야 화장을 지우지도 않고 잠들었다는 사실을 깨닫고 더 침울해졌다. 아아, 피부의 골든 타임이…….

샤워를 한 후, 맨얼굴 그대로 사가라의 집으로 향했다. 인터폰을 누르고 사형 선고를 기다리는 죄인 같은 심정으로 문이 열리기를 기다렸다.

얼마 지나지 않아 얼굴을 내민 사가라는 어떻게 된 일인지 나보다 더 초췌해 보였다. 눈 밑에 다크 서클까지 생겼다. 혹시 한숨도 못 잔 건가.

"……아, 나나세 ……그게, 어제는."

"사가라! 어제는 진짜 미안했어!"

그가 무슨 말인가 하려는 순간, 나는 허리를 깊이 숙이며 사과했다. 사가라는 당황했는지 "나나세, 사과 안 해도 돼"라고 말했다. 그래도 나는 아무리 시간이 지나도 고개를 들 수가 없었다. 사가라가 어떤 얼굴을 하고 있는지 보는 게 무서워서.

"……정말 미안해."

"……괜찮아. 난 전혀 신경 안 써."

사가라는 그렇게 말했지만, 마음속으로는 어이없어하고 있는지도 모른다.

나는 사가라를…… 기쁘게 해주기는커녕 오히려 곤란하

게만 만들고 있었다. 역시 최근의 난 통 틀려먹었어…….
헛바퀴만 돌고 제대로 되는 게 하나도 없다. 이대로 가다
간 진짜…… 나한테 정이 떨어질지도 몰라.

나는 머뭇머뭇 시선을 들어 사가라의 얼굴을 봤다. 나
를 바라보는 그는 역시 곤혹스러운 표정을 짓고 있어서
나는 그만 울고 싶어졌다.

나나세의 주정 사건으로부터 일주일 후.
나는 번뇌를 떨쳐내기 위해 공부에 집중하고 있었다. 1
학기 시험까지 앞으로 2주밖에 안 남았다. 이번에 좋은
성적을 거두면 나도 어느 정도 자신감을 가지게 될까.

4교시까지 이어진 수업을 마친 후, 나는 컴퓨터실에 틀
어박혀서 스터디 수업의 리포트 과제를 작성하고 있었
다. 중간까지는 순조롭게 진행되었지만 갑자기 의문점이
부상하면서 손이 멈추었다. 한동안 스스로 고민해 보다
가 결국 포기하고 궁금증을 풀기 위해 연구실로 향했다.
연구실에는 '재실(在室)'이라는 팻말이 걸려 있었다. 똑똑
노크를 하고 나서 "실례합니다"라는 말과 함께 문을 열었
다. 안에서는 커피 냄새가 풍겨왔다.
"뭐야, 사가라냐."

머그컵을 든 교수님은 내 모습을 보자마자 시무룩한 표정을 지으며 말했다. "죄송한데 궁금한 게 있어서요"라고 말하자 말없이 눈앞에 있는 의자를 빼주었다.

교수님은 언뜻 보면 엄한 것 같지만 막상 상담을 하면 놀랄 정도로 친절하게 대해주신다. 내 질문에도 자세하게 대답해 주시는 것도 모자라 참고가 될 만한 문헌까지 소개해 주셨다.

"거기서 의문을 느꼈다는 건 과제에 성실하게 임하고 있다는 증거다."

얼굴은 무뚝뚝했지만 일단 칭찬을 받은 것 같긴 하다. "감사합니다"라며 머리를 숙이자 교수님은 심드렁하게 콧소리를 냈다. 조금만 더 살갑게 대해주시면 인생이 더 나아질 것이란 생각이 들었지만 내가 그런 말을 할 입장은 아니었다. 그런 식으로 따지면 나는 인생에서 80퍼센트 정도는 손해를 보고 있는 셈이니까.

머그컵에 든 커피를 한 모금 마신 교수님이 "그러고 보니"라며 운을 뗐다.

"저번 강연, 갑자기 맡겨서 미안했다. 덕분에 살았어."

"아……아니, 네."

별로 떠올리고 싶지 않은 일을 언급당하는 바람에 나는 애매하게 대답했다. 그때 입은 상처는 아직도 낫지 않았다. 떠올리기만 해도 위액이 역류하는 것 같은 느낌까지 들었다.

하지만 교수님은 내 기분 따위 조금도 모른 채, 표정 하나 변하지 않고 말했다.

"이번 문화제 때도 방문객들을 대상으로 강연을 할까 하는데…… 사가라, 할 생각 없냐?"

"네……에?!"

나는 눈이 휘둥그레졌다. 도대체 교수님이 무슨 생각을 하고 계신지 모르겠다. 그걸 보고도 나한테 맡기겠다는 건가. 솔직히 절대 받아들이지 않을…… 생각이었는데.

……하지만 이대로 있으면 나는 평생 변하지 못하는 게 아닐까?

"……새……생각할 시간을, 주세요."

이 자리에서 바로 답하지 못한 내가 한심했다. 교수님은 변함없이 평탄한 어조로 "그러냐, 알았다"라고 대답했다.

"사가라, 요즘 아주 잘하고 있어. 저번 주 과제도 어려운 주제를 잘 정리했더군."

"……! 가, 감사합니다."

교수님이 이렇게까지 직접적으로 칭찬을 해주는 건 드문 일이었다. 괜히 쑥스러워서 뒤통수를 긁적이고 있자 교수님이 "과제 말이 나와서 그런데"라며 얼굴을 찌푸렸다.

"나나세를 만나면 저번 주가 제출 기한인 과제 좀 빨리 내라고 전해다오. 아직 제출하지 않은 사람은 나나세와 키나미뿐이야."

"……네? 나나세가요?"

나도 모르게 되물었다. 키나미는 그렇다 쳐도 설마 나나세가 과제 기한을 어기다니. 늘 성실하고 우수한 나나세답지 않은 사태다.

교수님은 미간에 주름을 잡으며 불만스럽게 팔짱을 꼈다.

"늘 제일 먼저 제출하는 녀석인데…… 요즘은 영 집중력이 부족한 것 같아."

……그러고 보니 요즘 나나세가 좀 이상하긴 하다.

나를 덮치려고 한 것도 그렇지만, 그 전부터. 필사적으로 나에게 잘하려고 하면서 오히려 자신을 잃어가고 있는 것처럼 보였다.

──사가라를 기쁘게 해줄 방법을, 몰라서…….

혹시 나나세가 집중하지 못하는 건…… 나, 때문?

"……알겠, 습니다. 전해둘게요."

교수님에게 그렇게 대답하는 한편, 내 가슴 속에서는 지금까지 느꼈던 것과는 또 다른 불안이 엄습해 오는 것이 느껴졌다.

학교에서 집으로 돌아오니 나나세의 방에 불이 켜져 있는 게 보였다.

나나세가 나를 덮친 사건 이후, 우리는 표면적으로는 평소와 다름없이 행동하고 있었지만 미묘한 분위기가 감돌고 있었다. 마주치면 인사 정도는 하지만 서먹서먹한 건 부정할 수 없는 사실이다. 하지만 오늘은 교수님이 한 말을 전해줘야 한다.

주차장에 자전거를 세우고 계단을 올라가서 인터폰을 눌렀다. 잠시 후, 고개를 내민 나나세는 맨얼굴에 안경을 낀 체육복 차림이었다.

"앗, 사가라…… 이, 이제 왔어?"

나가세는 나를 보자마자 어색한 표정을 지었다. 나도 마음이 영 불편해서 얼른 본론을 꺼냈다.

"……나나세. 교수님이 저번 주 마감인 과제를 제출하라고 하시던데."

"……헉?!"

내 말을 들은 나나세의 얼굴이 순식간에 새파랗게 질렸다. 한 손으로 입을 막더니 "앗, 까, 깜빡했어……?!"라며 비통한 소리를 질렀다.

"어떡해, 내가 메일을 안 보냈나……?! 한참 전에 끝냈는데! 앗, 당장 보내야겠어…… 사가라, 말해줘서 고마워."

나나세는 서둘러 노트북을 켜더니 즉시 메일을 보냈다. 새파랗게 질린 얼굴을 한 나나세를 보고 있자니 교수님이 한 말이 떠올랐다.

나는 망설이면서 입을 열었다.

"……그리고, 교수님이…… 요즘 네가 영 집중을 못 하는 것 같다고 하셨어."

내 지적에 나나세는 아랫입술을 꽉 깨물더니 부끄러운

듯 눈을 내리깔았다. 아마 어느 정도 자각은 하고 있었던 모양이다.

나는 지금까지 내가 나나세에게 어울리지 않는다는 생각에 그녀의 소망을 이루어주려고 필사적이었지만—— 과연 그게 잘하는 일일까. 혹시 나 때문에 나나세의 대학 생활이 정체된 것은 아닐까?

나나세가 원하는 장밋빛 대학 생활이라는 건…… 도대체 뭘까.

친구 100명 만들기나 근사한 남자 친구 사귀기가 전부가 아닌 것만은 확실했다. 나는 나나세에게 협조하겠다고 했지만 결국 한 건 아무것도 없는지도 모른다.

이대로면 나는…… 나나세에게 방해만 될 뿐이다.

"……나 도대체 뭐 하는 거지…… 이대로는, 틀렸어."

나나세는 그렇게 말하며 눈썹을 울상을 지었다. 잔뜩 풀이 죽은 그녀에게 무슨 말을 해주면 좋을지 모르겠다.

안아주려고 내민 손은 한순간 방황하다가—곧 제자리로 돌아왔다. 아마 지금 내가 해야 할 일은 그런 게 아닐 것이다.

"……나나세, 늘 성실하게 하고 있잖아…… 그냥, 컨디션이 좀 안 좋아서 그런 거야."

"……응……."

"그럼, 난 아르바이트 때문에 가볼게."

일어나려는 내 셔츠 자락을 나나세가 꼭 잡았다. 왠지

더 불안해 보이는, 길을 잃은 아이 같은 표정으로 나를 올려다보고 있었다.

"오늘은……아르바이트 끝난 후에, 여기 안 올 거야?"

"……응. 늦게 끝나니까 바로 집으로 갈게."

나나세는 "그래" 하고 쓸쓸하게 웃었다. 가슴이 지끈 아팠지만 휙 시선을 돌려버렸다.

"정말 죄송합니다!"

리포트를 보낸 다음 날. 3교시 수업을 마친 후, 나는 연구실에 있는 교수님을 찾았다.

교수님은 언짢은 표정으로 "왜 제출이 늦어졌지?"라고 물었다.

"……죄송해요. 한참 전에 끝냈는데 그만 깜빡하고 안 보내는 바람에……."

"……변명이 아니라는 건 나도 알아. 아무리 봐도 하룻밤 안에 완성할 수 있는 내용은 아니니까. 그래도 기한을 지키지 못했다는 사실은 달라지지 않아."

"교수님 말씀이 맞아요……."

내가 고개를 푹 숙이자 교수님은 어이가 없다는 듯 한숨을 쉬었다.

"……이번에는 특별히 감점은 안 하마. 다음부터는 조

심하도록 해."

"가, 감사합니다……!"

교수님의 말에 휴우 하고 가슴을 쓸어내렸다. 교수님은 삼백안을 뜨고 나를 노려보았다.

"사가라와 너, 둘 다 우수한 녀석들이니까 연애하느라 정신이 팔려서 같이 망하는 일은 없도록 해라."

교수님의 지적에 가슴이 철렁했다. 사가라와 내가 사귀고 있다는 것을 어렴풋이 눈치채고 계셨던 모양이다.

"실례했습니다" 하고 인사를 한 후, 연구실을 뒤로 했다.

자전거를 세워둔 곳까지 터벅터벅 걸어간다. 여름인데도 쨍쨍하기는커녕 축축한 장마철 공기가 피부에 들러붙어서 불쾌했다.

잔디 광장의 벤치에 앉아 있는 남녀는 어깨를 흔들어가며 즐겁게 웃고 있었다. 어딘가 싱그러운 느낌이 나는 걸 보니 1학년인가. 작년의 내가 떠오르자 왠지 울고 싶어졌다.

갓 대학에 입학한 나는 장밋빛 대학 생활을 보내겠다는 희망으로 가슴이 부풀어 있었다. 친구를 잔뜩 만들고 가능하면 근사한 남자 친구도 있었으면 좋겠다. 그런 막연한 목표를 품고 지금까지 왔다.

화장을 배워서 외모도 바꾸고 함께 있으면 편하고 좋은 친구도 생겼다. 좋아하는 사람이 생겼고 그 사람도 나를 좋아해 줘서 연인 사이가 되었다.

……그렇지만 내가 꿈꿨던 장밋빛 대학 생활은……이런 게 아니었다.

연인을 기쁘게 해주지도 못하고. 진로에 대해서도 전혀 생각하지 않고. 시답잖은 일로 불안해하고 질투나 하는 것도 모자라 유일한 장점이었던 공부까지 소홀히 하고 있다. 이대로는 장밋빛은커녕…….

——사가라와 너, 둘 다 우수한 녀석들이니까 연애하느라 정신이 팔려서 같이 망하는 일은 없도록 해라.

연애란 게 이렇게 쉽게 사람을 엉망으로 만드는 것인지 몰랐다. 사가라를 좋아하지 않았다면……이렇게 한심한 나를 몰라도 되지 않았을까.

그런 생각이 머리를 스치자 나는 두 뺨을 힘껏 때렸다. 그런 다음 등을 곧게 펴고 앞을 보고 똑바로 걷기 시작했다.

밤 9시, 아르바이트를 마치고 집으로 돌아가는 길에 유카타를 입은 여자가 정류장에서 버스를 기다리고 있는 모습이 눈에 들어왔다. 그제야 지금이 기온 마츠리 기간이라는 데 생각이 미쳤다.

작년 이맘때쯤엔 아르바이트 도중에 나나세를 우연히 만나서 둘이 함께 축제 거리를 걸었다. 불과 1년 전의 일인데도 마치 옛날 일처럼 멀게 느껴졌다. 그 무렵의 나나세는, 나와 사귀기 전의 나나세는. 서툴지만 장밋빛 대학 생활을 보내기 위해 노력하느라 아주 열심이었다.

……내가 나나세에게 방해만 되는 존재라면 헤어지는 게 좋을까.

문득 스친 생각을 서둘러 머리에서 쫓아냈다.

나나세와 내가 헤어지더라도 근본적인 해결책은 되지 못한다. 남녀가 사귄다는 것은……. 서로의 발목을 잡는 게 아닐 것이다. 내가 나나세에게 해줄 수 있는 일이 분명 있을 거라 생각한다.

집에 도착하자 집 앞에 나나세가 서 있는 게 보였다.

소박한 맨얼굴에 안경, 그리고 고등학교 때 입던 체육복. 긴 밤색 머리는 아무렇게나 두 갈래로 묶었다. 나나세를 나를 발견하자 작게 손을 흔들었다. 혹시 내가 돌아오기를 기다리고 있었던 건가.

그 마음은 물론 고마웠다. 하지만 내 가슴에는 다시 불안이 피어올랐다. 지금의 나나세는 나한테만 신경을 쓰느라 자기 일은 거의 내팽개치다시피 하고 있다.

앞으로도 나나세와 함께 하고 싶다면 나 역시 이대로는 안 된다. 그녀의 소망을 이루어주는 것만이 '근사한 남자 친구'가 되는 방법은 아니다.

나는 예전에 나나세의 장밋빛 대학 생활을 위해 협조하겠다고 약속했었다. 만약 내 존재가 그녀의 장밋빛에 방해가 된다면…… 그 궤도를 수정해 주는 것 또한 내 역할일지도 몰랐다.

계단을 올라가자 나나세가 "수고 많았지?"라며 눈을 접고 웃었다. 오랜만에 보는 맨얼굴의 나나세는 뭔가를 떨쳐낸 것처럼 후련하면서 온화한 인상을 풍기고 있었다.

"이런 곳에 서서, 무슨 일 있어?"

"응. 사가라한테 긴히 할 얘기가 있어."

나를 바라보는 나나세의 눈동자에서는 얼마 전 보았던 불안과 망설임은 사라지고 없었다. 나를 똑바로 응시하면서 천천히 입을 연다.

"사가라, 우리 한동안 거리를 두는 게 좋을 것 같아."

"……뭐?"

그 순간, 머리가 새하얘졌다. 나나세의 말을 반추하자 절망한 나머지 온몸에서 핏기가 싹 가시기 시작했다.

호, 혹시 나, 차인 건가……?

공부에 집중하고 싶으니까 헤어지자는 거? 학업을 중시하는 성실한 나나세라면 그런 생각을 한다 해도 전혀 이상하지 않았다. 그게 나나세의 뜻이라면 나는 그녀를 위해 그 뜻을 존중해야 할지도 모른다……지만.

안 돼. 절대 안 돼. 죽어도 헤어지고 싶지 않아.

그러고 보니 예전에 내가 나나세를 찼던 곳도 이곳이었다. 자신이 저지른 악행은 언젠가 되돌아오는 법이라고 누군가 말했었다.

마치 망치로 머리를 세게 얻어맞은 것처럼 머리가 흔들흔들 어지러웠다. 서있는 것조차 힘든 내 상태를 알아봤는지, 나나세가 허둥지둥 "앗, 아니야! 그런 게 아니라!" 하고 말했다.

"그게…… 우리들 사이에 있는, 이런저런 일들. 일단 보류하지 않을래?"

"……보류, 라니……무슨, 뜻이야?"

나나세는 진지한 표정으로 말을 이어갔다.

"나…… 좋아하는 사람과 사귀게 된 게 너무 기쁜 동시에 불안으로 미칠 것 같아서…… 많은 일들을 소홀히 하고 말았어. 난 역시 그런 면에서 능숙한 사람은 못 되는 것 같아."

"……"

"그래도 사가라를 좋아하지 말 걸 그랬다는 생각은 절대 하고 싶지 않아."

"……아?"

나나세가 내 두 손을 꽉 잡았다. 얼음처럼 차가워진 손가락 끝이 나나세의 따뜻한 손에 감싸이자 그제야 겨우 핏기가 돌아오기 시작했다.

"나는 말이야, 사가라와 함께 있기 때문에 못난 사람이 되는 게 아니라 사가라가 있기 때문에 힘낼 수 있는 나로 있고 싶어."

"나나세……."

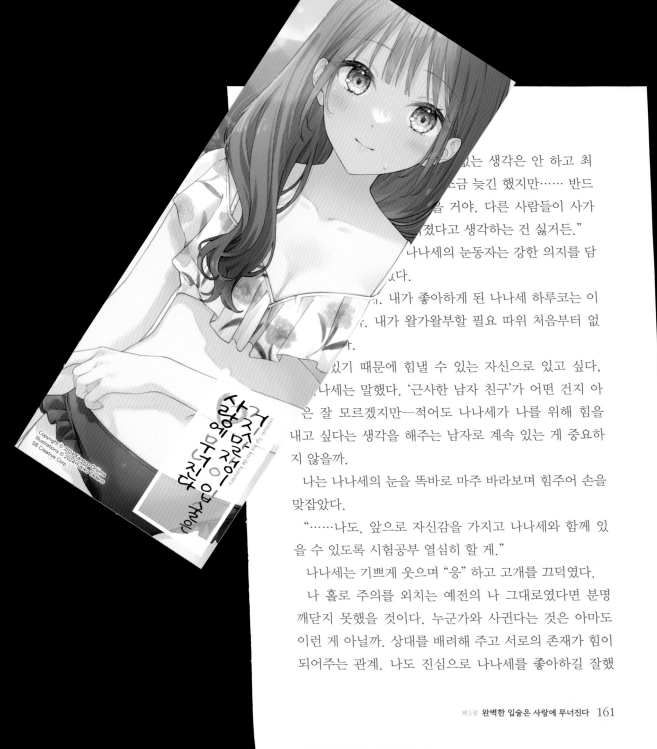

있는 생각은 안 하고 최

○금 늦긴 했지만…… 반드

○을 거야. 다른 사람들이 사가

졌다고 생각하는 건 싫거든."

나나세의 눈동자는 강한 의지를 담

○다.

내가 좋아하게 된 나나세 하루코는 이

○. 내가 왈가왈부할 필요 따위 처음부터 없

○.

있기 때문에 힘낼 수 있는 자신으로 있고 싶다,

나세는 말했다. '근사한 남자 친구'가 어떤 건지 아

○은 잘 모르겠지만—적어도 나나세가 나를 위해 힘을 내고 싶다는 생각을 해주는 남자로 계속 있는 게 중요하지 않을까.

　나는 나나세의 눈을 똑바로 마주 바라보며 힘주어 손을 맞잡았다.

　"……나도. 앞으로 자신감을 가지고 나나세와 함께 있을 수 있도록 시험공부 열심히 할 게."

　나나세는 기쁘게 웃으며 "응" 하고 고개를 끄덕였다.

　나 홀로 주의를 외치는 예전의 나 그대로였다면 분명 깨닫지 못했을 것이다. 누군가와 사귄다는 것은 아마도 이런 게 아닐까. 상대를 배려해 주고 서로의 존재가 힘이 되어주는 관계. 나도 진심으로 나나세를 좋아하길 잘했다고 생각하고 싶다.

"너무, 너무 외롭지만~……! 시험이 끝날 때까지 꾹 참을래……!"

나나세는 그렇게 말하더니 내 손의 감촉을 확인하는 것처럼 힘을 주었다. 그리고 발꿈치를 살짝 들고 내 귓가에 가만히 속삭였다.

"……있지, 사가라."

"으, 응?"

"난 서툰 게 많아서 또 곤란하게 만들지도 모르지만…… 시험이 끝나고 나면 사가라에게 전력을 다하고 싶어."

"앗."

"그러니까 각오하고 있어!"

그렇게 선언한 나나세는 "그럼 갈게"라고 손을 흔들며 자기 집으로 사라졌다. 엄청난 폭탄을 맞은 나는 그 자리에 주르륵 주저앉고 말았다.

……그녀가 말하는 전력은 예사롭지 않을 것 같다. 과연 내가 그것을 감당할 수 있을까.

나도 모르게 표정이 풀어지려는 것을 필사적으로 참았다. 나나세가 최선을 다해 노력하고 있으니 나도 전력을 다해 시험 준비를 해야지.

거짓말쟁이 입술은 사랑에 무너진다

usotsuki lip ha koi de kuzureru.

거짓말쟁이 입술은

사랑에 무너진다

usotsuki lip ha koi de kuzureru.

남녀 교제의 매뉴얼

1학기 시험까지 앞으로 1주일이 남았다.

아까는 도서관에서 진지하게 책상 앞에 앉아 있는 나나세를 발견했다. 옆에서 봐도 알 수 있을 정도로 집중하고 있어서 말을 걸진 않았다. 어제도 밤늦은 시간까지 방에 불이 켜져 있었던 것을 보면 잠자는 시간까지 줄여가며 시험공부를 하고 있는 게 분명했다.

그런 나나세를 보고 있자니 나도 열심히 해야겠다는 생각이 들었다. 오늘은 밤까지 아르바이트도 없으니 집에 돌아가서 공부나 열심히 하자.

연립주택 주차장에 자전거를 세워두고 계단을 올라가니 집 앞에 누가 서 있는 게 보였다.

한 손으로는 스마트폰을 만지작거리고 귀에는 피어스가 주렁주렁 달렸으며 등이 훤히 파인 옷을 입은 흑발의 갸루── 바로 이치카였다.

"엇, 너……여기서 뭐 하냐?"

그러자 이치카는 팔짱을 끼며 흥 하고 코웃음을 쳤다.

"앗. 이제야 왔네."

아무래도 나를 기다리고 있었던 모양이다. 나는 고개

를 갸웃거리며 물었다.

"여긴 또 어떻게 알았어? 학교는?"

"그런 건 상관없잖아. 그리고 학교는 저번 주부터 여름 방학이야."

그러고 보니 고등학생은 대학생보다 조금 빨리 여름 방학에 들어간다. 그나저나 이 녀석은 뭐 하러 온 걸까. 혹시 가출이라도 한 건가……?

그런 내 염려를 날려버리기라도 하듯 이치카는 천연덕스럽게 말했다.

"나 배고파. 밥 좀 사줘."

"뭐? 야, 내가 늘 얼마나 돈이 부족한지……."

"나보다 선배잖아?"

이치카의 말에 나는 그만 말문이 막혔다.

중학교와 고등학교 때, 동아리 활동을 하지 않았던 내게는 후배라 부를 만한 존재가 거의 없었다. 대학에 들어와서 처음으로 이토가와 씨 같은 선배가 생겼을 때는 고작 몇 년 빨리 태어난 것만으로도 이렇게 친절해질 수 있구나 하고 감동했을 정도다.

뭔가를 얻어먹거나 물려받았을 때 내가 미안해서 어쩔 줄 몰라 하면 이토가와 선배는 늘

"나중에 너한테도 후배가 생겼을 때 똑같이 해주면 돼"라며 웃었다.

……어쩌면 지금이 바로 그때인지도 모른다.

"……알았어. 뭐 먹고 싶은데?"

"음, 장어."

"말도 안 되는 소리 하지 마. 대학생의 경제력을 좀 생각하라고."

급여일 전인 데다가 나는 늘 돈이 부족해서 허덕이고 있기 때문에 비싼 건 사주지 못한다. 고민한 결과, 역 근처의 쇼핑몰에 있는 패밀리 레스토랑으로 데리고 갔다.

종업원의 안내에 따라 4인석 테이블에 마주 보고 앉았다. 이치카가 테이블에 비치된 태블릿 단말기로 손을 뻗었다.

"뭐든 주문해도 돼?"

"가격은 고려해 주라."

이치카는 "좀생이!"라고 입술을 삐죽거리면서 비교적 저렴한 파스타와 멜론 소다를 주문했다. 의외로 배려심이 있는 녀석이다. 나는 제일 싼 도리아를 골랐다.

유리컵에 든 물을 마시면서 "뭐 하러 왔는데?"라고 재차 물었다. 이치카는 노골적으로 눈을 굴리며 "그, 그게……" 하고 머뭇거렸다. 별로 이유를 말하고 싶지 않은가 보다.

"이렇게 갑자기 오는 거, 엄마는 아무 말도 안 해?"

"딱히. 아마 하나도 신경 안 쓸걸?"

이치카는 선뜻 대답했다. 나는 망설이며 물었다.

"……혹시 엄마랑 사이가 안 좋아?"

내 질문에 이치카는 불쾌한 듯 눈썹을 찌푸리더니 찌릿

노려보았다.

"왜 그런 걸 물어? 그냥 보통이야."

"보통이 어느 정돈데?"

"……이상적인 가족 같은 느낌."

잠깐 머뭇거리나 싶더니 이치카는 그렇게 말했다. 왠지 모르게 공허함이 느껴지는 건 기분 탓일까.

……역시 이 녀석, 집에 있기 불편한 건가……?

여름 방학이라 학교도 쉬는데 피도 섞이지 않은 엄마와 하루 종일 같이 있는 건 상상 이상으로 스트레스가 쌓이는 일일지도 모른다. 그렇게 생각하자 이치카가 가엽게 느껴졌다. 이런 차림을 하고 있는 것도 나름대로 스트레스를 해소하는 방법일 것이다.

더 이상 캐묻는 게 싫었는지, 이치카는 "그보다!"라며 화제를 바꿨다.

"대학은 언제부터 여름 방학이야?"

"8월부터."

"뭐 하면서 지낼 거야? 대학은 여름 방학이 꽤 길지?"

대학생들이 여름 방학을 어떻게 보내는지 궁금한 모양이다. 나한테 물어봤자 제대로 된 답은 못 들을 거라 생각하지만.

"아르바이트랑 공부지, 뭐. 10월에 자격증 시험도 있어서 바쁘거든."

"아, 그래……."

이치카는 재미없다는 듯 턱을 괸 채, 빨대로 멜론 소다를 휘휘 저었다. 그런 반응을 보일 거면 묻지를 말던가.

그때 우리가 주문한 요리가 나왔다. "잘 먹겠습니다"라며 두 손을 모은 이치카가 묵묵히 크림 파스타를 먹기 시작했다. 두 사람 사이에 흐르는 공기는 더없이 싸늘해서 옆에서 보면 헤어지자는 이야기라도 하고 있는 줄 알지도 모른다. 아는 사람이 이 모습을 보고 쓸데없는 오해를 하는 일은 없어야 할 텐데.

일반적인 남매들은 도대체 어떤 대화를 나누는 걸까. 나는 외동이라서 그런 건 잘 모른다. 내가 먼저 이야기를 꺼내야 할지 망설였지만, 그럴싸한 화제도 떠오르지 않았다.

결국 음식을 다 먹을 때까지, 우리는 한마디도 하지 않았다. 슬슬 돌아가자는 말을 꺼내려고 하는 타이밍에 이치카가 물었다.

"혼자 사는 건 재미있어?"

"어, 뭐……그럭저럭."

"……소우헤이는 왜 집을 나간 거야?"

이치카의 질문에 나는 일단 마른 목을 물로 축였다.

다른 사람에게 같은 질문을 받았다면(나나세는 제외지만) 분명 「말하고 싶지 않아」라고 대답했겠지만── 나와 같은 처지인 이치카에게는 그런 질문을 할 권리가 있다고 생각한다. 어쩌면 이치카도 고등학교를 졸업하면 집을 나올까 생각하고 있는지도 모른다.

나는 잠깐 생각하고 나서 말했다.

"……집에, 있고 싶지 않았어."

"어째서?"

"그곳엔 내 자리가 없다고 생각했거든."

"……지금도 그렇게 생각해?"

이치카의 물음에 나는 고개를 끄덕였다.

집을 나왔던 당시와 지금은 마음가짐이 조금 달라졌지만——어디가 어떻게 다른지 그 미묘한 감정을 설명하긴 어려웠다. 엄마가 싫다거나 미운 게 아니라——이제 엄마에게는 내가 모르는 행복이 있다는 것을 깨달은 것뿐이다.

"이제 가족에게 많은 기대를 하지 않기로 했거든."

내 말을 들은 이치카는 "아, 그래?"라며 새빨간 입술을 이죽거렸다. 나를 바라보는 눈동자에서는 분노가 배어나고 있다.

"열 받아."

"……어?"

얼빠진 소리를 내는 나를 이치카는 똑바로 노려보았다.

"가족이 늘어났는데, 나는 같이 살지 않으니까 상관없어요. 그냥 남입니다. 같은 얼굴을 하는 거, 너무 열 받아. 자기 혼자 얼른 집을 나가서 여자 친구랑 꽁냥거리기나 하고."

"……그, 건……."

"어차피 우리야 어떻게 되든 상관없다고 생각하고 있 겠지."

그 순간, 뺨을 힘껏 맞은 것 같은 느낌을 받았다. 어차 피 안 만날 거니까 친하게 지낼 필요도 없다고 생각했던 건 사실이었다.

"……하고 싶었던 말은, 그게 다야. 잘 먹었어."

그렇게 말한 이치카는 왠지 울 것 같은 표정을 짓고 있 었다.

그리고 자리에서 벌떡 일어나더니 샌들 굽을 또각또각 울리며 서둘러 가게를 나갔다. 나는 망연자실한 상태로 그 뒷모습을 쳐다보고만 있었다. 저 녀석, 진짜 뭐 하러 온 거지?

하지만 이치카가 나한테 화가 난 이유는 알 것 같았다. 처음 보는 가족이 생기면서 혼자 집에서 고군분투하고 있는 그녀에게는 나 알 바 아니라며 집을 나간 의붓오빠 의 존재가 얼마나 부아가 치밀까. 그렇다면 나를 미워한 다고 해도 어쩔 수 없다고 생각한다.

……하지만 나는. 혈연이니, 가족이니 하는 것들에 속 박되는 게 ……지긋지긋했다.

역시 나는 인간으로서 중요한 무언가가 결여되어 있는 지도 모른다.

나는 계산을 하기 위해 계산서를 들고 카운터로 향했다.

"……끄, 끝났다~~!!"

강의실을 나온 순간, 나는 그렇게 외치며 크게 만세를 불렀다. 시험 종료를 알리는 종이 마치 복음처럼 울려 퍼졌다.

이것으로 1학기 시험 일정은 모두 종료. 피나는 노력을 한 보람이 있었는지, 느낌은 아주 좋았다. 사전에 제출한 리포트에 문제가 없다면 이번에도 전부 최고 점수를 받을 수 있을 것이다.

여기까지 오는 길은 결코 평탄하지 않았다. 시험 전 2주 동안은 길고 고통스러운 나날의 연속이었다. 마음이 꺾이려 할 때마다 스마트폰으로 찍은 사가라의 사진을 보면서 힘내자고 자신을 다독였다.

그렇지만 시험이 끝난 지금은! 사가라와 마음껏 알콩달콩 지낼 수 있다!

오늘은 조금 있다가 삿짱을 비롯한 다른 친구들과 시험 종료 축하회를 한 후, 사가라와 만나기로 했다. 스마트폰을 확인하니 삿짱이 보낸 [동문 주차장에서 기다리고 있어—]라는 LINE이 도착해 있었다.

나는 발걸음도 가볍게 계단을 내려가서 강의실 건물 밖으로 나갔다. 파란 하늘과 하얀 구름의 대조가 눈부시다.

캠퍼스에 있는 나무들도 눈부신 햇살을 마음껏 쬐고 있었고 광장에 있는 분수의 물은 빛을 반사하며 반짝반짝 빛나고 있었다. 시끄럽게 우는 매미 소리마저 지금의 나를 축복해 주고 있는 것 같다.

샘솟는 기쁨을 억누를 길이 없어서, 나는 주차장까지 이어지는 짧은 거리를 단숨에 뛰어갔다.

친구들과 합류한 나는 마트에서 과자와 음료수를 사서 학교 근처에서 자취하고 있는 나미의 집으로 왔다.

나미가 사는 맨션은 오토락이 달린 신축 맨션으로 여자 혼자 살아도 안전한 느낌이었다. 내부 인테리어도 아이보리 컬러를 베이스로 한 근사한 분위기가 감돌아서 부러웠다. 내 자취방과는 너무 다르다. 진짜 인싸녀는 인테리어에도 빈틈이 없는 법이다.

"하아, 드디어 끝났다—! 내일부터는 여름 방학!"

삿짱은 그렇게 말하더니 환한 얼굴로 기지개를 켰다. 불과 일주일 전까지만 해도 "학점이 아슬아슬해"라며 죽상을 하고 있었으면서. 이 놀랍도록 빠른 태세 전환은 보고 배우는 게 좋을 것 같다.

"하루코, 이번엔 엄청 열심히 공부하더라."

"진짜데이. 언제 봐도 무시무시한 얼굴로 공부를 하고 있어서 말 걸 엄두도 안 났다 아이가."

"그, 그랬나……?"

괜히 쑥스러워진 나는 뺨을 긁적였다. 전혀 몰랐는데 그렇게 무서운 얼굴을 하고 있었나 보다. 다음엔 조금 더 여유를 가지고 공부 일정을 짜야겠다.

"그래도 여름 방학 때는 실컷 놀기로 결심했어! 공부할 땐 공부하고 놀 땐 잘 노는 게 중요하잖아!"

"맞다, 맞다, 신나게 놀자! 다음 주에 가는 비와호, 을마나 기대되는지 모른데이! 사가라도 간다더나?"

"응! 간다고 했어."

사가라의 이름만 나왔는데도 나는 한심할 정도로 표정이 풀어졌다. 히죽거리는 나를 츠구미가 팔꿈치로 찔렀다.

"하루, 남자 친구랑 너무 사이 좋은 거 아이가?"

"그라고 보니, 하루코는 여름 방학에 남자 친구랑 여행 안 가나?"

"뭐?! 여, 여행?!"

여행. 즉, 사가라와 단둘이 숙박 여행! 그럴 수 있다면 얼마나 좋을지 생각해 본 적은 있지만 구체적인 계획을 세운 적은 없다.

그, 그도 그럴 것이…… 여행이라면 사가라와 하룻밤 내내 같이 있는다는 거잖아……?

어쩌다 보니 사가라가 우리 본가에서 묵게 되는 바람에 같은 소파에서 하룻밤을 보낸 적은 있지만. 지금 우리는 연인 사이라서 그때와는 상황이 다르다.

"그라고 보니 사키도 얼마 전에 호죠랑 여행 갔었제?"

"아? 어, 뭐. 그랬지."

나미의 말에 삿짱은 애매하게 고개를 끄덕였다.

우리와 비슷한 시기에 사귀기 시작했는데 벌써 둘이 함께 여행까지 갔다니. 역시 삿짱은 나보다 5백 걸음 정도는 앞서고 있다.

역시 나도…… 좀 더 노력해서 관계를 진전시키지 않으면 안 될 것 같아.

이제 나도 누군가와 사귄다는 것이 카모가와 강변에 나란히 앉아 있기만 하는 게 아니라는 것을 안다. 사가라에게 전력을 다할 거라고 말한 이상, 여자 친구로서의 의무를 다해야 할까……?

내일부터는 여름 방학이 시작된다. 사귀기 시작한 지벌써 반년이나 되었으니…… 나도 슬슬 각오를 해야 할지도 모르겠다.

나미의 집을 뒤로 한 나는 바로 집으로 돌아왔다.

그리고 곧장 우리 집이 아니라 사가라의 집으로 향했다. 인터폰을 누르고 가슴을 두근거리고 있자 눈앞에 있는 문이 열렸다.

"……아, 어서 와."

안에서 나온 사가라의 얼굴을 본 순간, 사랑스러움의 볼티지가 쭉 올라갔다.

……사가라가 이렇게 멋있었나?!

못 만나는 동안 금단 현상이 생긴 모양이다. 왠지 후광이 비치며 반짝반짝 빛나고 있는 것 같은 느낌까지 들었다. 지금 당장이라도 입에서 튀어 나갈 것 같은 「좋아해」라는 말을 꾹 눌러 삼키고 두근거리는 심장을 애써 누르며 "오, 오랜만이야!"라며 웃어 보였다.

"음, 다, 다녀왔어! 들어가도 돼?"

"……응. 들어와."

나는 사가라가 이끄는 대로 방으로 들어가 다다미 위에 정좌하고 앉았다. 왠지 사가라의 얼굴을 똑바로 볼 수가 없었다. 사라가도 어색한 모습으로 내 옆에 앉았다. 단둘만 있다는 사실을 인식하게 되자 다시 심장이 방망이질 치기 시작했다.

어, 어떻게 하지…… 막상 이렇게 있으니까 어떻게 하면 좋을지 하나도 모르겠어……!

못 만났던 동안엔 시험이 끝나면 실컷 꽁냥거려야지! 하고 기대하고 있었는데. 사가라에게 전력을 다할 거라고 말했지만…… 연인들끼리 꽁냥거리는 건 어떻게 하는 걸까. 다들 어떻게 관계를 진정시키는 거지?

……저번처럼 쓰러뜨려……? 아냐, 그건 절대 안 돼……!

나는 정좌를 한 채, 그 자리에 그대로 쩍 굳어 버렸다.

1학기 시험이 무사히 끝났다!

시험 종료 벨이 울린 순간, 나도 모르게 작게 승리의 포즈를 취하고 말았다. 옆에 앉아 있던 여학생이 수상하게 쳐다보는 바람에 얼른 주먹을 거뒀다.

성적이 나오려면 아직 조금 더 있어야 하지만, 이번에는 그 어느 때보다 느낌이 좋았다. 공부 성과는 그럭저럭 괜찮지 않을까 싶다.

이번에 좋은 결과가 나오면 나도 스스로에게 자신을 가질 수 있을까. 나나세에게 어울리는 남자에 조금은 가까워질 수 있을까.

시험 후, 아르바이트를 하러 갔다가 밤 9시가 넘어서야 집으로 돌아왔다. 나나세는 다른 친구들과 시험 종료 축하회니 어쩌니 하는 걸 한다고 했지만 그게 끝나면 여기 오겠다고 했다.

──시험이 끝나고 나면 사가라에게 전력을 다하고 싶어.

나나세가 한 말이 떠오르자 마음이 진정되지 않았다. 도저히 가만히 있을 수 없어서 좁은 방안을 어슬렁거리고 있는데 인터폰이 울렸다. 설레는 마음을 억누르며 문을 열었다.

"앗, 사가라!"

완벽하게 화장을 한 나나세의 얼굴이 나를 보더니 환해졌다.

"아……어, 어서 와."

"오랜만이야! 다녀왔어!"

그 어느 때보다 기쁜 미소를 짓고 있는 나나세를 보고 있자니 내 마음도 덩달아 붕 떠올랐다. 시험 전에도 나나세의 모습은 몇 번인가 봤지만 늘 필사적인 모습을 하고 있어서 웃는 얼굴을 보는 건 오랜만이었다.

"들어가도 돼?"

"……응, 들어와."

평정을 가장한 채, 나나세를 안으로 들였다. 그녀는 유난히 어색해하면서 방 한쪽 구석에 정좌하고 앉았다. 내가 옆에 앉자 나나세의 몸이 굳는 게 느껴졌다.

……어라. 엄청 긴장한 것 같은데?

나나세는 얼굴을 새빨갛게 물들인 채, 내 쪽은 제대로 보지도 못하고 있었다. 그녀의 긴장이 전염되기라도 한 것처럼 나까지 괜히 마음이 진정되지 않았다.

"……나, 나나세? 괘, 괜찮아?"

"어?! 앗, 으, 응! 완전, 괜찮아……!"

나나세는 갈라진 목소리로 그렇게 말하더니 몇 번이나 고개를 끄덕였다. 별로 괜찮아 보이지 않는다.

우리들, 지금까지 어떤 식으로 대했더라……?

오랜만에 단둘이 있으니 어떻게 하면 좋을지 모르겠다. 그러고 보니 나나세가 내 방에 마지막으로 온 건 술에 취해 나를 덮쳤던 그날이다. 손바닥에 닿았던 가슴의 감촉이 되살아나자 묘하게 의식하게 된다.

　한동안 서로 말없이 있다가 갑자기 나나세가 내 쪽으로 몸을 기울였다. 팔과 팔이 딱 붙자 달콤한 향기가 풍겨온다. 너무 갑작스러워서 어쩔 줄 몰라 하고 있자 나나세가 "저, 저기"라며 머뭇머뭇 물었다.

　"……꼬……꽁냥꽁냥, 할래?"

　꽁냥꽁냥이라니……보통, 선언하고 하는 거였어?

　애당초 꽁냥꽁냥이라는 건 뭐지? 나나세가 원하는 꽁냥꽁냥이라는 건 어떤 선까지를 말하는 걸까? 다른 연인들은 보통 어떻게 꽁냥꽁냥거리지……?

　꽁냥꽁냥이 게슈탈트 붕괴 현상을 일으키기 시작하면서 머리가 아파 왔다. 아무리 생각해도 정답을 모르겠다. 일단 오늘은 처음부터 다시 하는 게 좋을 것 같다.

　"……무, 무리할 것 없어. 펴, 평범하게 가자."

　"으, 응…… 그, 그래."

　내 제안에 나나세는 마음이 놓였는지 숨을 내쉬었다. 꽁냥꽁냥을 실천하는 건 서로에게 허들이 높았는지도 모르겠다.

　나는 평범하게, 평범하게……라고 속으로 되뇌며 나나세와 일정한 거리를 두었다. 어라, 이건 좀 먼가……? 조금 더 가까이 가는 게 좋으려나?

　평범하게 가자고 말했지만…… 평범이란 건 뭐지?

　지금까지 나나세와 어떻게 지냈는지 통 기억이 안 났

다. 서로 마주 본 자세로 정좌를 한 채, 머뭇거리며 아래만 보고 있는 우리는 누가 봐도 사귄 지 반년이나 된 연인 사이로는 보이지 않을 것이다.

"시, 시험…… 어땠어?"

"아, 응…… 꽤 자신 있어."

"그, 그렇구나. 나도."

그렇게 어색한 대화를 주고받은 후, 다시 침묵이 흘렀다. 어떻게 하면 좋을지 고민하고 있자 나나세가 일어났다.

"저, 저기…… 난, 그만, 가볼게."

그때 나는 조금이지만 마음이 놓였다. 나나세는 "바이바이" 하고 손을 흔들며 쓸쓸하게 내 집을 나섰다.

……우리의 평범은 과연 뭘까.

아무리 생각해도 정답은 모르겠다. 그 자리에 주저앉은 나는 콩 하고 테이블 위에 이마를 박았다.

여름 방학, 사흘째 밤. 나는 혼자서 우동에 텐카스와 잘게 썬 양배추를 넣고 간장을 부은 것을 먹고 있었다. 나나세가 직접 만든 요리와는 비교도 되지 않는, 대충 만든 저녁밥이다.

나나세와 사귀게 되면서 내 식생활은 대폭 개선되었지만 혼자 있으면 이내 이 모양이다. 그나마 양배추라도 넣은 게 어디냐고 자위하고 싶다.

옆집에선 그녀의 기척이 느껴지지 않았다. 주차장에 빨간 자전거가 없는 것을 보면 아르바이트라도 하러 간 모양이었다.

시험이 끝난 그날 이후, 나와 나나세는 제대로 단둘이 있은 적이 한 번도 없었다. 옆집에 살고 있으니 마음만 먹으면 얼마든지 만나러 갈 수 있지만── 어떻게 하면 좋을지 몰라서 아르바이트니 어쩌니 핑계를 대면서 계속 피하기만 했다.

아마 지금 나나세와 단둘이 있으면 또 묘한 의무감에 사로잡혀서 알콩달콩해야 한다며 이상한 분위기만 흐를 것 같다. 그건 왠지……어색했다.

어떻게 할까 고민하고 있는데 테이블 밑에서 스마트폰이 울렸다. 집어 들어서 보니 호죠에게서 온 전화였다. 무슨 일일까 의아해하며 통화 버튼을 눌렀다.

"어, 사가라. 뭐 하고 있었나?"

"우동 먹고 있었어."

"니는 우동 참 좋아하더라. 나고야 사람이면 키시멘 아이가?"

호죠는 그렇게 말하며 전화 너머에서 깔깔 웃었다.

나와 호죠는 용건도 없는데 통화를 할 정도로 친한 사이는 아니다. 그런 시답잖은 얘기나 하자고 전화를 건 것은 아닐 것이다.

"무슨 일 있나?"

"아, 맞다. 모레, 비와호에 가기로 했다 아이가. 아침 8시에 니랑 나나세 데리러 갈기다."

"……아."

비와호. 아, 맞다. 그러기로 했었지.

꽤 예전에 계획을 세워서 거의 잊고 있었는데 이제야 생각났다. 타코 파티를 했던 멤버들끼리 여름 방학에 바와코에 가자고 약속했었다.

"뭐고? 혹시 깜빡하고 있었나?"

"그게, 깜빡하긴 했지만…… 그날 아르바이트도 쉬기로 해서 괜찮아."

"그라면 됐다. 늦잠 자지 마레이―."

"안 자."

용건도 끝났으니 이대로 전화를 끊을 줄 알았는데, 호죠는 "그런데"라며 화제를 전환했다.

"사가라, 니는 나나세랑 순조롭나?"

"……음……뭐, 그럭저럭……."

호죠는 가끔 이렇게 우리 사이는 어떤지 넌지시 물어보곤 한다. 걱정해 주는 건지, 그냥 재미있어하는 건지. 아마 둘 다일 것이다.

……호죠에게 상담해 볼까……?

분명 호죠의 머릿속에는 남녀 교제의 완벽한 매뉴얼이 들어 있을 것이다. 연인 사이에 어떻게 꽁냥거리면 되는지도 잘 알고 있을 것 같다.

　그렇지만 「여자 친구와 어떻게 꽁냥거리면 되냐?」라는 부끄러운 질문을 할 수도 없는 노릇이라 우리는 쓸데없는 대화를 나누다가 전화를 끊었다.

　"사가라랑 어색하다고? 왜?"

　전화 너머에서 삿짱이 의아한 목소리로 물었다.

　나는 양쪽 발에 바른 매니큐어를 말리며 삿짱과 통화하고 있었다. 스마트폰은 스피커폰 상태로 해서 테이블 위에 두었다.

　내일은 모두 함께 비와호로 가기로 해서 손과 발에 매니큐어를 다시 예쁘게 발랐다. 수영복 색상에 맞춘, 심플한 하얀색 프렌치 네일이다. 무릎을 끌어안고 가능한 한 발을 움직이지 않도록 조심하며 "응" 하고 고개를 숙였다.

　"뭐랄까, 알콩달콩 잘 지내는 방법을 모르겠어. 결국 진전이라곤 전혀 없고."

　"그게 무슨 말이고? 그렇게 무리할 필요가 있나?"

　"그치만…… 삿짱은 벌써 호쨔랑 여행까지 가는데……."

　내 말을 들은 삿짱은 갑자기 아무 말도 없었다. 그게 의아해서 "삿짱?" 하고 부르니 잠시 후에 "아아, 그냥" 하는 애매한 답이 돌아왔다.

"내 일은 됐다 치고. 그건 사가라가 겁이 많은 게 잘못 아이가?"

"자, 잘못까진 아니라고, 생각하는데……."

물론 사가라는 잘못한 게 없지만, 그럴 마음이 없는 건 사실일지도 모른다. 내가 술에 취해 덮쳤을 때도 결국 거절했었고…….

"역시 나, 매력이 없는 건가?"

"그럴 리는 없데이. 사가라도 수영복 입은 니를 보면 아마 심장이 쿵쿵거릴 기다."

"……그럴, 까? 예쁘다고 해줄까?"

평소엔 이성으로 똘똘 뭉친, 신사적인 사가라도. 한여름 태양 아래서는 정상적인 판단 능력을 조금은 잃을지도 모른다. 내가 먼저 적극적으로 어필하면 여타 연인들처럼 자연스럽게 알콩달콩할 수 있으려나.

"……좀 더 진전시킬 수 있도록 노력해 볼래!"

"……굳이 그렇게까지 초조할 필요는 없을 것 같은데."

묘하게 조심스러운 삿짱의 말에 나는 고개를 갸웃거렸다. 평소엔 과감한 말로 사람을 곤란하게 만들기 일쑤인데 오늘은 어째 영 이상했다.

그 후로 내일 뭘 가져갈지 상의한 후, 긴 통화를 마무리지었다. 매니큐어는 다 말랐고 벌써 자정을 앞둔 시간이었다. 내일은 사가라에게 수영복을 입은 모습을 보여주니 바디 크림을 꼼꼼하게 바르고 자야겠다.

창밖에서는 쨍쨍 쏟아지는 햇살에 호수 수면이 반짝반짝 빛나고 있었다. 에어컨에서 나온 시원한 바람이 뺨을 어루만지고 카오디오에서는 내가 모르는 록밴드의 음악이 흐르고 있다.

자동차 시트에 기대어 풍경을 멍하게 바라보고 있자 누가 어깨를 톡톡 두드렸다. 마지못해 옆을 보니 핸들을 쥔 호죠가 홀더에 있는 페트병을 가리켰다.

"사가라, 뚜껑 좀 열어서 줘."

……나는 왜 여름 방학에 꽃미남과 드라이브를 하고 있는 것인가.

나나세와 나는 호죠가 운전하는 차를 타고 시가 현의 비와호로 가고 있었다.

교토 시내에서 목적지인 오미마이코까지는 약 1시간. 당일치기 드라이브에 딱 좋은 거리다. 아직 면허가 없지만 나중을 위해 취득하는 게 좋으려나. 지금이라도 저금을 하는 게 좋을 것 같다.

"이거, 네 차야?"

오늘 우리를 데리러 온 건 호죠가 운전하는 검은색 미니밴이었다. 내 질문에 호죠는 하얀 이를 보이며 웃었다.

"그럴 리가. 아빠 거야. 내는 그럴 돈 없다. 가지고 싶긴 하지만."

그나저나 호죠가 운전하는 차의 조수석이라면 돈을 내고라도 앉고 싶어 하는 여자들이 한 트럭은 될 것이다. 이미 자주 앉았을 삿짱은 "난 하루코 옆이 좋아"라며 얼른 뒷자리에 앉아 버렸다. 남은 건 키나미의 옆, 아니면 조수석밖에 없어서 난 망설이지 않고 조수석을 선택했다.

"우와, 비와호는 정말 바다 같아!"

눈을 반짝이며 창밖을 보고 있던 나나세가 들뜬 목소리로 외쳤다.

"비와호는 수영을 할 수도 있구나! 몰랐어."

"맞아. 작년에도 서클 친구들이랑 갔었는데 바닷물처럼 몸이 끈적거리지도 않고 해파리도 없어서 내는 좋아한다."

스도의 말에 나나세는 "너무 기대돼!"라며 눈을 가느스름하게 떴다. 장밋빛 대학 생활을 꿈꾸고 있으니 '여름방학에 친구들과 비와호에서 바비큐' 같은 것도 해 보고 싶었는지 모른다.

"오늘은 날씨도 너무 좋아! 호수가 반짝반짝한 게 정말 예뻐! 기분 좋을 것 같아! 역시 오길 잘했어!"

나나세가 그렇게 말하며 웃자 옆에 있는 스도도 기쁜 표정을 지었다. 이렇게 작은 일에도 감동하고 솔직하게 감정을 드러내는 게 나나세의 장점이다. 모두의 분위기도 부드러워진 것 같은 느낌이 들었다. 아마 스도도 나나세의 그런 점을 좋아할 것이다.

두 여자는 차 안에서 한껏 들떠서 사진에 동영상을 찍느라 바빴다. 도착하기 전부터 이렇게 좋아하는 걸 보면 가성비도 제법 괜찮은 것 같다. 비꼬는 게 아니라 진심이다.

그때 나나세가 이쪽을 휙 쳐다보는 바람에 미러 너머로 눈이 마주쳤다. 생긋 웃는 얼굴을 보자 심장이 뛰었다. 그대로 시선을 돌려 버린다.

……둘만 있는 게 아니라 그나마 다행이지만 ……역시 조금 어색하다.

호조의 안정적인 운전으로 무사히 오미마이코의 수영장에 도착했다.

호수 수면은 완만하게 파도치고 있고 하얀 백사장까지 있어서 진짜 바다 같았다. 호수 기슭에는 바비큐장도 설치되어 있었다.

"그럼, 옷 갈아입고 올게——."

여자애들은 그렇게 말하며 탈의실로 사라졌다. 우리도 남자 탈의실로 들어가서 수영복으로 갈아입었다. 며칠 전에 온라인으로 산 싸구려다. 찢어지지 않기를 기도하며 위에 검은색 점퍼를 걸쳤다.

탈의실 밖으로 나왔지만 여자들은 아직 나오지 않았다. 우리는 그늘로 피신해서 여자들을 기다리기로 했다.

너무 더워서 점점 텐션이 떨어지기 시작했다.

　원래도 여름은 좋아하지 않지만 작년에 열사병으로 쓰러진 이후로 더 싫어하게 되었다. 리얼충들은 신나게 바비큐 파티를 즐기고 있는지 여기까지 연기 냄새가 풍겨왔다. 이런 더위 속에 고기를 굽는 건 보통 힘든 일이 아닐 것이다. 불타는 태양은 가차 없이 쏟아져서 가만히 있어도 땀이 줄줄 흘러내렸다. 점퍼를 벗으면 될 일이지만 빈약한 몸을 드러내고 싶진 않았다. 역시 근육 운동이라도 좀 했어야 했나…….

　"여, 역시 이 상태로 밖에 나가는 건 무리야……! 삿짱, 래시가드 안 가지고 왔어?!"

　나는 탈의실 로커 앞에서 새삼스럽게 겁에 질려 있었다. 일단 수영복으로 갈아입긴 했지만 이대로 밖으로 나갈 용기가 나지 않았다.

　"수영복과 속옷은 피부 노출 면적만 보면 거의 똑같지 않아?! 그런데 왜 이런 차림으로 아무렇지도 않게 잘들 다니는 거지?!"

　"지나친 생각이라니까. 다들 수영복을 입고 있으니까 부끄러워하는 게 오히려 부끄러운 거라고."

　"으으…… 그래도……."

고등학교 체육 수업 시간 이후론 수영복을 입는 게 처음이다. 심지어 비키니는 태어나서 단 한 번도 입어본 적이 없었다. 학교 수영복 다음에 바로 비키니라니, 단계를 너무 많이 건너뛴 느낌이다. 역시 원피스 수영복으로 할 걸 그랬나…….

삿짱의 수영복은 하이넥 비키니에 파레오가 달려 있었다. 왠지 삿짱과 비교해도 내가 더 노출이 많은 것 같아서 더 쑥스러워졌다.

"어젯밤만 해도 사가라의 혼을 쏙 빼주겠다고 의욕이 넘쳤다 아이가."

"호, 혼을 빼주겠다는 말은 안 했잖아……예쁘게 봐줬으면 좋겠지만……가만히 생각해 보니 사가라에게 이런 모습을 보여준 적도 없고……."

"뭐, 별거없다. 알몸을 보여주는 것도 아닌데."

삿짱의 말에 나도 모르게 "힉" 하는 기묘한 소리가 튀어나왔다.

……그, 그런가…… 사, 사귀는 사이이니까 조만간……그, 그런 모습도, 보여줘야겠지……?

그렇다면 수영복 정도로 겁내고 있을 때가 아니다. 약한 마음에 기합을 넣기 위해 화장품 파우치에서 립스틱을 꺼냈다. 립스틱을 다시 바른 후, 거울을 향해 생긋 웃어 본다. 그것만으로도 자신감과 용기가 생기는 걸 보면 참 신기하다.

……사가라가 예쁘다고 말해줄까.

"조, 좋아! 삿짱, 가자!"

앞을 향해 선 나는 남자애들이 기다리는 태양 아래로 걸어갔다. ……삿짱의 뒤에 숨어서.

―――――――●――――――――――――●―――――――

"미안, 많이 기다렸지―!"

옷 갈아 입는데 왜 이렇게 오래 걸리냐, 라며 슬슬 짜증이 날 무렵. 여전히 우렁찬 스도의 목소리가 울려 퍼졌다. 우리는 직립부동 자세로 둘을 맞이했다.

나나세는 부끄러운지 스도의 뒤에 몸을 숨기고 있었다. 스도가 "하루코, 뭐하는겨?"라고 하자 그제야 머뭇거리며 모습을 드러냈다.

그 순간, 내 마음은 신에 대한 감사로 넘쳐 흘렀다.

"우와―, 진짜 죽인다! 역시 여름 최고!"

옆에 있는 키나미가 외쳤다. 이번만큼은 진심으로 동의한다. ……여름, 최고!!

나나세가 입은 건 가슴 부근에 프릴이 달린, 하얀 꽃무늬 비키니였다. 프릴로 덮인 풍만한 가슴도, 깊이 팬 가슴골도, 잘록한 허리도, 작은 배꼽도, 늘씬하게 뻗은 허벅지도 태양 아래 아낌없이 드러나 있었다.

나는 지금까지「수영복은 천의 면적이 적을 뿐, 유카타

가 더 섹시해」라는 생각을 가지고 있었지만 앞으로는 그 주장을 철회해야 할 것 같다. 수영복도 유카타와 다른 매력이 있고 그건 그것대로 훌륭하다. 우열을 가리기 힘들 정도다.

"사……사가라."

이름을 부르는 소리에 얼른 정신을 차렸다. 아뿔싸, 완전히 넋을 놓고 있었다. 내 앞까지 온 나나세는 두 손을 가슴 앞에서 꼼지락거리고 있었다.

"……내 수영복, 어, 어때……?"

"……어?"

어떻냐니, 최고지.

칭찬해 주고 싶은 마음은 굴뚝 같았지만 수영복을 놓고 이런저런 감상을 늘어놓는 것도 썩 보기 좋진 않잖아. 가능한 한 점잖은 표현을 찾아서 간신히 입을 열었다.

"……음 ……자, 잘 어울려."

"……다른 건?"

"아―, 그게…… 무늬도 괜찮은 것 같아……."

"그, 그게 아니라."

나나세는 불만스러운 듯 내 점퍼 소매를 꾹꾹 잡아당겼다. 입술을 꾹 다문 채, 수줍은 것도 같기도 하고 긴장한 것 같기도 한 불안한 표정으로 나를 빤히 쳐다보고 있다.

이럴 때 나나세가 내게 기대하고 있는 말은 하나밖에 없다.

"⋯⋯⋯⋯예뻐."

그 순간, 나나세의 표정이 환하게 빛났다.

"너무 기뻐, 고마워! 용기 내길 잘했어!"

나나세는 내 손을 잡아끌면서 "사가라, 가자"라며 웃었다. 친구 녀석들의 싱글거리는 시선 속에, 우리는 햇빛이 작열하는 해변으로 달려갔다.

타오르듯 작열하는 태양, 푸른 하늘, 하얀 해변. 완만하게 물결치는 수면. 비와호는 생각했던 것보다 훨씬 더 바다 같았다. 아니, 거의 바다라고 해도 과언이 아닐 정도다.

함께 설치된 바비큐장에서 고기를 구워 먹은 후, 우리는 비치볼을 하거나 모래사장에서 성 만들기, 수박 깨기 등을 하며 놀았다. 들뜬 모습의 나나세는 즐거운지 계속 웃고 있었다. 리얼충이 여름을 보내는 방법을 그녀도 드디어 알게 된 모양이다.

나 역시 나름대로 즐기고 있었지만 그렇다고 리얼충들 사이에서 신나게 노는 캐릭터는 되지 못했다. 평소의 텐션을 유지하고 있자 키나미가 "여름 해변에서 웬 죽상이냐!"라며 호통을 쳤다. 그리고 그대로 호쵸와 키나미의 손에 의해 점퍼가 벗겨지고 비와호 속으로 풍덩 내던져졌다.

"⋯⋯푸하."

수면 위로 고개를 내밀자 키나미가 손뼉을 치며 웃고 있는 게 보였다. 호죠도 입으로는 "사가라, 괜찮나?"라고 했지만 얼굴은 웃고 있었다. ······저 자식들, 두고 보자. 내가 맥주병이었으면 어쩔 뻔했냐고.

비와호의 물은 서늘해서 생각보다 기분이 좋았다. 하늘을 보고 둥둥 떠 있자 시야에 들어오는 푸른 하늘이 눈부셨다.

"사가라, 괜찮아?!"

익사체처럼 떠 있는 나를 보고 나나세는 걱정하며 달려왔다. 나는 "괜찮아"라고 대답하며 몸을 일으켰다. 이곳은 아슬아슬하게 발이 닿는 깊이였다. 나나세도 튜브 같은 건 가지고 있지 않았다.

물속으로 첨벙첨벙 들어온 나나세는 "기분 좋다"라며 미소를 지었다. 그녀의 화려한 화장은 오늘도 완벽해서 조금도 지워지지 않고 수수한 맨얼굴을 덮고 있었다.

"그러고 보니, 나나세······ 화장, 괜찮아? 작년엔 그렇게 싫어했잖아."

작년의 나나세는 화장이 지워질까 두려워서 바다나 수영장에도 가려고 하지 않았다. 내 물음에 나나세는 눈을 반짝거렸다.

"응! 절대 지워지지 않는 워터 프루프 마스카라와 아이라이너를 샀거든! 호스로 얼굴에 물을 뿌려도 지워지지 않는대! 요즘 나오는 화장품은 정말 굉장한 것 같아! 아아, 미인 대회에 나가기 전에 입수했어야 했는데……!"

작년 미인 대회에서 일어난 소동이 떠오르자 나도 모르게 씁쓸한 미소를 지었다. 나나세의 맨얼굴을 아는 사람은 늘어났지만 역시 기본적으로는 맨얼굴을 보여주고 싶어 하지 않는 것 같다. 하긴 콤플렉스라는 게 그런 거겠지.

"사가라, 수영할 수 있어?"

"그냥 빠지진 않을 정도로……나나세는?"

"난 수영 수업도 체육 5였어."

나나세는 그렇게 말하며 득의양양하게 가슴을 폈다. 머리만 좋은 게 아니라 운동신경까지 좋은 건가. 점점 더 내가 이길 수 있는 상대가 아닌 것 같다. 물론 나나세가 노력한 결과이기도 하지만.

"꺄악."

이쪽으로 오던 나나세가 작게 비명을 지르며 나를 잡았다. 부드러운 몸이 맨살에 밀착되자 급격하게 체온이 올랐다.

"미, 미안…… 여, 여긴, 발이 안 닿아서……."

가만히 생각해 보니 나나세는 나보다 키가 20센티미터 정도 작다. 내 발이 간신히 닿을 정도의 깊이라면 발이 안 닿는 게 당연했다.

수영을 할 수 있긴 해도 무서운 건 매한가지인 걸까, 아니면 얼굴이 물에 젖는 게 싫은 걸까. 나나세는 내 몸에 힘껏 매달렸다. 출렁거리는 수면 아래에서 수영복에

감싸인 가슴이 내 가슴팍에 눌려서 모양이 이리저리 바뀌고 있다. 순식간에 흑심이 고개를 치들면서 한숨이 나올 뻔했다. 아무래도 수영복의 파괴력을 간과하고 있었던 것 같다.

……어떻게 이 세상 남자들은 수영복을 입은 여자 친구와 아무렇지도 않게 같이 있을 수 있는 걸까……,

나나세의 발이 닿는 곳으로 이동하자 그녀는 새빨개진 얼굴로 얼른 떨어졌다.

"미, 미안."

"아냐, 괜찮아."

서로 횡설수설하면서 어색한 분위기가 흘렀다. 조금 더 진정되기 전에는 물 밖으로 못 나갈 것 같다.

"……나, 나나세. 먼저 애들한테 가 있어."

"어? 으, 응. 알았어."

나나세는 호수에서 나가 모래사장을 향해 걸어갔다. 남겨진 나는 머리를 식히기 위해 호수 속으로 풍덩 잠수했다.

얼마 후, 파라솔 밑으로 돌아온 나는 혼자 멍하게 앉아 있었다.

여름의 비와호는 생각보다 더 즐거웠지만 피곤한 건 사실이었다. 역시 사람마다 맞고 안 맞는 게 있는 것 같다. 나는 해변에서 신나게 노는 재능은 없는 것 같다.

멍하게 있자 뒷덜미에 서늘한 물체가 닿아서 "으앗"하고 비명을 질렀다. 깜짝 놀라 돌아보니 파란 라벨 페트병을 든 호죠가 서 있었다. 스포츠음료 광고인 줄 알았다.

"이거, 마실래?"

"……그거, 줄 상대를 착각한 거 아니야……?"

말은 그렇게 했지만 고맙다며 받아 들었다.

해변에서는 나나세와 스도, 그리고 키나미가 1대2로 비치 발리볼을 하고 있었다. 스도는 역시 운동신경이 발군이었지만 나나세도 의외로 잘하고 있다. 폴짝폴짝 점프할 때마다 가슴이 출렁거린다. 멋진 리시브와 함께 스도가 공격에 성공했다.

"앗싸!"

나나세는 기쁘게 폴짝거리며 스도와 하이파이브를 했다. ……참 보기 좋네.

"사가라, 그러다 구멍 나겠다."

"시, 시끄러워."

나는 호죠의 놀림을 즉시 일축했다. 이 거리에서는 쳐다보고 있어도 들키지 않으니 괜찮잖아.

그런데 이렇게 관찰하고 있으니 해변에 있는 사람들 중 다수의 시선이 나나세를 향하고 있는 게 보였다. 나나세는 시선을 끄는 미인인 데다가 몸매까지 좋으니 어쩔 수 없는 일이다. 내가 불평할 자격은 없지만 기분이 썩 좋지도 않았다.

그때 스도가 갑자기 이쪽을 쳐다봤다. 호죠가 손을 팔랑팔랑 흔들자 스도는 새빨개진 얼굴로 시선을 돌렸다. 뭔가 분위기가 이상하다. 그러고 보니 오늘, 차를 타고 올 때부터 호죠와 스도는 한 마디도 하지 않았던 것 같다…….

"……너희들, 오늘 한마디도 안 하는 것 같던데?"

"오, 눈치챘나? 의외로 관찰력이 좋네."

호죠는 씁쓸하게 웃으며 어깨를 살짝 으쓱였다. 또 얼버무릴 줄 알았는데, 호죠는 담담하게 말을 이어갔다.

"싸운 건 아닌데…… 우리 둘, 지금 좀 안 좋다."

"뭐? 네가?"

"뭐꼬, 그 반응은?"

"……네가 연애 문제로 고민하는 건 상상이 안 되니 그렇지. 늘 여유로울 것 같거든."

"아니, 전혀. 여유는 무슨."

그렇게 말한 옆모습조차 조금의 빈틈도 없이 너무 잘생겨서 그 발언에 신뢰가 가진 않았다. 이런 얼굴로 태어났으면 내 인생도 조금은 달라졌을까, 라는 비뚤어진 생각까지 들 정도다.

무슨 일이 있었는지 물어봐야 하나 고민하고 있는데 갑자기 "저기, 죄송한데요"라며 누가 말을 걸어왔다.

고개를 드니 비키니를 입은, 낯선 여자 두 명이 수줍게 웃으며 서 있었다.

"사진 좀 찍어주실 수 있을까요?"

"……아, 네."

호죠는 스마트폰을 받더니 셔터를 몇 번 눌러줬다. "이 정도면 될까요?"라며 스마트폰을 돌려 주자 여자는 애교 섞인 목소리로 말했다.

"우리도 둘인데, 괜찮다면 같이 놀지 않을래요?"

나는 깜짝 놀랐다. 혹시 이건…… 말로만 듣던 헌팅이 라는 건가……?!

그런 건 도시 전설 레벨의 일인 줄만 알았는데 실재하고 있었단 말인가. 깜짝 놀란 나와는 반대로 호죠는 이런 일에 익숙한지, "죄송하지만 여자 친구와 같이 놀러 와서요"라며 웃는 얼굴로 거절했다.

"아―, 그렇구나. 아쉽다."

"혹시 저 애들? 무시무시한 얼굴로 이쪽을 보고 있는."

여자가 가리킨 곳을 보니 스도와 나나세가 도끼눈을 뜨고 이쪽을 노려보고 있었다. 나도 모르게 등줄기에 소름이 돋는 것 같은, 절대 영도의 시선이다. 평소엔 그렇게 온화한 나나세가 저런 얼굴을 하고 있는 건 처음 봤다. 왠지 여기만 기온이 낮은 것 같았다.

"그럼, 다음에 봐요――."

여자들은 우리에게 손을 흔들더니 얼른 자리를 떴다. 그와 거의 동시에 스도와 나나세가 이쪽을 향해 걸어왔다.

"……사가라, 방금 저 여자들, 누구야……? 아는 사람……?"

나나세의 눈에서는 하이라이트가 사라졌고 목소리도 한 옥타브 낮았다. 난 허둥지둥 "아니, 그게 아니야!"라고 말했다.

"전혀 모르는 사람이야. 그리고 내가 아니라 호죠가 목표……."

"흐음. 이거 보레이. 우짜면 이렇게 인기가 많으실까."

그렇게 말하는 스도의 입가에는 희미한 미소가 떠올라 있었다. 갑작스러운 교토 사투리, 너무 무섭다. 이대로 담그려는 건가? 나, 슬슬 가는 게 좋지 않을까?

호죠가 스도의 얼굴을 살피며 "사키, 화났어?"라고 물었다. 스도는 뺨을 붉히며 즉시 시선을 획 돌렸다.

"저, 전혀. 누가 화났다고 그래?"

"누가 봐도 화났구만……, 내가 좀 더 가드에 신경을 써야 했는데."

"내가 언제 사과받고 싶다고……."

"사키, 나 봐."

그러면서 호죠는 스도의 손목을 잡아당겼다. 그러자 순식간에 새빨개진 스도가 호죠의 손을 힘껏 뿌리쳤다.

"아……."

그 짧은 순간, 호죠는 상처 입은 표정을 지었고── 스도는 노골적으로 아뿔싸, 하는 얼굴을 했다.

"……나, 나, 나, 나, 난…… 머리 좀, 식히고 올게!"

스도는 그렇게 말하더니 호죠에게 등을 돌리고 전속력

으로 해변을 달려갔다. 나나세는 당황해서 "삿짱, 잠깐만!"이라며 그런 스도의 뒤를 따라간다.

그 자리에 남겨진 호죠는 당혹스러운 듯 머리를 벅벅 긁었다. 의아하게 쳐다보는 내 시선을 알아차렸는지, 입술 양쪽 끝을 올리며 어깨를 살짝 으쓱였다.

"잘 안되는 거야?"

"······음. 요즘 계속 이래."

"삿짱!"

나는 비치 샌들을 신은 발로 모래사장을 힘껏 밟으며 삿짱의 뒤를 쫓아가고 있었다.

그 정도로 이성을 잃은 삿짱을 보는 건 처음이었다. 화를 내는 건 그리 드문 일은 아니지만. 이렇게 여유라곤 없는 삿짱을 나는 모른다.

갑자기 우뚝 걸음을 멈춘 삿짱은 머리를 감싸더니 "으아아아아아······" 하고 외치며 쭈그리고 앉았다. 간신히 따라잡은 나는 "괘, 괜찮아?"라며 말을 건넸다.

"아아아······ 또, 저질렀어······ 난 정말 최악이야······."

상심해 있는 삿짱의 등을 가만히 문질러준다. 그리고 안심시키듯 웃어주었다.

"일단 좀 앉자."

샷짱의 손을 잡아 일으켜 세운 후, 옆에 있는 벤치에 나란히 앉았다. 남자 둘이 싱글거리며 다가왔지만 샷짱이 "무슨 용건이지?"라고 날카롭게 노려보자 풀이 죽어 가버렸다. 샷짱은 강하다.

이제 좀 진정이 되었는지, 샷짱은 민망한 듯 눈을 내리깔았다.

"……한심한 모습 보여서 미안."

"아, 아냐! 전혀 안 그래!"

깜짝 놀라긴 했지만 한심하다는 생각은 들지 않았다. 난 고개를 숙인 샷짱의 얼굴을 보며 물었다.

"샷짱, 무슨 일이야? 갑자기 호죠를 밀치고……."

"……요즘……히로키를, 똑바로 못 보겠데이."

샷짱의 말에 나는 "왜"라며 고개를 갸웃거렸다. 지금까지 다른 여자들이 아무리 호죠에게 눈독을 들여도 샷짱은 눈 하나 깜빡하지 않았는데.

"얼마 전에 여행을 갔다고 했다 아이가……? ……내도 어느 정도 각오는 하고 있었는데 막상 하려니까 너무 겁이 나더라고. 그래서 히로키가 내를 밀어뜨린 순간, 냅다 집어던지고 말았다."

"지, 집어던져……?"

"고등학교 때 유도 수업 시간에 배운 배대뒤치기."

샷짱이 굉장히 진지한 얼굴로 말해서 상상했다가 나도 모르게 웃음을 터뜨리고 말았다. 물론 웃을 일이 아니라는 건 알고 있지만!

삿짱은 필사적인 얼굴로 내 양쪽 어깨를 잡고 마구 흔들었다.

"내는 그게 아니라니까! 딱히 싫어서 그런 게 아니라! 그 뭐랄까, 상대가 너무 능숙하면 괜히 내빼게 되는…… 그런 거 있다 아이가?!"

"이, 있나……?"

"엄청 사과했지만 히로키는 하기 싫으면 됐어, 라는 식이더라고. 그러니까 내 자신이 너무 한심하고 계속 의식하게 돼서 이젠 얼굴도 제대로 못 보겠다……."

삿짱은 그렇게 말하며 등을 둥글게 말고 몸을 움츠렸다.

나는 지금껏 삿짱 같은 인기녀에게 연애 같은 건 별것 아니라서 능숙하게 잘할 줄로만 알았다. 하지만 사실은 그게 아니었다. 삿짱도……나처럼 힘들어하고 고민하고 있었던 거다.

"……사실 내는 질투도 엄청 많이 하고 성가신 성격이데이."

"어?"

"하루코 앞에서는 여유 있는 척하지만…… 전혀 안 그렇거든. 매일 질투하고 별것 아닌 일로 불안해하고."

……삿짱도 나랑 똑같다고?

나보다 훨씬 경험이 풍부하고 여유로워 보였던 삿짱이 나와 똑같은 고민을 하고 있었다니. 난 깜짝 놀라서 삿짱을 말끄러미 쳐다봤다.

"난…… 삿짱과 호죠는 쭉 순조롭게 잘되고 있는 줄 알았어. 여행도 가고, 나보다 훨씬 진도도 빠르게……."

"……미안. 하루코한테 폼을 잡고 싶어서, 여유로운 척한 기다……."

삿짱은 고개를 숙인 채 소곤거리듯 말을 이어갔다.

"사실은 경험도 전혀 풍부하지 않고, 질투만 하고 귀여움성도 없고. 이대로 가다간 하루코도 내한테 정이 떨어질 기다……."

삿짱은 그렇게 말하더니 당장이라도 울음을 터뜨릴 것 같은 얼굴로 무릎을 끌어안았다. 평소엔 내가 약한 소리를 하면 삿짱이 기운을 북돋워 줬지만, 오늘은 반대다.

나는 풀이 죽은 삿짱을 힘껏 끌어안았다. 삿짱은 "아앗" 하고 당황했지만 나를 받아주었다.

"뭐, 뭐꼬?! 갑자기, 와 이러는겨?"

"삿짱은 귀여워!"

"엥?"

"내가 삿짱한테 정이 떨어질 일은 절대 없어! 난 그렇게 성가신 삿짱도 엄청 좋아하거든!"

혼신의 힘을 다한 내 위로에 삿짱은 눈만 깜빡거렸다. 나는 그런 삿짱을 안은 팔에 더 힘을 주었다.

"……삿짱은 내 맨얼굴을 알았을 때도 ……그런 면도 나라면서 받아줬잖아?"

"……응."

"똑같아. 난 말이야, 여유가 없든, 질투심이 많든, 성가신 성격이든…… 그런 삿짱을 좋아해. 아마 호죠도 똑같을 거야."

삿짱은 한동안 아무 말도 없었지만, 이윽고 나를 마주 안아주었다.

"……고마워, 하루코."

그렇게 속삭인 삿짱은 내가 동경했던, 백전연마(百戰鍊磨)의 인기 미녀는 아니었지만, 그래도 너무 귀엽고 성가신, 사랑에 빠진 여자였다.

●━━━━━━━━━●

"뭐, 배대뒤치기?! 죽인다, 너무 웃겨."

키나미는 그렇게 말하며 "푸하하하!" 하고 천박한 소리를 내며 웃었다. 기분이 상한 호죠가 그런 키나미를 노려본다.

"어이, 그렇게 우습냐?!"

"아니, 배대뒤치기를 웃음으로 받아넘기는 네가 더 대단해! 스도, 진짜 강하다!"

키노미는 자신의 웃음 코드와 딱 맞았는지, 배를 잡고 깔깔거리며 웃고 있다.

스도와 나나세가 자리를 떠난 후, 키나미가 호죠에게

대략적인 사정을 물었다. 간단하게 말하면, 여행을 가서 쓰러뜨렸다가 전력을 다해 부정당했고 그 후로 스도가 쭉 자신을 피해서 너무 어색하다……는 얘기였다.

나는 진심으로 호죠를 동정했다. 내가 호죠였다면 너무 충격을 받아서 혀를 깨물고 죽었을 것이다. 이 자식도 이래저래 힘들구나…….

내 미적지근한 시선을 느꼈는지, 호죠가 "그 동정하는 표정은 뭐꼬?"라며 불만스럽게 팔짱을 꼈다.

"아니, 가엽다는 생각이 들어서……."

"그러고 보니, 히로키, 사가라, 둘 다 아직 여친이랑 안 한 거네?"

"똑같이 취급하지 마. 난 사가라랑 달리 동정이 아니니까."

"앗! 나, 난, 호죠랑 달리, 거부당한 건 아니라서……."

그 순간, 얼마 전에 나나세가 나를 덮쳤던 일이 떠올랐다. 그때 나나세의 유혹을 거절하긴 했지만, 설마 거부당했다고 생각하는 건 아니겠지? 아니다. 내 경우는 그럴 생각이 아니었다.

얼굴이 창백해진 나를 본 호죠는 "이 얘기, 그만할까"라고 작게 속삭였다. 깊이 파고들어봤자 서로 좋을 게 없다는 것을 깨달은 건지도 모른다.

"그런데 스도, 의외로 성가신 타입이야?"

"의외고 자시고, 원래 스도는 성가신 타입이잖아."

스도는 호죠의 마음을 알면서도 계속 모른 척했고 미남과 사귀는 건 귀찮다면서 호죠가 다른 사람과 사귀는 건 싫다고 했다. 요컨대 나와 비슷한, 성가신 여자라는 뜻이다. 본인에게 그 점을 지적하면 불같이 화를 내겠지만.

키나미는 고개를 주억거리며 호죠의 어깨를 툭 두드렸다.

"너도 참 고생이 많다. 완벽한 미남에게도 약점이 있어서 안심했어!"

"누가 고생한다고 그래! 사키는 그런 성가신 면이 귀여운 거라고!"

불퉁한 얼굴을 한 호죠를 보고 솔직히 나도 안심했다. 이 녀석은 완전무결한 안드로이드가 아니라 피가 흐르는 인간이었던 것이다.

"아. 스도와 나나세, 돌아왔어."

키나미가 가리키는 곳을 보니 나나세와 스도가 걸어오는 게 보였다. 스도는 나나세의 등 뒤에 숨어서(스도의 키가 더 커서 가려지진 않지만) 겸연쩍은 표정을 짓고 있었다.

우리 앞에서 우뚝 걸음을 멈추더니 나나세가 "샷짱, 얼른"하며 재촉했다.

"……히로키. 아까는, 미안했어."

한 번도 본 적 없는 초췌한 얼굴을 한 스도가 머리를 꾸벅 숙이며 사과했다. 이렇게 얌전한 스도를 보게 되다니, 내일은 해가 서쪽에서 뜰지도 모른다.

호죠는 "괜찮아"라며 여유로운 미소를 지었다. 조금 전까지만 해도 노골적으로 불퉁해 있던 주제에 스도 앞에서는 그런 모습은 조금도 보여주지 않는다. 둘 사이에 낀 나나세는 어쩐 일인지 생글생글 기쁘게 웃고 있었다.

"아, 삿짱! 호죠랑 둘이 잠깐 얘기 좀 하고 오는 게 어때?"

"어……엇?! 잠깐, 하, 하루코."

"나나세, 고맙다. 그럼, 사키 좀 잠깐 빌릴게——."

호죠는 "가자"라며 스도의 손을 잡아끌며 뚜벅뚜벅 걷기 시작했다. 스도는 동요하며 입을 뻐끔거렸지만, 결국 포기했는지, 얌전히 호죠를 따라갔다.

"……역시 저 녀석도 꽤 여유 없잖아."

"뭐, 이러니저러니 해도 둘이 아주 잘 맞아."

"응, 응! 저 두 사람, 엄청 잘 어울려!"

그때 손목에 찬 스마트워치를 확인한 키나미가 "아" 하고 외쳤다.

"미안, 난 잠깐 빠질게——."

"뭐? 어디 가는데?"

"아까 LINE 물어봤던 여자가 지금 좀 와달래! 역시 여름의 사랑은 현지 조달이 최고지!"

키나미는 "나중에 연락할게! 잘 되면 안 돌아올 거니까 먼저들 가!"라더니 들뜬 모습으로 걸어갔다. 경박한 남자의 뒷모습을 노려보면서, 역시 연애는 사람마다 제각각이구나, 하며 한숨을 쉬었다.

키나미까지 사라지자 나와 나나세, 단둘만 남게 되었다. 나나세가 머뭇거리며 묻는다.

"……여기, 앉아도 돼?"

내가 고개를 끄덕이자 옆에 걸터앉은 나나세가 "고마워"라며 미소를 지어 보였다.

해질녘의 비와호는 낮보다는 조금 조용해져서 슬슬 돌아갈 준비를 하는 사람들의 모습도 보였다. 손을 잡고 다정하게 호숫가를 걷는 커플의 모습을 보면서 저렇게 순조롭게 보이는 커플에게도 이런저런 고민이 있겠지, 하는 생각을 한다.

연인이라면 이러해야 한다거나 이렇게 해야만 한다거나 하는 생각을 해 봤자 아무 의미도 없다. 완벽해 보이는 호쵸조차 성가신 여자 친구에게 휘둘려서 우왕좌왕하고 있다. 결국 연인 사이의 매뉴얼이라는 건 어디에도 존재하지 않는 것이다.

……그렇다면 내가 잘 하지 못하는 것도 당연한 일이다.

노을에 비친 호수 수면은 오렌지색으로 빛나며 일렁이고 있었다. 로맨틱한 상황에서 여자 친구와 단둘. '근사한 남자 친구'였다면 끌어안고 키스 정도는 하려나——라는 생각이 한순간 머리를 스쳤지만 나는 나나세의 손에 내 손을 겹치는 데 그쳤다.

"……저기, 나나세. 지난번, 일 말인데……."

"지난번?"

"그게, 네가…… 취했던, 날에."

내가 더듬거리며 말하자 나나세의 뺨이 순식간에 빨개졌다.

"그, 그날 일은, 이, 잊어줘……!"

못 견디겠는지, 두 손으로 뺨을 감싸며 고개를 옆으로 흔든다. 아무래도 나나세에게는 떠올리고 싶지 않은 기억인 모양이다.

"……한 가지, 꼭 말하고 싶은 게 있어. 난 그때, 널 거부한 게 아니라…… 무리하고 싶지 않았고, 무리하게 만들고 싶지도 않아서 그런 거야."

"……무리?"

나는 신중하게 말을 골라가며 천천히 얘기를 이어갔다.

"우리들, 왠지 서로…… 너무 열심히 하려다가 헛돌고 있는 것 같은 느낌이 들어."

얼굴 감추기를 그만둔 나나세는 무릎을 끌어안았다. 예쁘게 물들인 발톱을 보면서 말했다.

"그치만…… 보통은, 하는 거잖아? 사귀는 사이니까."

……나나세는 연인이라면 반드시 이래야 한다는 정답을 구하며 거기에 사로잡혀 있는 게 분명했다. 그리고 정답에 사로잡혀 있었던 건 나도 마찬가지다. 세상에서 흔히 말하는 '근사한 남자 친구'가 되려고 애쓰다 보니 정작 중요한 것을 잊고 있었다.

나는 호죠가 될 수 없고 될 필요도 없었던 것이다. 나나세가 좋아하는 건 호죠가 아니라 나니까. 내가 좋아하는 사람도 다른 누구도 아닌 나나세 하루코다. 앞으로도 몇 번을 더 엇갈리게 되더라도 둘이 함께 정답을 찾아가면 된다.

"보통이라는 게 어떤 건데. 그런 건 아무래도 상관없어."

"……어……."

"사귀는 사이니까 이래야 한다는 정답 같은 건 없다고 생각해. 호죠와 스도조차 저러니까…… 우리가 무리할 필요는 없는 거야."

"……확실히 ……그렇긴, 해."

내 어깨에 가만히 머리를 기대온다. 조금 젖은 밤색 머리카락에서는 달콤한 향기가 물씬 풍겨왔다. 맞닿은 팔은 나보다 조금 서늘했다.

"사가라, 말대로…… 나, 조금 무리했는지도, 모르겠어."

"그래."

"우린 우리 페이스대로…… 가면 되는 거야."

나나세는 그렇게 말하더니 헤엣 하고 웃었다. 나나세의 그런 꾸밈없는 자연스러운 미소가 나는 제일 좋다.

거짓말쟁이 입술은

사랑에 무너진다

usotsuki lip ha koi de kuzureru.

제 5 장

의붓여동생, 습격

8월 16일. 교토에서는 '고잔노오쿠리비'라 불리는 전통 행사가 열린다.

오봉이 끝날 무렵에 죽은 사람의 영혼을 저세상으로 보내기 위해 다섯 개의 산에 불을 피우는 것이다. 우리가 사는 연립주택 바로 근처에서는 '히다리다이몬지(左大文字)'라 불리는 불이 보인다.

"우와, 굉장해."

우리는 니시오지도오리의 인도에서 산에 켜진 '다이(大)' 자를 나란히 보고 있었다. 나나세가 "같이 보러 가자"라고 해서 집에서 입는 티셔츠에 반바지 차림으로 여기까지 걸어왔다. 주위에는 우리처럼 산을 바라보는 사람들이 아주 많았다.

어둠 속에 떠오르는 불길을 보면서 내가 어렸을 때 돌아가신 할머니를 떠올려 본다. 잘 기억나진 않지만, 꽤 인자하신 분이었는데……라는 생각을 하고 있자 나나세가 나를 올려다보며 생긋 웃었다.

"작년엔 못 봤는데 올해는 볼 수 있어서 다행이야."

그러고 보니 작년 이맘때, 나나세는 본가로 내려가고

없었던가? 나는 의아해하며 물었다.

"나나세, 올해는 본가에 안 가?"

"음, 9월 연휴에 돌아갈까 하는데……사가라는?"

"……난, 됐어."

본가에는 의붓아버지와 의붓여동생도 있다 보니 웬만해선 돌아갈 생각이 들지 않았다. 엄마에겐 [안 올 거니?]라는 메시지를 받았지만, [아르바이트랑 공부 때문에 바빠]라고 답장했다. 고속버스를 타도 편도 2시간 정도 거리라서 가려고 마음만 먹으면 언제든지 갈 수 있으니 엄마는 내가 변명한다는 걸 눈치챘는지도 모른다.

나나세는 "그렇구나"라고 하더니 더 이상 추궁하지 않았다.

"슬슬 돌아가 볼까!"

둘이 어깨를 나란히 한 채, 집으로 향하는 길을 걸어간다. '다이' 자가 보이는 큰길에는 사람들이 많았지만 외길을 벗어나니 우리 말고는 아무도 없었다. 멀리서 들리는 웅성거림이 왠지 다른 세상처럼 느껴진다. 여름밤은 하늘이 밝은 편이어서 하얀 느낌이 나는 감색 속에 유난히 밝은 별 하나가 빛나고 있었다.

나나세의 손이 내 손에 살짝 닿았다. 그리고 그대로 어색하게 내 손을 잡았다. 깜짝 놀라 쳐다보니 나나세는 수줍은 미소를 짓고 있었다. 나도 천천히 그 손을 맞잡았다.

……왠지, 지금…… 자연스럽게 꽁냥거리고 있는 것

같은데…….

　서로 '이상적인 연인 사이'라는 것에 사로잡힐 필요는 없다. 우리는 우리 페이스대로 해나가면 된다. 그렇게 생각하자 왠지 어깨의 짐을 덜어낸 것 같은 기분이 들었다. 손을 잡은 채, 집까지 짧은 거리를 걸어간다.

　집 앞까지 오자 나나세가 걸음을 뚝 멈췄다. 마치 나를 살피는 것처럼 가만히 올려다본다.

　"……소우헤이."

　나나세는 아주 자연스럽게 내 이름을 불렀다. 마치 아주 예전부터 그렇게 불렸던 것처럼.

　그리고 까치발을 하더니 얼굴을 가까이 댔다. 눈 깜짝할 사이에 나나세의 입술이 내 입술에 가볍게 닿았다.

　"―……?!"

　"……그, 그럼 가볼게! 잘 자!"

　자기가 해놓고도 쑥스러운지, 귀까지 새빨개진 나나세는 얼른 집으로 들어갔다. 그 자리에 남겨진 나는 아직 열이 남아 있는 입술을 만지작거리며 멍하게 서 있었다.

　……어? 방금 그건…… 뭐지?

　너무 적극적인 행동에 기쁨과 동시에 당혹스러운 감정이 밀려왔다.

　우리 페이스대로 하자고 말하긴 했지만…… 내 페이스와 나나세의 페이스는, 과연 똑같은 걸까.

나는 주방에서 콧노래를 부르며 열심히 교자를 빚고 있었다. 내 옆에서는 소우헤이가 "어라?"하고 눈썹을 찌푸리며 교자피와 고군분투하고 있다.

평소엔 내가 저녁을 만들지만 가끔은 같이 만들자는 얘기가 나와서 오늘은 둘이 함께 교자를 만들기로 했다.

혼자 하면 만만치 않은 일도 둘이 함께 하니 너무 즐거웠다. 좁은 주방은 둘이 나란히 서니 꽉 찼지만 소우헤이와 딱 붙어 있을 수 있어서 그건 그것대로 좋았다. 손재주가 없는 편인 소우헤이는 이상하게 생긴 교자를 양산하더니 결국 "난 교자 만들기엔 영 재능이 없나 봐"라며 한탄했다.

"소우헤이가 만든 교자, 귀여워."

"……네가 만든 거랑 너무 다르잖아. 도대체 어떻게 하는 거야?"

"이렇게 해서 이쪽으로 빚어나가면 돼."

소우헤이의 손을 잡고 "이렇게 해서, 이렇게" 하고 가르쳐준다. 진지한 표정으로 교자를 바라보는 소우헤이가 귀여워서 괜히 가슴이 설렜다. 남자 친구와 함께 교자를 빚는 게 즐겁다는 건 새로운 발견이다.

둘이 함께 빚은 교자를 구워서 "잘 먹겠습니다" 하고 손을 모아 인사한 후 먹는다. 소우헤이가 만든 교자는 터져서 속이 다 나와 있었다. 찌그러진 교자를 젓가락으로 집은 나를 보고 그는 미안한 표정을 지었다.

"넌 네가 빚은 걸로 먹어. 내 건 내가 책임지고 먹을 테니까."

"왜? 난 소우헤이가 빚은 게 먹고 싶어!"

너덜너덜하게 빚어진 교자는 내가 만든 예쁜 교자보다 훨씬 더 맛있게 느껴졌다.

"소우헤이가 만든 교자, 맛있어."

내 말을 들은 소우헤이는 쑥스러운 얼굴로 "특이한 녀석……"이라고 중얼거렸다.

완벽하지 않아도, 찌그러졌어도. 소우헤이가 준 것이라면 분명 어떤 것이든 다 기쁠 것 같다. ……꼭 교자만이 아니라도.

뒷정리를 마친 후, 나는 침대 위에 앉았다. 그리고 하릴없이 멍하게 서 있는 소우헤이를 향해 웃어 보였다.

"내 옆에 앉아."

소우헤이는 조금 망설이는 듯했지만 내 옆에 앉아주었다. 끼익, 하고 파이프 침대가 삐걱거리는 소리가 났다. 이 침대, 싸구려지만…… 두 사람의 체중 정도는 감당할 수 있겠지?

나는 소우헤이 쪽으로 체중을 실어서 가만히 기댔다. 그는 조금 곤혹스러운지 이리저리 눈을 굴렸다. 그대로 소우헤이의 손에 내 손을 살짝 겹쳤다.

……연인끼리만 할 수 있는 일은 생각보다 많다.

의무감에 사로잡히지 않아도, 다른 사람과 비교하며 초조해하지 않아도. 우리 페이스대로 가면 된다는 말을 들었을 때, 나는 새삼 생각했다.

난 역시 사가라와 좀 더 깊은 사이가 되고 싶었다.

다른 사람과는, 하고 싶지 않았다. 상대가 사가라이기 때문에, 조금 무섭긴 하지만…… 해 보고 싶었다. 여자 친구로서의 의무감이 아니라…… 내가 소우헤이와 하고 싶어서다.

하지만 그는 내 손을 부드럽게 떼어내더니 침대에서 일어났다.

"미안. 내일 아침부터 아르바이트가 있어서 가볼게."

난 아쉬웠지만 "응" 하고 고개를 끄덕였다.

"잘 자."

"너도 잘 자."

마지막에 키스라도 해주지 않으려나, 하고 내심 기대했지만 소우헤이는 신발을 신더니 그대로 나갔다. 탁 하고 문이 닫히는 것을 본 후, 혼자 침대 위에 드러누웠다.

혹시 또 나 혼자 앞서가고 있는 걸까. 소우헤이가 말했던, 연인끼리만 할 수 있는 일은 아직 더 많이 있는데…….

요즘 나나세가 묘하게 적극적이다.

"소우헤이, 맛있어?"

나나세는 턱을 괸 채, 생글생글 웃으며 나를 보고 있었다. 재료가 가득 들어간 타키코미고항을 입안 가득 넣고 먹으며 "맛있어"라고 대답했다.

저녁을 다 먹고 뒷정리를 마친 후, 나나세가 내 손을 잡더니 침대에 앉혔다. 티셔츠 너머로 몸이 밀착하자 동요하게 된다.

비와호에서 돌아온 후부터 계속 이렇다. 단둘이 있게 되면 나나세는 눈에 띄게 거리를 좁혀 오며, 침대 위에서 응석을 부리거나 딱 붙기도 하고, 가끔은 키스를 해오기도 했다. 강한 공격력에 슬슬 심장이 버티지 못할 것 같다.

"오늘도 덥네."

……덥다면서 왜 그렇게 딱 붙는 거야? 떨어지길 바라는 건 아니라서 입 밖으로 꺼내서 말하진 못하지만…….

"열대야라니까 에어컨 켜고 자도록 해! 잘못하면 열사병에 걸릴 수도 있어."

"……그런가. 하지만 전기세가—……."

작년처럼 무식하게 참는 일은 없어졌지만 에어컨을 혹사했다간 전기세가 내 가슴을 후벼 파게 될 것 같다. 정녕 절약할 방법은 없단 말인가.

고민하고 있는 나를 본 나나세가 머뭇거리며 제안했다.

"저기, 그럼…… 오늘, 내, 내 방에서, 같이 잘래……?"

"……무……무, 무슨 소리야?!"

나도 모르게 갈라진 목소리로 외쳤다. 나나세는 얼굴을 붉히며 내 티셔츠 소매를 꽉 잡았다.

……나나세에게엔 무리하지 않는 '자신의 페이스'라는 게 이런 건지도 모른다. 그러고 보니 나나세는 한 번 결심한 일은 저돌적으로 돌진하는 타입이었다. "사가라에게 전력을 다할 거야!"라고 했는데 그게 이런 것이었나…….

"그, 그건 역시, 아, 안 돼."

"뭐, 뭐가 안 되는데? 같이 자면 이득이잖아. 전기세도 한쪽 집만 내면 되고, 아침에도 내가 깨워주면 늦잠 잘 일도 없고. 음, 그리고, 또…….'

나나세는 두 팔을 벌린 채 수줍어하며 말했다.

"자, 잔뜩, 포옹할 수도 있잖아……?"

……그건 확실히 이득이긴 하네.

진지하게 그런 생각을 하다가 퍼뜩 정신이 들었다. 눈에 띄게 IQ가 떨어진 것 같다.

아무리 나라도 나나세와 같은 침대에서 자는데 아무것도 안 할 자신은 없었다. 나나세도 그런 건 염두에 두고 하는 말일 것이다.

나도 하고 싶지 않은 건 아니다. 그렇지만…… 정말 괜찮을까?

육체적인 관계를 맺는 데는 그만큼의 책임이 동반된

© Yukiko Tadano

다. 가벼운 마음으로 손을 대는 일은 있어선 안 된다. 적어도 조금이라도 더 나나세에게 어울리는 남자가 되고 난 후, 그런 일을 해야 하지 않을까?

이런저런 생각이 머릿속을 어지럽게 뛰어다녔다. 머릿속에서 다양한 감정이 싸움을 벌인 결과, 승리한 것은 겁이 많은 이성이었다.

"저, 저기. 나나세…… 난, 그런 건…….."

나나세의 몸을 떼어내려고 어깨를 잡은 그 순간, 테이블 위에 있던 내 스마트폰이 울렸다.

난 튕기듯 침대에서 일어나 스마트폰을 잡았다. 착신 화면에는 [엄마]라고 표시되어 있었다. 이런 때 뭐야, 라고 생각했지만 한편으로는 안도하는 마음도 있었다.

"바, 받아도 돼."

나나세의 말에 "미안" 하고 양해를 구하고 전화를 받았다.

"……여보세요?"

"아, 소우헤이. 가, 갑자기 전화해서 미안하구나."

왠지 당황한 것 같은 목소리였다. 불안감이 엄습해 왔지만, 애써 냉정함을 유지하며 "무슨 일 있었어?"라고 물었다.

"……실은 이치카가 아직 집에 안 들어왔어."

"뭐? 그 녀석이?"

"그럴 리, 없겠지만…… 혹시 그쪽에 가지 않았니?"

엄마의 물음에 나는 "안 왔어"라고 대답했다. 엄마는

빠른 어조로 "그, 그렇지"라고 말했다.

"연락이 안 되니까 걱정이 돼서 그래. 지금까진 이런 일 없었는데…… 아마 학원 마치고 돌아오는 길에 친구랑 놀고 있는 거겠지……."

엄마는 자신을 타이르는 것처럼 빠른 어조로 쉬지 않고 말을 이어갔다. 나는 그런 엄마를 진정시키듯 "괜찮을 거야"라고 말했다.

"아직 9시밖에 안 됐으니까 그냥 좀 늦어지는 거겠지."

"응, 그래. 갑자기 미안하구나. 그럼 또 연락할게."

엄마는 그렇게 말하고 전화를 끊었다. 뚜―, 뚜―, 하는 전자음이 차갑게 울려 퍼진다.

"……? 사가라, 무슨 일 있어?"

심상치 않은 분위기가 전해졌는지, 나나세가 불안해하며 물었다. 나는 "실은"이라며 입을 열었다.

"……의붓여동생이 집에 돌아오지 않아서 엄마가 전화를 걸어왔어."

"뭐?! 그, 그런 일이, 괜찮을까…… 걱정이네. 내가 LINE 해 볼게."

"고마워. 부탁 좀 할게."

나나세를 끌어들이는 건 내키지 않았지만, 나는 이치카의 연락처를 모르기 때문에 연락할 방법이 없었다. 이럴 줄 알았으면 LINE 정도는 알아둘 걸 그랬다…….

"……앗!"

그때 스마트폰을 보고 있던 나나세가 외쳤다. 당황했는지 내 티셔츠 자락을 잡아당겼다.

"사, 사가라. 나한테 연락이 왔어. 이치카한테서."

"뭐?!"

"[교토에 왔는데 지금 만날 수 있을까요?]래……."

……그 자식. 이 마당에 나나세까지 끌어들일 심산인가?

나나세가 "내가 전화해 볼게"라더니 스마트폰을 귀에 갖다 댔다.

"앗, 이치카? 하루코야."

이치카가 바로 전화를 받은 모양이다.

"……괜찮아. 지금 어디 있어? ……응, 알았어. 그럼 지금 갈게."

나나세는 전화를 끊더니 "이치카, 교토역에 있대"라며 울상을 지었다.

"내가 지금 다녀올게."

"나도 같이 가."

내 의붓여동생 일을 나나세에게만 맡길 수는 없었다. 만약 이치카가 집에 있기 힘들어서 가출한 거라면── 그 책임의 일부는 나에게도 있으니까.

나나세는 "그럼 같이 가자"라며 자리에서 일어났다.

교토역의 북쪽, 카라스마도리 쪽에는 교토 타워가 우뚝 솟아 있다. 아니, 실제로는 우뚝 솟아 있다고 표현할 정도로 높지는 않았다. 스카이트리나 도쿄 타워에 비하면 절반 이하이고 나고야의 TV탑보다도 낮다. 하지만 건물에 높이 제한이 있는 교토 시내에 있으면 상당히 눈에 띈다.

이치카는 그런 교토 타워 밑에 있는 패스트푸드 가게에 있었다. 창가 카운터석에서 스마트폰을 충전하면서 오렌지주스를 마시고 있다. 변함없이 요란한 화장에 배꼽이 보이는 티셔츠, 청반바지. 짐은 커다란 검은색 배낭이 하나. 젊은이들이 모이는 심야의 패스트푸드 가게에 그녀는 위화감 없이 섞여 있었다.

"이치카."

나나세가 부르는 소리에 이쪽으로 고개를 돌린 이치카가 이상하다는 듯 고개를 기울였다. 한동안 뚫어져라 쳐다보더니 옆에 있는 나를 보고는 "앗" 하고 눈을 커다랗게 떴다.

"소, 소우헤이도 있네…… 그 말은, 하루코 씨?"

그러고 보니 지금 나나세는 맨얼굴에 안경을 쓰고 얼굴 절반을 마스크로 가리고 있었다. 평소라면 맨얼굴로는 절대 밖으로 나가지 않는 나나세가 이치카를 위해 화장도 하지 않고 와주다니. 역시 나나세는 착하다.

나는 이치카를 향해 단도직입적으로 물었다.

"너…… 갑자기 무슨 일이야? 부모님과 싸우기라도 했어?"

이치카는 아무 말 없이 오렌지주스의 빨대만 빨았다. 주스는 거의 다 마셨는지 쪽쪽거리는 소리가 났다.

"엄마가, 네가 안 온다고 걱정하시더라."

"새로 나온 빨대, 맘에 안 들어——."

"야, 사람이 말을 하면…….."

"저기, 이치카. ……괜찮아?"

나나세는 그렇게 말하며 이치카의 얼굴을 살폈다. 그 목소리에서는 이치카에 대한 배려가 묻어나고 있었다. 나나세에게 힐끔 시선을 준 이치카는 미안한 듯 눈을 내리깔았다.

"……싸운 건 아니에요. 집에, 있기 싫은 것뿐."

이치카는 많은 말을 하진 않았지만 그 심정은 누구보다 잘 알 수 있었다. 잊고 있었던 과거의 기억—— 어디에도 내가 있을 곳이 없다고 느꼈을 때의, 숨이 막힐 것 같은 느낌이 되살아나서 가슴이 찌릿찌릿 아팠다.

이치카가 일부러, 몇 번이나 이곳으로 찾아온 건 고향 집에는 자신의 자리가 없기 때문인지도 모른다. 친구나 기댈 수 있는 사람이 없어서—— 그래서 어쩔 수 없이 여기까지 온 것이리라.

"저기, 나…… 꼭 돌아가야 해?"

이치카가 매달리는 것처럼 나나세의 옷자락을 잡았다.

가족들 사이에 이치카 밖에 모르는 응어리가 있는 것일 수도 있다. 나는 그 마음을 부정할 수도 없고 하고 싶지도 않았다.

……그렇지만 ……나랑 같이 지낼 수는, 없는데.

아무리 의붓여동생이라도 실제로는 피가 섞이지 않은 여고생이다. 절대 아무 일도 안 일어날 거라고 맹세할 수 있지만, 같은 방에서 하룻밤을 보내는 건 역시 꺼려졌다.

내가 고민하고 있자 나나세가 다정한 목소리로 "이치카" 하고 불렀다. 그리고 이치카의 두 손을 꼭 잡고 그녀의 눈을 똑바로 보면서 말했다.

"한동안 우리집에서 같이 지내지 않을래? 고등학교도 이제 여름 방학이잖아?"

"앗…….."

이치카는 깜짝 놀라서 눈을 동그랗게 떴다. 그러더니 머뭇머뭇 물었다.

"그치만…… 한동안이라면, 언제까지?"

"이치카가 원할 때까지! 옆집에는 사가라도 살고 있고…… 혹시 말하기 힘들면 내가 부모님께 말씀드릴게. 어때, 괜찮지, 사가라?"

나나세는 나를 보며 생긋 미소 지었다.

우리 가족 일로 나나세에게 폐를 끼치고 싶진 않았다. 그래도—— 이치카를 이대로 돌려보낼 마음도 들지 않았다.

"……일단 엄마한테 연락할게."

나는 스마트폰을 꺼내서 엄마에게 전화를 걸었다. 이치카는 불안한 듯 나를 올려다보고 있다.

"여보세요, 소우헤이? 혹시 이치카랑 연락이 닿았니?"

엄마는 스마트폰을 손에 든 채, 기다리고 있었는지 연결음 한 번 만에 바로 전화를 받았다. 나는 머뭇거리면서도 부자연스럽게 들리지 않도록 상황을 설명했다.

"그게…… 친구를 만나러 교토에 왔었나 봐. 지금 나랑 같이 있어. 깜빡하고 연락 안 해서 미안하대."

"아……."

전화 너머에 있는 엄마는 말문이 막힌 모양이었다. 난 마치 변명이라도 하는 것처럼 빠른 어조로 얘기를 이어 갔다.

"얼마 전에 있었던 오픈 캠퍼스에서 친구를 사귄 모양이더라고. ……나도 아는 사람인데 절대 이상한 사람은 아니야."

"……정말이니? 수상한 사람은, 아니지?"

이상하게 생각하는 엄마의 물음에 나는 얼른 대답했다.

"아냐, 전혀 안 그래! 같은 스터디 그룹에 있는 여학생인데, 음…… 내……."

어떻게 설명하면 좋을지 몰라서 고민하고 있자 나나세가 "나 바꿔줘"라면서 손을 내밀었다. 난 망설이다가 나나세에게 전화를 넘겼다.

"……여보세요, 이치카 어머님이시죠? 저는 릿세이칸 대학에 다니는 나나세 하루코라고 합니다. ……네, 소우헤이와는 동급생이고 우연히 이웃에 살고 있어요."

나나세는 술술, 막힘없이 인사말을 이어갔다. 낭랑한 목소리도 말하는 방식도 성실한 우등생 그 자체다.

"지난번에 이치카가 이쪽에 왔을 때 친해졌는데……이번에 한동안 우리 집에서 함께 지냈으면 하는데요……네, 소우헤이도 바로 옆집에 살고 있어요. 네, 잘 부탁드릴게요!"

예의 바르게 통화를 끝낸 나나세가 전화를 돌려준다. 스마트폰을 다시 귀에 대어 보니 "참 야무진 아가씨구나"라는 목소리가 들렸다. 엄마가 나나세에게 좋은 인상을 받아서 기뻤다.

"……일단 상황은 알았어. 아버지께는 내가 말씀드릴게."

엄마의 목소리에서는 왠지 납득하지 못한 듯한 분위기가 감돌았지만 더 이상 추궁하진 않았다. 사춘기 의붓딸과의 충돌을 최대한 피하고 있는 게 느껴졌다.

"……그리고 소우헤이."

"응?"

"방금 그 나나세라는 아가씨, 혹시 네……."

뜨끔했지만 엄마는 거기서 말을 끊었다. 내가 아무 말 없이 있자 "역시 아무것도 아니야"라며 체념한 듯 말했다.

"나중에 또 연락할게. 그만 끊어."

"그래…… 이치카 좀 잘 부탁하마."

엄마는 그렇게 말하고 전화를 끊었다.

난 불안한 표정을 짓고 있는 이치카를 향해 말했다.

"……좀 괜찮아지면 당장 돌아가는 거다."

내 말을 들은 이치카는 그제야 마음이 놓였는지 표정이 풀어졌다. 그리고는 꺼져 들어가는 것처럼 작은 목소리로 "……고마워"라고 중얼거렸다.

◇━━━━━━━◇

우리는 교토역에서 버스 막차를 타고 집으로 돌아왔다. 집 앞에서 사가라가 머리를 깊이 숙였다.

"……미안해, 나나세. 면목 없지만, 이 녀석 좀 잘 부탁할게. 난 곧 아르바이트를 가야 해서……."

"응, 나만 믿어!"

사가라는 차마 떨어지지 않는 발을 재촉하며 집으로 들어갔다.

이치카를 집으로 데리고 들어가자 그녀는 여전히 무뚝뚝한 얼굴로 이리저리 불안하게 시선을 굴렸다. 어쩌면 긴장하고 있는 건지도 모른다.

"이치카, 일단 목욕부터 하고 와! 수건은 내가 준비해 둘게!"

나는 그렇게 말하며 이치카를 욕실로 밀어 넣었다. 얼마 후, 샤워하는 소리가 들리기 시작했다.

혼자가 되자 서둘러 테이블 위를 정리한 다음 침대도 다시 정돈하기 시작했다. 매일 꼼꼼하게 청소와 세탁을 하고 있어서 조금 좁긴 해도 문제는 없을 것이다.

……이치카는 왜 여기 온 걸까.

——저기, 나…… 꼭 돌아가야 해?

그렇게 말하던 이치카의 모습이 예전 사가라의 모습과 겹쳐 보였다. 집에 돌아가기 싫다며 완강하게 마음을 닫고 있던, 불과 얼마 전의 사가라. 오지랖일지도 모르지만—— 그때 난 이치카를 도저히 혼자 놔둘 수 없었다.

이치카의 아버지가 사가라의 어머니와 재혼해서. 지금은 셋이 함께 살고 있다고 들었다. 그와 관련된 자세한 사정은 모르지만—— 아마 사가라와 이치카 모두 나는 상상조차 할 수 없는 감정을 끌어안고 있을 것이다.

……소우헤이도 여전히 가족들과는 어색한 것 같고…….

"……저기. 목욕, 감사해요."

그때 이치카가 욕실에서 나왔다. 화장을 지운 맨얼굴은 꽤 앳되고 소박한 인상을 풍기고 있었다(나한테 그런 말은 듣고 싶지 않겠지만).

"아니야, 신경 쓰지 마."

"폐를 끼쳐서, 죄송해요."

이치카는 그렇게 말하더니 힘없이 고개를 숙였다. 맨얼굴의 이치카는 아까보다 얌전해진 느낌이었다. 화장을 지우면 마음이 약해지는 그 기분을 나도 잘 안다.

"폐라니, 무슨 말이야! 앗, 기초 화장품도 마음껏 사용해도 돼! 이 로션은 내가 엄청 추천하는 제품이야! 드라이기는 여기."

스킨 케어 용품과 드라이기를 건네주자 이치카는 "감사합니다"라며 미소를 지었다.

"……하루코 씨는 정말 착한 것 같아요. 미인에 성격까지 좋다니, 너무 완벽해요……."

"앗. 그, 그렇지 않아. 내 맨얼굴, 보다시피 이런 걸……."

어쩔 수 없이 이치카에게 맨얼굴을 보여주고 말았다. 모처럼 칭찬까지 해줬는데 실망한 건 아닐까…….

풀이 죽어 있는 나를 본 이치카는 눈을 깜빡거렸다. 그러더니 "이렇다뇨?"라며 이해가 안 된다는 듯 고개를 갸웃거렸다. 난 고개를 숙여 얼굴을 가리려 했다.

"나, 맨얼굴은 너무 평범해서, 다른 사람에겐 보여주기 좀 그래……."

"앗, 그러세요? 그러고 보니 화장 전후가 완전히 다르긴 해요. 화장 테크닉이 장난 아닌 것 같아요! 다음에 어떻게 하는지 꼭 가르쳐주세요!"

"……으, 응!"

이치카가 아무렇지도 않게 말하자 그제야 나는 고개를 들 수 있었다. 쓸데없는 데 신경 쓰는 내가 한심했고 이치카에게도 면목이 없었다.

둘이 함께 침대에 누웠을 때는 이미 자정을 지난 시간이었다. 나는 불을 끄고 이치카에게 말했다.

"좁지? 더우면 에어컨 온도를 낮출 테니까 말해."

"음, 괜찮아요……."

"내일 아침에 라디오 체조를 하러 갈까 하는데…… 이치카도 같이 안 갈래?"

"라디오 체조? 진짜요?"

이치카는 재미있는지 한바탕 웃음을 터뜨린 후, "같이 갈게요"라고 말해주었다.

"그럼, 잘 자."

"안녕히 주무세요."

알게 된 지 얼마 안 된 여자아이와 이렇게 나란히 누워서 자니까 참 묘한 느낌이 들었다. 싱글 침대여서 거리가 상당히 가깝다. 설마하니 소우헤이보다 소우헤이의 의붓여동생과 먼저 같이 자게 될 줄이야…….

지금 생각해 보니 같이 자자고 한 건 조금 과했던 것 같다. 소우헤이는 눈에 띄게 당황한 모습이었다.

……소우헤이는 ……나랑 그럴 생각은, 없는 걸까……?

내 주위 여자애들한테는 (츠구미와 나미다) 남자 친구가 당장 하고 싶어 해서 곤란하다는 얘기만 들었는데. 소우헤이는 별로 적극적이지 않은 것 같다.

하지만 우리 페이스대로 가자는 얘기를 나눈 게 얼마 되지도 않았으니…… 너무 강요하는 것도 좋진 않겠지.

나는 답답한 마음을 떨쳐내려는 듯 눈을 감고 잠을 청했다.

이치카가 온 다음 날 아침.

나는 자정에서 아침 7시까지 아르바이트가 있었다. 하늘에 빛나는 태양이 야근을 마치고 나온 내겐 너무 눈부셨다. 졸린 눈을 한 채 시끄러운 매미 소리를 들으며 집을 향해 걸어간다.

그때 공원에서 경쾌한 라디오 체조 음악이 들려왔다.

아침부터 참 기운이 넘친다는 생각을 하며 시선을 주니 초등학생과 동네 노인들 사이에서 눈부신 미인이 체조를 하고 있는 게 보였다. 목에는 스탬프 카드를 걸고, 누구보다 열심히 두 팔을 흔들고 몸을 쭉쭉 뻗고 그 자리에서 폴짝폴짝 뛰고 있는 건 나나세였다.

음악이 멈추는 것과 동시에 나나세가 나를 발견했다. 시선이 마주치자 표정이 환하게 빛난다. 그 미소도 야근을 마친 내게는 너무 눈부셨다…….

"좋은 아침, 사가라!"

"어, 좋은 아침……."

가만히 보니 옆에는 이치카도 있었다. 졸린 눈을 비비며, 하아암, 하고 크게 하품을 하고 있다.

"……너, 라디오 체조 했었어?"

"응! 작년 여름 방학에도 매일 아침 참가했었어. 방학이 되면 늦잠 자기 십상이고 운동도 부족해지니까."

그렇군. 건강한 몸에 건강한 정신이 깃든다는 건가. 역시 나나세의 본질은 성실함이다. 그건 그렇고, 내가 초등학생이라면 이렇게 예쁜 누나가 라디오 체조를 하러 오면 얼마든지 아침 일찍 일어날 수 있을 텐데.

"카드에 스탬프 받고 올게!"

나나세는 그 말과 함께 잠깐 자리를 비웠다. 남은 건 나와 이치카뿐이다.

이치카까지 나나세와 함께 라디오 체조에 참가한 걸 보면 의외로 붙임성이 좋은 편인가 보다. 완벽하게 화장한 나나세와 달리 이치카는 수수한 맨얼굴이었다.

"……너도 일찍 일어났네."

"어, 졸리긴 한데…… 집에서도 늘 일찍 일어나. 매일 아침 6시에 일어나서 도시락이랑 아침밥 준비를 하거든. 엄마에게만 맡기면 미안하잖아."

"오……."

훌륭한 마음가짐이다. 사실 집에서는 성실하고 착한 딸로 지내고 있었던 것이다. 그 스트레스가 쌓이고 쌓여서 집을 뛰쳐나온 걸까.

"……."

금방 화제가 떨어졌다. 왜 집을 나온 거냐고 물어볼까 싶었지만 또 기분을 상하게 하진 않을까. 생각해 보면 나는 늘 이치카를 화나게만 했다. 이치카는 심드렁한 얼굴로 머리카락 끝을 빙글빙글 만지작거리고 있었다.

……나를 싫어하는 여고생을 상대로 무슨 얘기를 하면 좋을까.

"오늘은 게 모양 스탬프였어! 끝까지 다 채워야지!"

그 순간, 카드에 스탬프를 받아 온 나나세가 돌아와서 안도했다. 나나세는 늘 작은 일에도 기뻐해서 주위 분위기를 부드럽게 만드는 매력이 있다. 그런 면도 나나세의 좋은 점이라고 생각한다.

두 사람과 함께 집으로 돌아온 나는 방에 들어가 샤워를 하고 나서 눈을 붙였다.

한동안 푹 자고 있었는데 머리맡에 둔 스마트폰이 울리는 바람에 잠에서 깨어났다. 느릿느릿 손을 뻗어서 화면을 확인하니 착신 화면에 [엄마]라고 되어 있었다.

나는 아직 반쯤은 꿈속을 헤매는 상태로 통화 버튼을 눌렀다.

"네……."

"아, 소우헤이? 혹시 아직 자고 있었니? 벌써 점심때가 지났는데."

"아침까지 아르바이트 했었어……."

나는 그렇게 대답하고 하품을 크게 하면서 몸을 일으킨 후 "무슨 일인데?"라고 물었다.

"……이치카는 잘 지내고 있니?"

아무래도 이치카가 걱정되었던 모양이다. 컨디션을 확

인한 건 아니지만 아침부터 라디오 체조를 하러 갈 정도이니 분명 쌩쌩할 것이다.

"아. 응. 아마도."

엄마는 진심으로 마음이 놓였는지 "다행이다"라고 대답했다.

엄마는 이치카를 진심으로 걱정하고 있었다. 싸우기라도 한 건 아닌 것 같은데…… 도대체 무슨 일이 있었던 걸까.

"그 녀석……이치카 말인데, 집에선 어때?"

"응? 아주 좋은 아이지. 밝고 애교도 많고. 같은 피가 흐르는 것도 아닌 계모라면 귀찮아할 법도 한데……."

그렇게 말하는 엄마의 목소리에선 조금이지만 비굴함이 배어나오고 있었다. 왠지 의미심장한 말투가 신경 쓰여서 거듭 물었다.

"……엄마, 그 녀석이 집을 나온 이유 ……혹시 짚이는 거라도 있어?"

내 물음에 전화 너머의 엄마는 한동안 말이 없었다. 혹시 스마트폰을 놔두고 잠깐 어디 간 건 아닌지 걱정이 될 정도로 긴 침묵 후, 엄마는 말했다.

"분명…… 나, 때문일 거야."

"뭐?"

"이치카가 없어진 날, 퇴근길에 우연히 이치카와 마주쳤어. ……집에 있을 때와 달리 화려한 모습으로 ……친구와 카페에서 차를 마시고 있더구나."

보아하니 이치카의 갸루 모드를 엄마가 목격한 모양이었다. 집에서 보던 것과 엄청난 차이에 분명 많이 놀랐을 것이다.

"그래서 이치카에게 말을 걸었지. 그랬더니 굉장히 놀란 표정을 지었는데…… 아주 많이 동요하는 것 같았어. 의붓엄마가 친구들 앞에서 말을 걸어서 싫었던 거겠지."

나는 말없이 고개를 갸웃거렸다. 설마 그렇게 별것 아닌 일로 가출까지 했을까 싶었지만…… 예민한 사춘기 소녀라면 그럴 수 있을지도 모른다.

엄마는 깊이 생각에 잠긴 듯 어두운 목소리로 띄엄띄엄 말을 이어갔다.

"……엄마가 잘못한 게 분명해. 느닷없이 부모가 재혼을 하면서 갑자기 가족이 늘어나고 성까지 바뀌게 되었으니…… 내가 알아채지 못한 부분에서 이런저런 스트레스가 많이 쌓였겠지."

"그야 뭐, 그렇겠지."

부정은 할 수 없었다. 나 역시 오랫동안 부모님의 싸움과 이혼으로 고통을 겪어 온 입장인 만큼 압도적으로 이치카를 동정했다. 적어도 이치카가 고등학교를 졸업할 때까지만이라도 기다릴 순 없었을까, 라는 생각도 들지만…… 뭐, 이제 와서 그런 말을 해 봤자 아무 소용 없다.

"그래서 지금 이치카가 집을 나가서 즐겁게 잘 지내고

있다면 그것도 엄마는 괜찮아. 너한테는 폐를 끼치게 됐지만…… 이치카 좀 잘 부탁하마."

"……어, 알았어."

자기들 문제로 이치카를 휘둘러 놓고는 이기적인 건 여전하구나――하고 화가 나기도 했지만 굳이 입 밖으로 꺼내서 말하진 않았다. 엄마가 이치카를 걱정하는 마음은 진심일 테니까.

"아, 그리고 말이야."

"응?"

"……나, 나나세, 라는 아가씨한테도…… 잘 좀 말해주렴."

나는 "어" 하고 애매하게 대답했다. 엄마는 뭔가 더 묻고 싶은 눈치였지만, "그럼 끊을게" 하고 일방적으로 전화를 끊어버렸다.

엄마는 나와 나나세 사이를 대충 눈치채고 있을 것이다. 언젠가 나나세에 대해 제대로 이야기해야겠지만…… 아직 마음의 준비가 되지 않았다.

……조만간 가족들에게 나나세를 당당하게 소개할 수 있는 날이 오겠지.

아무리 시간이 지나도 나나세에게 손을 대지 않는 것도, 가족들에게 당당하게 소개하지 못하는 것도. 결국은 나의 자신감 없는 마음에서 기인한 것이다. 관계를 진전시키려고 할 때마다 계속 '그 이후'의 일을 상상하는 바람에 다음 발을 내딛는 게 망설여졌다.

━━━━━━━━○━━━━━━━━○━━━━━━━━

　이치카가 교토에 온 지 이틀이 지났다.

　나는 이치카를 남겨둔 채 아르바이트를 하러 갔다가 집에 오는 길에 마트에서 장을 봐서 돌아왔다. 사가라의 방에 불이 꺼져 있는 걸 보면 그도 역시 아르바이트를 하러 간 것이리라.

　문을 열고 안으로 들어가니 맨얼굴의 이치카가 스마트폰을 향해 무슨 말인가 하고 있었다.

　"……응, 완전 잘 지내. 소우헤이랑도 잘 지내고 있고 하루코 씨도 너무 친절하게 잘 해줘. 그러니까 걱정 안 해도 돼."

　누군가와 영상통화를 하고 있는 모양이었다. 나는 소리가 나지 않도록 조심하면서 살짝 문을 닫았다.

　"미안. 대학에 대한 것도 이것저것 물어보고 싶어서…… 응, 공부도 하고 있어."

　아마 가족── 어머니인가? 애써 다정하고 살갑게 굴고 있는 듯한 느낌이 든다. 이렇게 보면 화장을 하지 않은 이치카는 착실한 우등생 그 자체였다.

　"……알았어. 소우헤이한테도 전할게. 그럼, 내일 봐."

　이치카는 그렇게 말하고 통화 종료 버튼을 눌렀다. 그런 다음 살짝 긴장이 풀어진 표정으로 휴우 하고 숨을 내쉬었다. 그러더니 나를 향해 "다녀오셨어요?"라고 말했다.

"응. 엄마랑 통화했어?"

"네. 그래도 연락은 해야 할 것 같아서요."

집에 꼬박꼬박 연락을 하다니, 참 착실한 가출 소녀다. 라디오 체조도 같이 가준 걸 보면 생각했던 것보다 훨씬 다정한 아이일지도 모르겠다.

……나, 이치카와 더 친해지고 싶어.

이치카는 착한 아이이고 내 맨얼굴도 별일 아닌 것처럼 받아주었다. 게다가 사가라의 의붓여동생이니 만약 사가라와 내가 결혼하면 시누이가 될지도 모른다. 미래의 시누이와 꼭 사이좋게 지내고 싶다.

그런데 어떻게 하면 좋을까. 이치카와의 거리를 좁힐 수 있는 방법은 뭐가 있을까…….

──아예 다음에 와서 자고 가야겠다. 잠옷 파티 하자!

예전에 삿짱이 했던 말이 문득 떠올라서 고개를 들었다.

"이치카!"

"네?"

"내일 밤에 나랑 잠옷 파티 하자!"

"……네?"

뜬금없는 제안에 이치카는 고개를 갸웃거렸다.

20년 동안 쭉 우등생으로 살아온 나는 '나쁜 일'에 대한 배덕감이 다른 사람보다 배는 강하다.

사회적인 규칙은 반드시 지킨다. 도덕에 위배 되는 일이나 인륜에 반하는 일은 하지 않는다. 그것은 인간으로서 당연한 일이다. 하지만 나도 가끔은……선을 살짝 넘고 싶을 때가 있었다.

시간은 심야 자정. 테이블 위에는 포테이토 칩과 초콜릿, 그리고 콜라. 평소 나는 아무리 공부 중이더라도 자정이 넘으면 과자를 먹지 않는다. 콜라를 마시는 건 상상도 할 수 없는 일이다.

그렇지만 오늘 밤은 특별했다. 즐거운 잠옷 파티를 하기 때문이다!

잠옷 파티라는 건 삿짱 왈, 귀여운 잠옷을 입고 밤새워 수다를 떨거나 과자를 먹고 영화도 보는, 그런 거라고 한다. 타코야키 파티도 그렇고, 이 세상에는 내가 모르는 파티가 많이 있다.

나는 포테이토 칩 봉지를 뜯으면서도 설레는 마음을 감출 수 없었다.

"이런 시간에 과자를 먹으니까 나쁜 짓이라도 하는 것 같아!"

"……그런가—? 하루코 씨는 사실 상당히 착실한 타입인 것 같아요."

이치카가 입고 있는 건 매끄러운 새틴으로 된 반소매와 반바지 잠옷이다. 오늘은 낮에 둘이 함께 근처 쇼핑몰에 가서 똑같은 디자인에 색만 다른 잠옷을 사 왔다. 지금까지 집에선 중학교 때 체육복이나 트레이닝복을 입었는데 드디어 예쁜 잠옷을 사게 되어서 너무 좋았다.

유리컵 두 개에 콜라를 따라서 하나를 이치카에게 건넸다.

"뭐야, 맥주가 아니네요."

"수, 술은 20살이 된 다음부터! 이치카는 아직 고등학생이잖아!"

이치카는 당황해서 어쩔 줄 몰라 하는 나를 보더니 "농담이에요. 술은 마셔본 적 없어요"라며 쿡 웃었다. 나는 다시 마음을 다잡고 잔을 높이 들었다.

"그럼, 건배."

"건배."

챙 하고 잔을 부딪친 다음 콜라를 한 모금 마셨다. 입 안에서 탄산이 팡팡 터졌다. 그대로 테이블 위에 펼쳐 둔 콘소메 맛 포테이토 칩으로 손을 뻗었다. 음―, 늦은 밤에 먹는 콜라와 포테이토 칩은 그야말로 배덕의 맛……!

완전히 배덕감에 취해 있던 나는 생글거리며 이치카에게 말을 건넸다.

"그나저나, 잠옷 파티하면 사랑 얘기 아니겠어?! 이치카는 좋아하는 사람 있어?"

"전혀요. 남자 친구도 벌써 반년 정도 없고요."

"헉. 여, 역시 남자 친구가 있었구나…… 어른스러

워…….”

난 고등학생 때 책상 앞에 앉아서 공부만 했는데. 고등학교 2학년인 이치카가 나보다 연애 경험이 훨씬 더 풍부할지도 모르겠다.

……선배 노릇은커녕……내가 이치카에게 가르침을 구해야 하는 것 아냐?

“하루코 씨는 소우헤이랑 어때요?”

이치카의 질문에 나는 “음……” 하고 우물거렸다.

“사이좋게, 지내긴 하는데…….”

“하는데?”

“……사가라는 저기…… 나, 나한테, 손을 댈 생각을 안해…….”

내 고백에 이치카는 “네?” 하고 눈을 동그랗게 떴다.

“내, 내가 덮쳐보기도 하고, 키, 키스도 먼저 해 보고, 같이 자자는 말도 하고, 침대 위에서 꼭 안아보기도 했지만…… 전혀, 아무 짓도 안 했어…….”

“그, 그건…… 대단하네요. 하루코 씨, 너무 적극적……이랄까, 아니, 그보다 소우헤이는 뭐지? 이성으로 똘똘 뭉친 괴물?”

이치카가 어이가 없다는 듯 어깨를 움츠렸다.

“뭐, 그래도 그런 욕구가 별로 없는 사람도 있다고 하니까 뭐라 말하기 그렇네요.”

“그렇, 지. 나도 초조할 필요가 없다는 건 알고 있지만…… 나한테 매력이 없나 싶어서 살짝 불안해."

"설마, 그건 아니에요. 이렇게 멋진 사람이 소우헤이의 여자 친구라는 게 기적이죠."

"그, 그렇지 않아. 나, 한 번 고백했다가 차이기도 했고……."

"네?! 소, 소우헤이가 하루코 씨를 찼다고요?!"

이치카는 깜짝 놀라서 눈을 희번덕거렸다. 나는 웃으며 고개를 끄덕였다.

"응. 도저히 포기가 안 돼서 다시 한번 열심히 노력해서 결국엔 사가라한테 고백을 받았어."

"……우와―. 하루코 씨, 근성 장난 아니네요."

"에헤헤. 근성이랑 포기하지 않는 것 하나는 자신 있거든!"

내가 그렇게 말하며 주먹을 번쩍 치켜들자 이치카는 그런 나를 눈부시게 바라보았다.

그 후에 우리는 과자를 먹으며 영화를 봤다. 이치카가 보고 싶어 했던 건 밝고 즐거운 홈코미디로 마지막은 멋진 해피 엔딩이었다. 나는 사랑 이야기를 좋아하지만 가끔은 다른 장르의 영화를 보는 것도 좋다.

"재미있다! 마지막에 가족들이 원래대로 돌아가서 정말 다행이야―."

그렇게 말한 이치카는 만족스러운 표정을 짓고 있었

다. 2시간 정도 되는 영화를 다 보고 나니 벌써 새벽 3시였다. 평소라면 벌써 자고도 남았을 시간이다. 나도 슬슬 졸리기 시작했다.

"하아암……슬슬 정리하고 양치질할까……."

"어—, 난 아직 안 졸리는데."

"내일도 라디오 체조하러 가야지……."

"네?! 내일도 가요?! 역시 하루코 씨는 성실해……."

말은 그렇게 했지만 둘이 함께 테이블을 정리하고 양치질을 한 후 침대로 파고들었다. 둘이 나란히 누워서 뒹굴거리면서, 나는 이치카를 향해 웃어 보였다.

"에헤헤. 잠옷 파티, 정말 재미있어…… 이렇게 다른 사람에게 맨얼굴을 보여주는 날이 올 줄은 상상도 못 했거든."

"왜요? 맨얼굴 따위, 얼마든지 그냥 보여주면 되는데."

이치카는 이해가 안 된다는 듯 물었다. 나는 망설이면서도 작은 목소리로 대답했다.

"……나는……용기가 없어서, 그렇게 못했어."

입술을 살짝 적신 다음, 계속 말을 이어간다.

"……난 말이야, 사실 고등학교 때까지만 해도 엄청 수수하고 친구도 한 명도 없었어. 그런 나를 바꾸고 싶어서 대학 데뷔를 한 거야."

"네?! 그, 그랬구나……."

"그래서 친구에게 맨얼굴을 보이면 나를 싫어하진 않

© Yukiko Tadano

을까 두려워서……."

"그런 걱정은 안 해도 되는데."

"지금 생각하면 확실히 그렇긴 해."

실제로는 내 맨얼굴이 평범하든 말든, 대학 데뷔를 했든 말든, 주위에선 아무도 신경 쓰지 않았다. 그런데도 얼마 전의 나는 심각하게 고민했었다.

"나한테는 중대한 문제였거든……그래서 지금 이렇게 이치카에게 내 맨얼굴을 보여주고 이치카가 아무렇지도 않게 받아줘서 다행이야."

내 말을 들은 이치카는 "그런 건 진짜 별일 아닌데"라며 아무렇지도 않은 어조로 말했다. 이치카에게는 진짜 당연한 일인 것이다. 그게 왠지 기뻐서, 나는 미소를 지었다.

그 후로 한동안, 서로 아무 얘기도 하지 않았다. 쥐 죽은 듯이 조용한 방에 에어컨 소리만 울려 퍼지고 있었다. 커튼 너머에 있는 가로등이 이치카의 옆 얼굴을 희미하게 비추고 있다. 작은 동물처럼 까만 눈망울은 나를 뚫어져라 바라보고 있었다.

침묵을 깬 건 꺼질 것처럼 작은 이치카의 목소리였다.

"……나, 엄마 앞에서는, 성실하고 착한 딸인 척하고 있어."

"……에?"

이치카가 띄엄띄엄 이야기를 꺼냈다.

"사실은 성적도 별로 안 좋아서, 릿세이칸 대학은 불가능한 건 아니지만, 합격할 자신이 없어. 학교에서도 공부는 안 하고 친구랑 놀기만 하고."

"……"

"물론 나도 좋아서 그렇게 행동하고 있긴 하지만…… 그래도 그런 내 본모습을 엄마가 알게 되면 나를 싫어하지 않을까 무서웠어."

음울함이 배어나는 목소리에 나는 가슴이 철렁 내려앉았다. 내 본모습을 알게 되면 다들 나를 싫어할까 봐 겁에 질려 있던, 예전의 내가 떠올랐다.

"그런데, 그렇게 필사적으로 숨겼는데…… 결국 엄마에게 들키고 말았어. 그래서 그 길로 집을 뛰쳐나온 거야……."

"……그랬, 어?"

"엄마는 아무 말 안 했지만…… 분명 실망했을 거야."

그러면서 이치카는 눈을 살짝 감았다.

지금의 이치카는 얼마 전의 나와 똑같다. 자신을 속이고 있다고 믿고, 느낄 필요 없는 죄책감에 시달리고 있었다.

나는 손을 뻗어 이치카의 두 뺨을 살짝 감쌌다.

"……그렇지, 않아."

"아……."

"이치카, 아까 나한테 '그런 걱정은 안 해도 되는데'라고 했잖아? 이치카의 어머니도 아마 똑같을 거야."

화장을 통해 변한 내 노력을 사가라가 인정해 준 것처

럼. 가족들 앞에서 착실하게 행동하는 이치카의 노력을, 나는 인정해 주고 싶었다.

한순간 이치카의 얼굴이 울음을 터뜨릴 것처럼 일그러졌다. 하지만 재빨리 눈을 몇 번 깜빡이더니 꺼져 들어가는 작은 목소리로 "……고마워"라고 말해주었다.

마치 어린아이처럼 작은 이치카의 손을 가만히 쥐어본다. 그리고 우리는 손을 꼭 잡은 채 잠이 들었다.

───────◆━━━◆───────

벽 하나를 사이에 둔 옆방에서는 꺅꺅거리는 즐거운 소리가 들렸다.

묵직한 눈꺼풀을 간신히 밀어 올린 나는 머리맡에 있는 스마트폰을 집어 들었다. 시간은 오전 9시. 어제도 밤늦게까지 아르바이트를 했지만 4시간이나 잤으면 충분하다. 나는 하품을 하면서 몸을 일으켰다.

이치카가 집을 나온 지 사흘이 지났다. 언제까지고 나나세에게 폐를 끼칠 순 없는 노릇인데…… 그 자식, 아직 돌아갈 생각이 없는 건가.

상황을 좀 살필 요량으로 세수를 하고 옆집으로 향했다. 인터폰을 누르자 안에서 화려한 화장을 한 갸루가 나왔다.

"앗, 안녕!"

"……?!"

한순간 집을 잘못 찾아온 줄 알았다. 죄송합니다, 하고 문을 닫으려다가—— 눈앞에 있는 갸루가 나나세라는 것을 깨달았다.

"……나, 나나세?"

눈앞에 서 있는 사람은 분명 나나세였다.

그녀의 화장은 언제나 완벽한데, 오늘은 평소와 조금 다른 느낌이었다. 새빨간 립스틱에 눈가는 시커멓고 눈 밑에는 반짝거리는 게 붙어 있으며 속눈썹도 평소보다 엄청 길었다.

"지금 이치카에게 갸루 화장하는 법을 배우고 있어!"

"……갸루 화장?"

아, 화장을 어떻게 하느냐에 따라 사람이 이렇게 달라 보이기도 하는구나. 아주 조금이긴 해도 평소보다 기가 세게 보인다. 왠지 이치카와 분위기가 비슷한 것 같기도 하고. 자매라고 해도 다들 믿을지도 몰랐다.

뚫어져라 관찰하자 나나세는 부끄러운지 에헷 하고 웃었다. 그런 얼굴을 하자 원래 얼굴이 살짝 보였다. 어떤 화장을 해도 나나세는 나나세다.

"소우헤이, 무슨 일로 왔어?"

그때 이치카가 퉁명스러운 어조로 말했다. 방해된다는 말이라도 하고 싶은 걸까.

"어쩌고 있는지 보러 왔지. 너, 아직 집에 안 갈 거냐?"

"……아직 더 있을 거야!"

그렇게 쏘아붙인 이치카는 시선을 휙 돌리더니 화장을 재개했다. 두 사람은 화장 도구가 든 커다란 상자를 열고 즐겁게 대화를 나누고 있었다.

"하루코 씨의 메이크 박스, 정말 굉장해요. 마치 코스메 카운터 같아."

"마음에 드는 게 있으면 사용해도 돼! 그나저나 이치카의 립스틱, 너무 예쁜 것 같아! 새빨간 립스틱, 용기가 없어서 피했었는데 나도 한 번 사볼까."

"응, 응, 하루코 씨한테 잘 어울려! 이 브랜드의 립스틱과 섀도, 저렴하지만 발색이 좋아서 추천."

"앗, 안 그래도 궁금했었어!"

나나세와 이치카는 어느새 상당히 친해져 있었다. 화장이라는 공통된 취미 덕분일 것이다. 친하게 지내는 건 좋지만 왠지 살짝 소외된 것 같은 느낌이 들었다.

나나세는 눈을 반짝거리면서 꽤 열정적으로 얘기하고 있었다.

"……예를 들어 아이브로우나 아이라이너 같은 건 저렴한 거라도 전혀 손색이 없는 것도 있어. ○○의 섀도도 메탈릭한 질감이 예쁘지만, 역시 백화점 브랜드는 심리적으로 기분이 좋아지는 것도 있고 △△는 콤팩트 디자인이 너무 좋아서 가지고 있기만 해도 행복해진다고 할까? 그리고 ××의 베이스는 비싸긴 해도 지속력과 발림성이 발군이고 마무리가 완전히 달라. 또 ㅁㅁ의 립스틱은 보습 성분이 풍부해서 건조하지 않고 발색도 상당히 좋아……."

말도 엄청 빠르다. 나뿐만 아니라 이치카도 어안이 벙벙한 모습이었다.

그제야 정신을 차린 나나세가 작게 헛기침을 하더니 겸연쩍은 듯 "미, 미안" 하고 수줍은 미소를 지었다.

"미, 미안해! 화장 얘기를 할 수 있는 게 너무 신나서……."

"아냐, 나도 너무 즐거운걸. 하루코 씨, 정말 화장을 좋아하나 봐."

"……응, 너무 좋아!"

이치카의 말에 나나세는 얼굴을 붉히며 고개를 끄덕였다.

화장을 좋아하는 건 알고 있었지만 이 정도로 열정적인 오타쿠인 줄은 몰랐다. 아직 내가 모르는 면이 많다는 생각이 들자 조금 분했다.

"……어째 둘이, 친해진 것 같네?"

"응! 어젯밤에 둘이 함께 잠옷 파티를 했어. 엄청 재미있었지?"

나나세가 그렇게 말하자 이치카도 웃으며 "응" 하고 고개를 끄덕였다. 내 앞에서는 한 번도 보인 적 없는, 얼굴 가득 환한 미소다. 이렇게 빨리 이치카를 회유하다니, 역시 나나세다.

"하루코 씨가 너무 좋아졌어. 내 언니라면 얼마나 좋을
까──."

"나도 이치카 같은 여동생이 있었으면 좋겠어."

나나세의 말을 들은 이치카가 밝게 "맞다!"라며 두 손
을 마주잡았다.

"저기, 료우헤이, 나중에 하루코 씨랑 결혼하지 않을래?
두 사람이 결혼하면 하루코 씨가 내 올케 언니가 되잖아!"

천진난만하게 폭탄을 떨어뜨린 이치카의 말에 나와 나
나세는 동시에 "어?!" 하고 목소리를 흘렸다. 둘이 얼굴
을 마주 본 후, 얼른 눈을 돌렸다.

……결혼이라니. 그런 건, 가볍게 말할 일이 아니다.
지금까지 가족과 원만한 관계를 쌓아오지 못한 내가……
과연 정말로, 나나세를 행복하게 해줄 수 있을까. 나는
아직 자신이 없었다.

나는 주먹을 꽉 쥔 다음, 목구멍 안쪽에서 쥐어 짜내는
것처럼 말했다.

"……아직, 그런 건…… 상상이 안 돼."

"어……?"

"……누군가와 가족이 된다는 건 그렇게 간단한 일이
아니잖아. 게다가 난…… 그런 건, 안 맞는 것 같아."

그렇게 말한 후에야 방금 그 말은 실언이었다는 생각에
퍼뜩 정신이 들었다. 나나세의 얼굴을 보니 창백한 얼굴
에 상처받은 표정을 짓고 있었다. 나는 서둘러 덧붙였다.

"앗, 아니…… 안 하고 싶다는 게 아니라. 그…… 지금은 그렇게 중대한 일을 생각할 겨를이 없다고 할까."

"괘, 괜찮아. 나도 알아."

그렇게 말하는 나나세의 입가에는 굳은 미소가 떠올라 있었다. 내 뜻이 제대로 전해졌는지 불안했지만, 더 이상 잘 설명할 자신이 없었다.

이치카는 불만스럽게 미간을 찌푸리더니 "뭐야, 그게"라며 나를 노려봤다.

"맞니, 안 맞니…… 그딴 거, 그냥 도망치는 것밖에 더 돼?"

이치카의 직설적인 말이 가슴에 푹 박혔다. 아무 대꾸도 할 수 없었다.

"……미안해. 난 이만 가볼게."

결국 나는 더 이상 그 자리에 있지 못하고 도망쳐 나왔다. 혼자가 되자마자 자포자기한 심정으로 다다미 바닥에 벌렁 드러누웠다.

……혹시, 또…… 나나세에게 상처를 준 건가.

나나세를 밀쳐낸 그때 광경을 지금도 선명하게 떠올릴 수 있다. 종잇장처럼 창백한 얼굴로 눈물을 뚝 흘린 나나세의 얼굴은──── 행복하게 웃는 얼굴을 아무리 많이 봐도 도저히 잊을 수가 없었다.

나는 싫은 기억을 쫓아내듯 머리를 마구 쥐어뜯었다.

"……하루코 씨, 미안. 내가 괜한 말을 한 거야……?"

소우헤이가 집으로 돌아간 후, 이치카가 미안해하며 물었다. 나는 애써 미소를 지으며 "아냐"라며 고개를 가로저었다.

"괜찮아. 나도 어느 정도는 알고 있었으니까."

생일 선물로 반지를 받은 날을 떠올린다. 그때 소우헤이는 조금 곤란한 얼굴로 직접 반지를 끼워주지 않았다. 다른 사람이 나와 무슨 사이냐고 물어볼 때도 여자 친구라고 말하지 않았다.

"아마도…… 지금 사가라는 나와의 관계가 앞으로도 쭉 이어질 거라고 믿지 못하는 게 아닐까 싶어. ……사람의 마음은 변하는 거니까."

소우헤이는 분명 나와의 미래를 구체적으로 생각하지 못하는 것이리라. 어쩌면 그가 아무리 시간이 지나도 내게 손을 대려고 하지 않는 것도……그런 점이 마음에 걸려서 그런 건지도 모른다.

꽤 충격이었지만 성실한 소우헤이답다는 생각도 들었다. 가벼운 마음으로 "결혼 하자"는 말을 듣는 것보다는 훨씬 낫다.

"우린 아직 학생이니…… 나중 일을 생각하기 힘든 것도 당연한 거야."

애써 밝게 웃어 보이자 이치카는 뺨을 잔뜩 부풀렸다.

"난 이해가 안 돼. 가족이 되는 건 자기랑 안 맞다니……
그게 무슨 말이지? 그런 게 맞고 안 맞고 하는 게 있어?"

"……사가라, 어머니랑 좀 안 좋았었던 모양이야……
아마 그런 부분이 마음에 걸린 게 아닐까."

마음의 정리는 어느 정도 된 것 같지만…… 가족들과
잘 어울리기엔 아직 어색한 건지도 모른다. 이치카 문제
도 걱정은 하고 있는 것 같지만 어딘가 선을 긋고 멀리서
지켜만 보는 느낌도 들었다.

이치카는 고개를 들더니 분하다는 듯 입술을 깨물었
다. 왠지 나보다 더 분노하고 있는 것처럼 보였다. 작은
동물처럼 까만 눈동자에는 이글이글 불타는 강한 의지가
깃들어 있었다.

"……그딴 거, 이상해. 처음부터 자기에겐 안 맞다고
포기하다니. 난 절대…… 포기하지 않을 거야."

이치카는 그렇게 말하며 주먹을 힘껏 쥐었다. 그녀의
발언 뒤에 숨은 속내를 나는 어느 정도 눈치채고 있었다.

———————◆══════◆———————

늦은 밤 자정. 아르바이트를 마치고 돌아오는 길에 저
번에 이치카가 한 말에 대해 생각하고 있었다.

——맞니, 안 맞니…… 그딴 거, 그냥 도망치는 것밖에

더 돼?

나는 지금도 상처 입는 게 두려워서 다른 사람과 엮이는 것을 피하던 그 시절과 본질적으로는 아무것도 달라지지 않았는지도 모른다.

사실은 나나세를 좋아했으면서—— 그녀와 어울렸다가 내가 상처 입는 게 무서워서 결국 나나세의 마음을 받아들이지 못하고 반대로 상처를 주고 말았었다.

지금도 똑같다. 사실은 앞으로도 쭉 나나세와 함께 하고 싶다고 생각하면서. 그럴싸한 변명만 주절주절 늘어놓고 문제와는 마주하지 않은 채 도망만 치고 있다.

——가족이 늘어났는데, 나는 같이 살지 않으니까 상관없어요. 그냥 남입니다. 같은 얼굴을 하는 거, 너무 열받아.

——어차피 우리야 어떻게 되든 상관없다고 생각하고 있겠지.

……이치카와 ……가족들과 정면으로 똑바로 마주할 수 있으면. 나중에 내가 누군가와 가족이 되는 일에도 긍정적으로 변할 수 있을까. 지금과는 다른 답을 낼 수 있을까.

집으로 돌아오자마자 딩동, 하고 인터폰이 울렸다.

이 시간에 올 사람은 나나세 밖에 없는데…… 도대체 무슨 일이지? 문을 열자 예상대로 맨얼굴에 안경을 쓴 나나세가 서 있었다.

"안녕, 사가라. 늦은 시간에 미안해."

"난 상관없지만…… 무슨 일 있었어?"

"잠깐 할 얘기가 있어서…… 들어가도 돼?"

"응. ……나도 의논하고 싶은 게 있어."

나나세가 다다미 바닥에 다소곳이 앉자 나도 조금 떨어진 곳에 앉았다. 이런 시간에 밀실에 단둘이 있다는 데 생각이 미치자 조금 긴장됐지만 나나세는 예전처럼 딱 달라붙지 않았다. ……마음이 놓이는 한편 조금 아쉽기도 했다.

"미안, 자려던 참이었어?"

"아니, 괜찮아. ……그 녀석은?"

"이치카라면 벌써 잠들었어. 깨우면 안 되니까 작은 목소리로 얘기하는 게 좋을 것 같아."

나나세는 그렇게 말하더니 검지를 입술에 댔다. 이 연립주택은 벽이 얇아서 이야기 소리가 옆집에 다 들릴 수도 있다. 나는 말없이 고개를 끄덕였다.

"참, 사가라는 의논하고 싶다는 게 뭐야?"

나나세가 소곤소곤 물었다. 나는 잠깐 망설이다가 입을 열었다.

"……이치카 말인데 ……그 녀석, 역시 엄마랑 잘 안되는 걸까. 너한테는 아무 말도 안 해?"

"어?"

"나도 함께……그 녀석이 끌어안고 있는 문제를 똑바로 마주해볼까 해서."

이유는 모르지만 집을 나온 이치카는 (아마도)나에게 의지하고 싶어서 교토로 온 것이다. 그렇다면 나도 거기에 제대로 응해줘야 한다. 이치카의 문제에 대해, 나는 상관없다며 보고도 못 본 척하는 게 아니라 그 녀석이 기분 좋게 집으로 돌아갈 수 있도록 등을 밀어주는 게 내가 할 일이다.

"……일단은, 가족이니까."

내 말을 들은 나나세는 눈을 살짝 접으며 부드럽게 미소 지었다. 그리고 나를 가만히 바라보며 속삭이는 듯한 목소리로 말했다.

"저기, 내가 할 얘기도, 이치카에 대한 건데."

"응."

"아무래도…… 어머니와 사이가 안 좋아서 집을 나온 건 아닌 것 같아."

"……무슨 뜻이야?"

나도 모르게 되묻자 나나세는 검지를 척 세웠다.

"이치카는 어머니 앞에서는 착실한 딸처럼 지내고 있잖아."

"아, 응."

가족끼리 처음 만났을 때 본 포니테일의 이치카를 떠올려 본다. 엄마 앞에서 보인 이치카의 행동은 성실하고 착한 아이, 그 자체였다.

"그건 아마…… 어머니를 좋아해서 그런 거라고 생각해."

"……뭐?"

나는 얼빠진 소리를 냈다. 나 때문이니? 라고 했던 엄마의 목소리가 뇌리에 되살아났다. 나는 당연히 두 사람 사이가 안 좋은 줄 알았는데…….

"왜 그렇게 생각해?"

"매일 어머니랑 영상통화도 하고 요란하게 꾸민 모습을 어머니에게 들켰다가 자기를 싫어할까 봐 두렵다고 했거든. 어머니와 잘 되고 있다면 그런 생각을 할 리 없 잖아."

그제야 눈이 확 트인 느낌이었다. 그렇게 생각하면 모든 게 다 맞아떨어진다. 생각해 보니 이치카는 엄마에 대한 욕이나 불만은 한마디도 하지 않았고 "잘 지내고 있어"라는 말도 했었다.

"있지, 이치카가 왜 여기 왔는지 생각해 봤어."

"응."

"이치카는 분명…… 오빠와 친해지고 싶었던 거야."

"……뭐?"

예상하지 못한 말에 나는 입을 쩍 벌렸다. 지금까지 보인 이치카의 건방진 말과 행동을 떠올렸다가 머리를 절레절레 흔들었다. 아무리 생각해도 그건 나나세의 착각이다.

"그게 아니라면 굳이 여기까지 올 이유가 없잖아. 친구도 있을 텐데."

"그건…… 그럴지도 모르지만. 그 녀석, 늘 화만 내잖아."

"나라면…… 모처럼 의붓오빠가 생겼는데 좀체 가깝게 지내려는 생각이 없는 것 같으면 충격받을 것 같아. 내 입장이 되어보라며 화낼지도 몰라."

나나세가 화를 내는 모습은 상상이 되지 않았지만…… 그건 그렇다 치고.

──모처럼 가족들이 다 모였으니까 좀 더 즐겁게 대화도 나누고 그러면 좋잖아.

──가족이 늘어났는데, 나는 같이 살지 않으니까 상관없어요, 그냥 남입니다, 같은 얼굴을 하는 거, 너무 열받아.

혹시 이치카는…… 처음부터 새로운 가족인 나와 가까워지려고 했던 건가?

그렇게 생각하면 일부러 오픈 캠퍼스에서 나한테 말을 건 것도, 내 여자 친구인 나나세에게 접근한 것도, 몇 번이나 교토에 찾아온 것도…… 설명이, 된다. 하지만…….

"……알아먹기 힘들 게 그게 뭐야."

나도 모르게 중얼거리자 나나세가 "소우헤이는 그런 말을 할 입장이 아닐 텐데"라며 쓸쓸하게 웃었다.

"나도 함께 갈 테니까 이치카랑…… 마음을 터놓고 이야기를 나눠보면 어떨까. 아마 서로 오해하고 있는 부분도 있을 거야."

마치 나를 타이르는 것 같은 나나세의 표정과 목소리는 진지 그 자체였다. 내 가족 일인데도 마치 자기 일처럼 받아들이고 최선을 다해 함께 고민해 준다. 방황하며 멈춰 선 내 등을 떠밀어주는 건 늘 나나세다.

"……넌 정말 대단해."

"앗. 가, 갑자기 왜 그래?"

내 말에 나나세는 당황한 표정을 지었다.

"예전의 내가…… 가족 문제로 고집을 부리고 있었을 때, 그런 나를 나고야까지 데리고 가서 집에서 재워주기도 하고 그랬잖아."

나나세는 자신이 한 일들이 떠올랐는지 "그, 그렇네"라며 멋쩍은 듯 뺨을 긁적였다.

"지금 생각해 보니 오지랖이었을지도…….."

"그렇지 않아. 적어도 나는…… 네게 고마워하고 있어."

"……정말?"

"응. ……고마워."

나나세가 있어서 다행이다. 그녀를 만난 후, 셀 수도 없을 정도로 많이 하는 생각이다.

……난 역시 나나세가 있어서 더 힘낼 수 있어.

앞으로도 나나세와 함께 있기 위해, 우선 이치카와 나의 문제부터 마주해야 한다. 다정하게 미소 지어주는 나나세를 보면서 나는 조용히 결심했다.

거짓말쟁이 입술은

사랑에 무너진다

usotsuki lip ha koi de kuzureru.

가출 소녀의 우울

8월도 종반에 접어들면서 고등학교 여름 방학도 앞으로 열흘 후면 끝.

나는 전혀 진전이 없는 숙제를 앞에 두고 망연자실해 있었다. 수학 알레르기가 있다 보니 숫자와 기호가 늘어서 있는 것만 봐도 머리가 지끈거렸다.

이해력이 떨어지는 내게 하루코 씨는 끈기 있게 가르쳐 줬지만 역시 잘 이해가 되지 않았다. 이윽고 하루코 씨가 시계를 확인하더니 자리에서 일어났다.

"미안, 이치카. 슬슬 아르바이트하러 가봐야 할 것 같아. 저녁은 냉장고에 히야시츄카를 넣어놨으니까 괜찮으면 먹어."

하루코 씨는 "다녀올게"라며 집을 나갔다. 달칵 하고 문이 잠기는 소리가 울려 퍼진다.

……하루코 씨는 ……정말 너무 친절해.

그녀와 함께 하는 생활은 너무 편하고 좋지만…… 계속 폐를 끼치고 있을 수는 없는 노릇이다. 이제 곧 여름 방학도 끝나고 새 학기가 시작된다.

나는 한숨을 쉬며 테이블 위에 엎드렸다. 여름 방학이

끝나면 바로 제출해야 하는 수학 숙제는 아직도 다 못했다. 온통 모르는 것뿐이라 전혀 진척이 없는 상태다.

……숙제를 다 못한 것도 문제지만 ……목적을 하나도 달성하지 못한 것도 문제야.

내가 이곳에 있는 목적── 그건 의붓오빠와 친해져서 '이상적인 가족'을 실현하는 것이었다.

나를 낳아준 엄마는 내가 어렸을 때 돌아가셨다.

철이 들기 전부터 엄마에 대한 기억은 거의 없다. 내게 가족은 아빠, 단 한 명뿐이었다.

아빠는 참 좋아했고 불만이 있었던 건 아니다. 그래도 학교 수업 시간에, TV 드라마에서, 만화에서. 내가 모르는 '가족'의 형태를 볼 때마다 엄마가 있으면 어떤 느낌일지 상상하곤 했었다. 다정한 엄마, 그리고 오빠나 언니도 있었으면 좋겠다. 여동생이나 남동생이 있어도 재미있을지 몰라.

하지만 그건 단순한 동경에 지나지 않았다. 나는 영원히 손에 넣지 못하는 것이라고 지금껏 포기했었다── 그런데.

아빠가 재혼을 하게 되었다.

아빠의 재혼 상대와 처음 만나는 날, 나는 내 모습을 깨닫고 경악했다. 금발에 가까운 밝은 갈색, 귀에 주렁주렁 단 피어스, 고쳐 입은 교복, 화려한 갸루 화장. 의붓딸이 이런 걸 알면 겁을 먹을지도 몰라!

그렇게 생각한 나는 머리를 스프레이로 검게 물들이고 피어스를 가린 다음 화장을 지웠다. 마치 단정한 교복 차림의 정석 같은 모습으로 엄마를 만나러 갔다.

──네가 이치카구나. 앞으로 잘 지내자꾸나.

처음 만난, 내 엄마가 될 사람은 아주 예쁘고 다정했다. 나는 어떻게든 마음에 들고 싶어서 착한 아이인 척 굴었다.

함께 살게 되어도 그만둘 수가 없었다…… 아빠는 그런 나를 보고 어이없어했지만 집에서는 철저하게 착한 우등생인 척 행동했다.

새엄마에게 대학생 아들이 있다는 얘기를 들었을 때는 나한테도 오빠가 생겼어! 라는 사실에 가슴이 뛰었다. 다정한 엄마에 오빠까지 생기다니. 내가 바라던 게 다 이루어진 셈이었다.

하지만 의붓오빠는 본가에는 영 돌아올 생각을 하지 않았다. 교토와 나고야는 가까우니 금방 올 수 있는데. 황금연휴에도 얼굴을 비추지 않는 의붓오빠 때문에 초조해진 나는 오빠가 다니는 대학의 오픈 캠퍼스로 돌격했다.

처음 가보는 대학은 생각했던 것보다 훨씬 넓고 사람도 많았다. 솔직히 별로 기대하진 않았는데── 의붓오빠는 의외로 쉽게 찾아낼 수 있었다. 경제학부의 스터디 모임에서 강연을 하고 있었던 것이다.

내용은 하나도 이해가 되지 않았지만, 정장을 입은, 성실해 보이는 의붓오빠는 뭔가 대단해 보이는 말을 하고 있었다. 등을 쭉 펴고 앞을 보면서 당당하게 이야기하는 모습은 역시 대학생은 다르다는 느낌을 주었다.

……오빠랑 얘기하고 싶어. 친해지고 싶어.

그렇게 생각한 나는 강연이 끝난 후, 오빠의 모습을 찾다가—— 여자 친구와 알콩달콩하고 있는 현장을 목격하고 말았다.

오빠의 여자 친구는 화려하고 근사한 미인이었다. 게다가 성격도 좋아 보였다. 나는 오빠와 친해질 기회라는 생각에 그녀와 연락처를 교환했다.

오빠의 여자 친구—— 하루코 씨에게 듣는 의붓오빠의 모습은 다정하고 듬직하며 머리도 좋은, 아주 훌륭한 남자였다. 저렇게 멋진 사람이 그렇게까지 말하는 걸 보면 의붓오빠는 분명 완벽한 사람일 것이다.

그렇게 기대만 부풀어가던 어느 날—— 마침내 오빠와 얼굴을 마주하게 되었다.

——처음 뵙겠습니다. 사가라 소우헤이입니다.

실제로 만나본 의붓오빠—— 소우헤이는 상상했던 것보다 100배는 더 무뚝뚝했다.

말주변이 없더라도 분위기를 띄우려고 노력하면 그것만으로도 충분하다. 그런데 소우헤이는 마치 마음은 다른 곳에 있는 것처럼 우리와 적극적으로 어울리려 하지 않았다.

──가족이라고 꼭 무리할 필요는 없잖아. 너도 딱히 나랑 친하게 지내고 싶진 않을 거 아냐?

소우헤이가 그렇게 말한 순간, 나는 인내심의 한계에 도달했다. 엄마 앞에서 쓰는 착한 아이 가면은 내다 버리고 그대로 폭발하고 만 것이다.

……그치만 충격이었는걸. 새로 생긴 가족과 사이좋게 지내고 싶은 내 마음이 부정당한 것 같아서.

그래도 나는 소우헤이와 친하게 지내는 걸 포기하지 않았다. 의붓오빠가 안 되면 그 여자 친구를 공략하자. 결심했으면 바로 행동에 옮기는 게 최고라는 생각에 그 길로 학교를 땡땡이치고 하루코 씨를 찾아 돌격했다. 착한 아이인 척 구는 것도 깜빡 잊고 갸루 모습 그대로 가버렸지만…… 소우헤이에겐 이미 본성을 들켰으니 상관없었다.

그렇게 해서 하루코 씨와 순조롭게 친해지긴 했지만…… 소우헤이와의 거리는 전혀 좁혀지지 않았다.

여름 방학 때는 본가에 안 오려나, 하는 생각에 느닷없이 들이닥친 것도 있었다. 함께 패밀리 레스토랑에서 밥을 먹긴 했지만 역시 잘 되진 않았다. 소우헤이는 우리 가족에게 아무것도 기대하지 않는다는 것을 알게 되자── 결국 또 폭발하고 말았던 것이다.

풀이 죽어 나고야로 돌아와서 다음 작전을 세우기 시작한 그때── 내 요란한 모습을 엄마에게 들키는 해프닝

이 일어났다. 엄마가 실망하진 않았을까 생각하자 무서워서 도저히 집에는 갈 수 없었고── 정신을 차리고 보니 신칸센을 타고 교토로 향하고 있었다. 친구의 집에 갈 수도 있었지만 머리에 제일 먼저 떠오른 것은 소우헤이의 얼굴이었다.

그렇지만 소우헤이에게 기대봤자 돌아오는 것은 "돌아가"라는 말밖에 없을 것이다. 망연자실해서 하루코 씨에게 연락했더니 소우헤이도 같이 와주었다. 그렇게 해서 나는 한동안 하루코 씨 집에서 신세를 지게 되었다.

앞뒤 생각하지 않고 가출을 하긴 했지만, 생각하기에 따라 이건 기회가 될 수 있었다. 소우헤이와 친해질 수 있는 마지막 기회인지도 몰랐다. 이 기회를 놓칠 생각은 없었다.

그 후, 일주일 정도 지났지만…… 의붓오빠는 꽤 화가 났는지 친해지거나 다가오려는 기미조차 보이지 않았다.

──누군가와 가족이 된다는 게 그렇게 간단한 일은 아니잖아.

……그런 건 나도 알아. 그래도 가족이 되고 싶은 걸 어떡해.

하지만 소우헤이에게만 문제가 있는 건 아니다. 나도 솔직하게 대하지 못하고 미움받을 말만 골라서 하고 있었다. 이래선 나를 싫어한다고 해도 무리는 아니다.

도대체 어떻게 하면 될까. 당연히 오빠가 생긴 게 처음이니 어떻게 대하면 좋을지 모르겠어…….

멍하게 있던 그때, 딩동, 하고 인터폰이 울렸다.

택배라도 왔나 싶어서 "네—" 하고 문을 열었다.

그곳에 서 있는 건 무뚝뚝한 얼굴을 한 의붓오빠였다.

거짓말쟁이 입술은
사랑에 무너진다

usotsuki lip ha koi de kuzureru.

제 6 장

가족이 된다는 것

일요일 저녁. 나는 이치카와 대화하기로 결심하고 집을 나섰다. 그러자 타이밍 좋게 옆집에서도 나나세가 나왔다.

"어라, 나나세…… 아르바이트 가는 거야?"

"응. 오늘은 밤 10시까지야."

"그 녀석은?"

"이치카라면 방에서 공부하는 중이야. 숙제를 아직 다 못했대. 수학 때문에 고전하고 있는 것 같아."

여름 방학도 얼마 남지 않았는데 아직 숙제를 다 못 끝냈다니. 나는 고등학교 때 7월 중에 다 끝냈었는데. 아마 나나세도 나와 똑같은 타입일 것이다.

"아, 맞다! 소우헤이, 이치카에게 수학을 가르쳐주면 어떨까?"

"뭐?"

나는 뜬금없는 제안에 당황했다. 나나세는 생글거리며 말을 이어갔다.

"소우헤이, 국공립 지망이었잖아? 난 수험 과목에 수학이 없어서 가르치는 게 영 서툰 것 같아."

"물론 공부는 했지만…… 그래도 이젠 하나도 기억 안 나는데."

"소우헤이라면 괜찮을 거야!"

그렇게 말하더니 "그럼, 잘 부탁할게"라며 계단을 내려가는 나나세.

그녀는 내가 이치카와 이야기할 구실을 만들어준 것이다. 하나부터 열까지 기대기만 하는 것 같아서 나 자신이 한심하게 느껴졌다. 이렇게 자리까지 다 마련해 줬으니 이번에는 꼭 이치카와 대화를 나눠보자.

문 앞에 서서 꿀꺽 침을 삼킨 다음 인터폰을 눌렀다.

"……어라, 소우헤이?"

안에서 나온 이치카는 내 얼굴을 보더니 놀란 표정을 지었다.

"뭐야? 하루코 씨라면 아르바이트하러 갔어."

"아, 그게. 너한테 용건이 있어서 왔어."

내 말에 이치카는 의아한 듯 "나한테? 왜?"라며 눈썹을 찌푸렸다. 이 건방진 태도만 보고 있으면 정말 나와 친해지고 싶은 게 맞긴 한 건지 의문이지만…….

"……공부, 가르쳐줄까?"

의외였는지 "뭐?!"라며 눈을 동그랗게 뜨는 이치카. 괜한 오지랖인가 싶어 서둘러 덧붙였다.

"아니, 필요 없으면……됐어."

"아냐. 안 그래도 하나도 몰라서 고민하던 참이었어."

이치카는 그렇게 말하더니 테이블 위에서 노트와 참고서를 들고 왔다. 나는 현관 앞에 선 채 그것을 받아 들었다.

"어디를 모르겠는데?"

"여기랑 여기. 그리고 여기도."

거의 전부다. 아무래도 이치카의 학력은 평균보다 조금 낮은 것 같다.

나는 교과서를 뚫어져라 노려보는 한편 기억을 더듬으면서 이치카에게 수학을 가르쳐주었다. 이치카는 생각보다 이해력이 좋았다. 하나도 모르겠다고 말한 것에 비해 조언만 조금 해줘도 금방 알아들었다. 공부하는 방법에 따라 성적이 더 올라갈 수도 있을 것 같다.

"소우헤이, 수학 잘하네. 살짝 다시 봤어."

이치카가 의외라는 듯 말했다. 나는 "그냥 보통이야"라고 대답했다.

"왜 릿세이칸에 들어갔어? 좀 더 좋은 곳에 갈 수 있었을 텐데."

"소거법. 인플루엔자에 걸려서 제1지망인 국공립 시험을 못 쳤거든."

"우와아……소우헤이, 완전 '운이 없구나'──."

이치카는 불쌍한 눈으로 나를 쳐다봤지만 나는 그렇게 생각하지 않았다. 그 덕분에 나나세와 만날 수 있었으니 반대로 '운이 좋다'고 해야 하지 않을까.

"어쨌든 집을 나가고 싶었고…… 재수를 할 수도 없다

보니 2지망인 릿세이칸 말고는 다른 선택지가 없었지."

내 말을 들은 이치카는 "……흐음" 하고 불만스럽게 입을 삐죽거렸다.

"……그렇게 집을 나가고 싶었구나."

"……어."

"소우헤이는…… 가족들이랑 잘 지낼 생각, 없어?"

그렇게 말한 이치카는 마치 버림받은 강아지 같은, 쓸쓸한 눈을 하고 있었다. 정면으로 그 눈과 마주한 순간, 나는 나나세의 말이 맞았다는 것을 알게 되었다. 역시 나는 이치카를 전혀 제대로 보고 있지 않았던 것이다.

조금 망설였지만, 단도직입적으로 물었다.

"넌 혹시…… 새로 생긴 가족들과, 사이좋게 지내고 싶어?"

그러자 이치카는 고개를 숙인 채 아무 말도 없다가 고개를 끄덕였다.

……역시 나나세의 말이 맞았다. 내 오해의 뿌리가 얼마나 깊었는지 반성한다.

"처음부터 그렇게 말해줬으면 좋았잖아……."

"소우헤이가 전혀 들을 생각을 안 하니까 그렇지! ……하지만 나도 솔직하게 굴지 못했으니까 ……그건, 미안."

이치카는 그렇게 말하며 눈썹을 축 늘어뜨렸다.

……하긴 맞는 말이다. 둘 다 똑같은 셈인지도 모른다.

이 녀석의 태도를 이해하기 힘들었던 건 사실이지만,

난 나와 가족과의 관계가 좋지 않았으니 당연히 의붓여동생도 그럴 거라고 무의식적으로 생각하고 있었던 것이다.

나는 이치카에게서 눈을 돌리지 않고 똑바로 보면서 입을 열었다.

"넌, 사실…… 나랑도 가족이, 되려고 했던 거였어."

이치카의 눈망울이 살짝 흔들렸다. 긍정도 부정도 하지 않았지만 티셔츠 자락을 꽉 쥐는 몸짓으로 그녀의 마음을 알 수 있었다.

이치카는 내가 어른인 척하면서 포기하고 버렸던 것을 필사적으로 주워 담으려 하고 있다. 나는 그런 이치카가 정말 대단하다고 생각했다. ……나는 그러지 못했으니까.

"확실히 난…… 네 말을 전혀 들으려 하지 않았지. 넌 처음부터 똑바로 내게 부딪쳐 왔었는데."

나는 줄곧 가족과 마주하기를 거부해 왔다. 이젠 어린애도 아니니 가족에게 집착할 필요는 없다고 어른인 척하면서. 가족과 잘 지내는 건 나와 맞지 않다는 변명만하면서. ……소중한 사람과 가족이 되는 일에서도 계속도망만 치고 있었다.

"넌 정말 대단해. 도망치지 않고 새 가족과 정면으로마주했잖아. 엄마하고도, 이렇게 한심한 의붓오빠랑도사이좋게 지내려 애쓰고."

"……."

"그러니까 나도 널 보고 배울게. 나도…… 가족들과 잘 지내고 싶고…… 장래 누군가와 가족이 되는 일에도 적극적으로 변하고 싶어."

이치카는 고개를 숙인 채 내 이야기를 듣고 있다가 천천히 고개를 들었다. 나를 바라보는 표정은 유난히 시원해 보였다.

"……소우헤이, 사실 난 행복한 가족 같은 걸 동경했었어."

"……응."

"그러니까 소우헤이도 나한테 협조해. 안 그러면 학교에서 하루코 씨랑 뽀뽀했던 거, 엄마한테 다 말할 거야!"

이치카는 그렇게 말하며 검지를 척 내밀었다. "제발 그것만은"이라고 말한 후—— 우리 둘은 얼굴을 마주 보며 아주 조금 웃었다.

⬤━━━━━━━━⬤

저녁까지 이어진 아르바이트를 마치자 나나세에게 [오늘 저녁은 셋이 같이 먹자!]라는 메시지가 도착했다. 이치카와 함께 카레를 만들었다고 한다. 여전히 사이좋게 잘 지내서 참 보기 좋았다.

이치카가 교토로 온 지 일주일이 지났지만, 여전히 집으로 돌아갈 기색 하나 없이 계속 나나세의 집에서 신세를 지고 있었다. 아침마다 같이 라디오 체조를 하러 갔다가 집에 와서 공부를 하고, 밥을 먹고, 함께 자는 것 같다. 어제 저녁에는 둘이 함께 공중목욕탕에 다녀왔는지, 이치카가 "하루코 씨, 몸매가 장난 아니야!"라고 했었다. 의붓여동생이 먼저 선수를 치다니. 따, 딱히 분한 건 아니지만.

옆집의 인터폰을 누르자 맨얼굴에 안경을 쓴 나나세가 빼꼼 고개를 내밀었다. 그러더니 "쉿—" 하고 검지를 입에 댔다.

"? 왜 그래?"

"이치카, 낮잠 자고 있어."

"뭐? 어린애도 아니면서……."

나나세의 침대 위에서는 고양이처럼 몸을 둥글게 만 이치카가 고른 숨소리를 내며 잠들어 있었다. 나나세는 생글생글 웃으며 "귀엽지?" 하고 그런 이치카를 바라보고 있다. 나나세, 너무 응석을 받아주는 것 아닌가? 이젠 아예 나보다 이치카에게 더 빠져 있는 것 같다.

"조금 전까지 공부했었는데."

"이제야 숙제 다 한 거냐…… 이제 곧 새 학기라고."

"울면서 도와달라고 했지만 자기 힘으로 열심히 해 보라고 응원해 줬어."

그러면서 나나세는 생긋 미소를 지었다. 나나세는 다정하고 친절하지만, 그런 만큼 성실하고 부정을 용납하지 않는 타입이다.

그나저나. 당당하게 낮잠까지 자다니, 이젠 나나세의 집이 제집처럼 편한 모양이다. 이 자식, 집에 돌아갈 생각이 있긴 한 걸까. 마음 편하고 좋은 건 알겠지만.

나나세가 있는 도서실에서 거의 살다시피 했던 고등학교 때의 나를 떠올리고 있는데 나나세가 내 옆에 앉았다. 그리고 이치카가 깨지 않도록 작은 목소리로 속삭였다.

"아, 맞다…… 이치카가 내일 셋이 함께 기요미즈데라에 가자고 하더라."

"엥? 왜?"

"돌아가기 전에 교토 관광을 하고 싶대."

그 말은…… 이제 슬슬 돌아갈 각오가 섰다는 뜻인가. 여름 방학도 곧 끝나니 돌아가지 않을 수도 없겠지만.

"소우헤이도 같이 갈 거지?"

"……어. 갈게."

고개를 끄덕이자 나나세는 기쁜지 환한 표정을 지었다.

"잘 됐다. 요즘은 통 놀러도 못 갔잖아."

"그렇긴 하네……."

이런저런 일이 있었기 때문일까, 여름 방학에 들어서면서 둘이 함께 외출한 적은 거의 없었다. 뭐, 이치카가 함께라면 데이트라고 말할 순 없나.

……그러고 보니, 이치카가 온 후로 나나세와 알콩달콩 지낸 적이 거의 없네…….

이치카가 오기 직전까지만 해도 너무 적극적인 나나세

때문에 당황했는데—막상 못하게 되니 하고 싶어지는 건 왜일까. 나를 내버려둔 채, 이치카만 챙기는 나나세를 보니 나도 좀 챙겨달라는 마음이 드는 것도 사실이었다.

나는 침대 위로 힐끔 시선을 던져 이치카가 잠들어 있는 것을 확인했다. 그리고 그대로 머뭇거리며 나나세의 뺨으로 손을 가져갔다. 천천히 얼굴을 가까이 하자 내 의도를 알아챈 나나세의 얼굴이 순식간에 빨갛게 물들었다.

"앗?! 아, 안 돼…… 이, 이치카가, 있는데…….."

"……자고 있으니까 괜찮아."

"그치만 이, 일어날 수도 있잖아……"

말은 그렇게 했지만 나나세도 그리 싫지만은 않은 눈치였다. 의외로 이런 시추에이션에 약한 건지도 모르겠다. 새로운 면을 발견한 것 같다.

"……안 된다면 안 할게."

"……아, 안 되는 건 ……아냐."

나나세는 체념한 듯 말하며 두 눈을 꼭 감았다. 한순간 살짝 닿기만 하는 짧은 키스를 나눈다. 한 번 더 하고 싶었지만, 더 이상 했다간 큰일날 것 같았다.

그때 이치카가 "으음—" 하고 신음을 흘리며 몸을 뒤척였다. 움찔한 나는 얼른 나나세와 떨어져서 아무 일도 없었던 것처럼 스마트폰을 들여다봤다.

"……음 ……어라? 소우헤이, 왔었어?"

침대 위에서 일어난 이치카는 기지개를 크게 켜면서 말

했다. 나는 이치카와 눈을 맞추지 않도록 조심하며 "어, 어어" 하고 대답했다.

……하마터면 큰일날 뻔했지만 ……아슬아슬하게 세이 프, 였던 것 맞겠지?

곁눈질로 나나세를 살피니 그녀는 새빨간 얼굴로 멍하 게, 마치 꿈이라도 꾸는 것 같은 표정을 짓고 있었다. 내 가 말없이 검지를 입술에 대고 누르자 나나세는 수줍게 고개를 끄덕였다.

○━━━━━━━━○

"기요미즈데라! 굉장해, 진짜 교토에 온 느낌이 들어!"

이치카는 그렇게 말하며 들뜬 모습으로 사진을 몇 장이 나 찍고 있었다. "같이 찍자!"라고 해서 기요미즈데라 무 대를 배경으로 인 카메라로 셀카를 찍었다.

사가라는 그런 우리를 조금 떨어진 곳에서 바라보고 있 었다. 좀 더 적극적으로 다가오면 좋을 텐데. 물론 어느 정도 다가오긴 했지만 역시 아직은 살짝 선을 긋고 있는 느낌이 들었다.

우리는 셋이 함께 기요미즈데라에 왔다. 기요미즈데라 의 무대에 서니 푸른 하늘과 초록 산맥의 대비가 너무 아 름답게 보였다. 교토 시내도 휜히 다 보였다. 여기까지 고생해서 언덕과 계단을 올라온 보람이 있었다. 단풍이

물드는 계절엔 얼마나 더 아름다울까. 사람이 너무 많아서 풍경 감상을 할 정신이나 있을지 모르겠지만.

"굉장해, 너무 예뻐! 있지, 사가라도 같이 사진 찍어야지."

"아니, 나는 됐어……."

"나 기요미즈데라에 와보고 싶었어! 이치카, 여기 가자고 해줘서 고마워!"

내 말에 소우헤이는 의외라는 듯 눈을 깜빡거렸다.

"……어라? 기요미즈데라, 처음은 아닐 텐데. 고등학교 수학여행 때 왔었잖아."

"으, 응. 그렇긴 한데……."

소우헤이의 말대로다. 우리 고등학교는 수학여행으로 교토에 갔었고 기요미즈데라도 일정에 포함되어 있었다. 그런데도 당시의 나는 같은 반 아이들과 어울리지 못한 채 계속 그 애들 등만 보고 있었기 때문에―기요미즈데라에 대한 추억이라곤 전혀 없었다. 그래서 이렇게 소우헤이 그리고 이치카와 함께 올 수 있어서 잘 됐다고 생각한다.

"그나저나 교토의 여름, 너무 덥지 않아? 소우헤이, 소프트아이스크림 좀 사다 줘―."

이치카가 지친 표정으로 말했다. 소우헤이는 즉시 "싫어"라고 대답했다.

"왜―! 오빠잖아!"

"오빠라고 해서 다 사줘야 한다는 법은 없거든! 급여

받기 전이라 돈도 없어."

소우헤이의 무정한 말에 이치카는 "좀생이!"라며 입술을 내밀었다. 그러더니 새빨간 입술을 삐죽이며 싱긋 웃었다.

"안 사주면 '그 일' 엄마한테 말할 거야——."

아무래도 이치카는 소우헤이의 약점을 잡은 모양이다. 소우헤이는 불쾌한 표정을 짓더니 이내 체념했는지 주머니에서 지갑을 꺼냈다.

"……어떤 맛으로 먹을 거야?"

"바닐라!"

이치카가 빙그레 웃자 소우헤이는 어이없다는 듯 "네, 네"라고 대답했다.

며칠 전부터 소우헤이와 이치카 사이의 분위기가 조금 달라졌다. 사이 좋은 남매……까지는 아니지만. 아무것도 모르는 사람이 두 사람의 대화를 들으면 아무 의심도 없이 남매라고 생각하지 않을까.

"그럼, 나나세. 잠깐 사러 갔다 올게."

"응. 다녀와."

소우헤이가 잠깐 자리를 비우자 나는 기요미즈데라의 무대를 살펴보는 이치카의 뒷모습을 가만히 바라보았다. 배꼽이 보이는 홀터넥 탑에 데미지 데님을 입고 화장까지 꼼꼼하게 한 이치카는 어디를 어떻게 봐도 갸루다.

……만약 내가 조금만 더 빨리 변하려고 노력했다면

……같은 반이었던 걀루 애들과도 친하게 지낼 수 있었을까.

나는 문득 궁금해져서 이치카에게 물어봤다.

"그러고 보니…… 이치카는 왜 걀루 차림을 하고 있어?"

그러자 이치카는 아무렇지도 않게 대답했다.

"당연히 재미있으니까 그렇지. 화장을 하면 기분도 좋아지고."

"! 그, 그렇지? 그 마음, 나도 알아!"

이치카의 말을 들은 나는 살짝 흥분해서 몸을 앞으로 내밀었다. 역시 화장은 용기와 기운을 주는 마법 아이템이다.

"화장을 하면 왠지 다른 사람이 된 것 같은 기분이 들어! 자신감이 생겨서 저절로 등도 펴지고……!"

"하루코 씨의 화장 테크닉, 정말 장난 아니야. 역시 나중에 그쪽 관련 일을 할 거야?"

별것 아닌 이치카의 말에 나는 가슴이 두근거렸다. 예전에 소우헤이에게도 비슷한 말을 들은 적이 있기 때문이다. 나는 힘없이 고개를 가로저었다.

"어? 아니, 전혀. 그런 건 나랑 안 맞아……."

"엥―? 절대 안 그래―. 줄곧 화장하는 거 좋아했잖아?"

"아니야, 대학에 들어오고 나서 시작했어…… 언니가 립스틱을 선물해 줬거든."

──괜찮아. 하루코는 지금부터 얼마든지 예뻐질 수

있어.

그때 언니가 해준 말과 언니가 해준 선물이 나를 바꿔주었다. 자신이 없어서 풀이 죽고 자칫 아래로 쳐질 것 같은 날에도 화장은 내게 고개를 들 용기를 준다. 그래서 나는 화장을 좋아한다.

——모처럼 좋아하는 일이 있는데 아깝지 않아?

진로 이야기를 했을 때 소우헤이가 했던 말이 머릿속에 울려 퍼졌다. 나 역시 좋아하는 일을 직업으로 삼을 수 있으면 얼마나 좋을까 하고 생각한다. 그렇지만…….

"하루코 씨, 언니가 있었구나. 맞다, 대학도 언니의 모교라서 선택했다고 했던가?"

"아, 정확하게는 사촌 언니야."

"어, 진짜?"

"가까이 살아서 어렸을 때부터 줄곧 잘해줬거든. 예쁘고 머리도 좋고 완벽해서 내 동경의 대상이야. 난 친언니처럼 생각하고 있어!"

내가 웃으며 말하자 이치카는 이해한다는 듯 머리를 끄덕였다.

"그렇구나. 꼭 나랑 하루코 씨 같아——."

"에……엣?!"

생각지도 못한 이치카의 말에 나는 깜짝 놀랐다. 나와 사촌 언니 사이가 이치카와 나 사이랑 비슷해……?!

나는 머리가 떨어져 나갈 것처럼 고개를 힘껏 흔들었다.

"그, 그렇지 않아! 나, 나 같은 건 원래는 평범하고 촌스러워서…… 언니랑 비슷하다니, 당치도 않아…….'

"왜? 똑같아. 동경은 말 그대로 동경이잖아."

"그치만……."

이치카는 우물거리는 내 눈을 똑바로 바라봤다.

"난 그저 하루코 씨의 외모가 예뻐서 동경하는 게 아니야."

"……어?"

"맨얼굴이 평범하든 어떻든……다정하고 무슨 일이든 열심히 하며 올곧은, 그런 면이 외모보다 더 반짝거린다고 생각해. 그래서 난 하루코 씨가 좋아."

이치카가 그렇게 말한 그 순간. 마음 한켠에 남아 있던 응어리가 따뜻하게 녹아 사라지는 느낌이 들었다.

……완벽하지 않은 나라도 동경한다고 말해주는 사람이 있구나.

나는 사촌 언니를 신성시한 나머지 나와는 멀리 떨어진 존재라고 규정하고 있었던 건지도 모른다. 그렇지만…… 나도 언니처럼 될 수 있을까. 언니처럼 누군가의 등을 떠밀어줄 수 있는 존재가 될 수 있다면…….

"아, 소우헤이다."

양손에 소프트아이스크림을 든 소우헤이가 이쪽을 향해 걸어왔다. 오른손에 든 바닐라 아이스크림을 이치카에게 "자" 하고 건넨 후, 왼손에 든 초코 아이스크림을 내게 내밀었다.

"이건 나나세 꺼."

"앗, 정말?! 고마워. 난 초코맛이 좋아."

"나도 알아. 넌 당연히 초코맛일 줄 알았어."

그렇게 말한 소우헤이의 입술 양쪽 끝이 살짝 올라가는 게 보였다. 나는 자세히 보지 않으면 알아차리기 힘든 그 작은 미소가 참 좋았다.

"사가라, 나눠 먹자."

"……그냥 한 입만 먹을게."

그러면서 소우헤이는 내 손목을 잡고 살짝 당겼다. 그대로 아이스크림을 한 입 베어 물더니 시원한 얼굴로 "잘 먹었어"라고 말했다. 평소의 그답지 않은 행동에 나는 그대로 굳어 버렸다.

……저, 저번 키스도 그렇고 ……왜, 왠지 소우헤이, 조금 적극적……?!

지금까지의 소우헤이라면 다른 사람들 앞에서 내 손에 들린 아이스크림을 먹는 일 같은 건 절대 하지 않았을 텐데……!

아무렇지도 않은 소우헤이와 당황해서 어쩔 줄 몰라 하는 나를 번갈아 쳐다본 이치카가 어이가 없다는 듯 어깨를 으쓱였다.

"……내가 있는데 둘이 꽁냥거리지 말아 줄래?"

더 얼굴이 빨개진 나는 동요를 감추듯 아이스크림을 핥았다.

"하루코 씨, 그 매니큐어, 너무 예뻐!"

　　"고마워! 이거, 내가 직접 바른 거야. 오늘 이치카한테도 해줄게."

　　"앗싸―. 하루코 씨랑 똑같은 걸로 해줘―"

　　두 사람은 꺅꺅거리며 내 조금 앞에서 즐겁게 걷고 있었다. 이치카는 나나세와 단단히 팔짱을 낀 채 딱 붙어 있다. 더워 죽겠는데 저렇게 딱 붙어 있을 필요가 있나?

　　"……이치카. 너 나나세한테 너무 딱 붙어 있는 거 아니야?"

　　"뭐야, 혹시 질투? 촌스럽긴."

　　"내, 내가 언제 그랬다고 그래!"

　　……이 녀석이 있으면 나나세와 알콩달콩 못 지내는 건 사실이지만.

　　이치카는 마치 나한테 보여주기라도 하는 것처럼 나나세의 팔을 꽉 끌어안고 있었다. 나나세를 잘 따르는 건 분명하지만 절반 정도는 나에게 보여주려고 일부러 그러는 것일지도 모른다. 정말 이 녀석은 성격도 좋다니까.

　　일단 서로 마음을 솔직하게 털어놓으면서 나와 이치카의 관계는 그럭저럭 괜찮아졌지――만 당장 사이좋은 남매가 되는 데는 무리가 있었다.

나는 평범하고 별 볼 일 없는 아싸 캐릭터이고 이치카는 화려하고 건방진 캐릭터이다. 나나세가 없으면 공통 화제라곤 거의 없고 만약 의붓남매가 아니었다면 평생 엮일 일도 없었을 것이다.

……뭐, 이 정도 거리감이 딱 좋을지도 모르겠다.

기요미즈데라의 무대에서 내려와 한동안 걷다 보니 '료우엔키간(良緣祈願) 인연을 맺어주는 신'이라고 적힌 간판이 보였다. 나나세가 눈을 반짝이며 "앗, 여기!"라며 목소리를 높였다.

나도 이치카도 반대하지 않자 그녀는 발걸음도 가볍게 잿빛 토리이를 지났다. 상당히 혼잡했다. 길 한가운데 '연애 점을 치는 돌'이라고 적힌 거대한 돌이 두 개 자리 잡고 있었다.

"이건 뭐지?"

궁금한 생각에 고개를 갸웃거리고 있자 나나세가 기뻐하며 대답했다.

"이 돌부터 저기 있는 돌까지 눈을 감고 한 번에 가면 사랑이 이루어진대!"

"뭐야 그게, 위험하잖아."

이렇게 혼잡한 곳에서 눈을 감고 걷다간 다칠 수도 있잖아. 몇몇 사람이 시도하고 있는 게 보였지만 다들 친구의 도움을 받아서 걷고 있었다. 나나세는 그 모습을 흥미진진하게 바라보고 있다.

"나도 해 볼까……."

"뭐어──. 하루코 씨는 굳이 안 해도 되지 않아? 벌써 이루어졌잖아?"

"그렇긴 하지만! 영원히 함께 있을 수 있기를 바란다는 의미로."

나나세는 아주 진지한 얼굴로 고민하고 있었지만 내가 "위험하니까 그만둬"라고 하자 고분고분 "네" 하고 따랐다.

그 후, 셋이 함께 본전을 참배했다. 나는 형식적으로 합장했지만 나나세는 눈을 감고 아주 진지하게 기도하고 있었다. 미간에 주름까지 잡혀 있다.

"나 부적 사 올게! 에마도 쓰고 오미쿠지도 뽑아야지!"

나나세는 그렇게 말하더니 종종걸음으로 매점으로 향했다. 이치카는 심드렁한 표정으로 그런 나나세의 뒷모습을 바라보고 있다.

"넌 안 해도 돼?"

"음──. 연애 성취 같은 건 지금은 됐어──. 앗, 엄마한테 줄 선물 사야지."

이치카는 자기 연애보다는 가족 일로 머릿속이 가득한 것 같았다. 물론 의붓여동생의 연애 사정에 대해 꼬치꼬치 캐물을 생각은 없지만.

"그나저나 하루코 씨……너무 필사적인 거 아냐?"

나도 그 점이 신경 쓰이던 참이었다. 에마를 구입한 나나세는 사인펜을 들고 골똘하게 생각에 잠겨 있었다. 무엇을 쓸지 고민하고 있는 걸까.

　……내가 나나세를 불안하게 만들고 있는 건가.

　"하루코 씨, 불안해하고 있어."

　내 마음을 읽었는지, 이치카가 말했다. 나는 깜짝 놀라 이치카의 얼굴을 쳐다봤다.

　"어……어, 어째서?"

　"열심히 노력했는데 전혀 손을 안 댄다고. 소우헤이, 성욕 같은 거 없어?"

　이치카의 무지막지한 직구에 나는 동요했다.

　"그, 그런 것 좀 묻지 마! 가족 사이에!"

　의붓여동생에게 여자 친구와의 진전 상황과 성욕 유무에 대한 추궁을 받고 싶진 않았다. 이치카는 전혀 신경 쓰는 기색 없이 "왜?"라고 더 추궁했다.

　"혹시 혼전 관계는 안 된다고 생각하는 거야? 결혼할지 안 할지도 모르니까 못 한다고?"

　"거, 거기까지 생각하는 건 아니지만…… 하게 되면 그 나름의 책임이라는 게 생기는 거잖아."

　"뭐어—? 책임지기 싫다는 거야?"

　이치카가 경멸 어린 눈으로 쳐다보자 "아니야!"라고 허둥지둥 부정했다.

　"물론 나나세를 좋아하고 소중히 하고 싶지만…… 적어도 지금 시점에서는 나나세의 인생을 짊어질 자신이 없다고 할까…….”

“부담스러워! 음침해! 성가셔!”

우물거리며 한 내 말을 이치카는 단칼에 잘라버렸다. 그런 말까지 들으면 아무리 나라도 상처받는다.

“아니, 그보다 하루코 씨가 소우헤이가 짊어져 주지 않으면 안 되는 사람이야? 나한테는 그렇게 안 보이는데.”

“아…….”

이치카의 말에 나도 모르게 나나세 쪽을 본다. 에마를 메다 건 후, 부적을 산 나나세는 빨간색과 파란색 부적을 들고 생긋 웃어 보였다. 그것만으로도 주위 풍경은 조금도 눈에 들어오지 않았다.

나는 나나세가 저렇게 계속 웃고 있었으면 좋겠다. 나 때문에 고민하거나 괴로워하는 건 싫다. 더 이상 불안하게 만들고 싶지 않았다.

……끙끙거리며 고민해봤자 처음부터 답은 하나밖에 없었다.

체념한 것처럼 짧게 숨을 토해냈다. 그런 다음 이치카를 향해 단호하게 말했다.

“난, 나나세를…… 안심시켜 주고 싶어.”

“흐음. 옳지.”

내 말을 들은 이치카는 팔짱을 꼈다. 한동안 뭔가 고민하는 것 같더니 갑자기 “알았다!”라고 외쳤다.

“소우헤이. 나 내일 본가로 돌아갈 거야. 소우헤이도

따라와."

이치카는 느닷없는 선언에 어안이 벙벙해져 있는 나를 향해 의미심장하게 씨익 웃어 보였다.

"이치카, 진짜 내일 돌아갈 거야……?"

부지런히 짐을 꾸리는 이치카의 뒤통수에 대고 물었다.

이치카는 기요미즈데라에서 돌아오자마자 "나 내일 본가로 돌아갈래"라고 선언했다. 슬슬 돌아가지 않을까……라고 생각하긴 했지만 너무 갑작스러웠다. 며칠만 있으면 여름 방학도 끝나니 어쩔 수 없지만…….

"응. 하루코 씨, 이것저것 너무 고마웠어."

"음…… 벌써부터 쓸쓸해진 기분이야……."

이치카와 이 방에서 함께 보낸 시간은 불과 열흘 정도밖에 안 되지만. 줄곧 같이 붙어 다녀서 그런지 떨어지기 싫었다.

내가 풀이 죽어 있자 이치카가 "아, 맞다"라며 뒤를 돌아봤다.

"내일 하루코 씨도 같이 안 갈래?"

"어……?! 같이 가자니……이치카의, 본가에?"

갑작스러운 제안에 나는 크게 당황했다. 이치카의 본가는 소우헤이의 본가이기도 하다. 저번에 집 앞까지 가긴 했지만 당연히 가족들과는 안 만났다.

아무 관계도 없는 내가 갑자기 찾아가도 될까……? 무, 무엇보다, 아직 가족들을 뵐 마음의 준비가……!

어쩔 줄 몰라 하는 내 두 손을 이치카가 꽉 잡았다. 그리고 "하루코 씨, 부탁이야"라며 간청하는 것처럼 뚫어져라 쳐다봤다.

"나 엄마를 만나려니 아직 조금 무서워서…… 하루코 씨가 함께 있어주면 마음이 든든할 것 같아."

"이치카…….."

보호 본능이 부글부글 끓어오르기 시작했다.

이렇게 좋아하는 이치카가 불안해한다면 도와주고 싶었다. 내가 함께 있는 것이 이치카에게 조금이라도 도움이 된다면…… 거절할 이유는 없었다.

"……알았어! 나도 같이 가줄게."

"아싸! 그럼 내일 잘 부탁해. 아, 참고로 소우헤이도 같이 갈 거야."

이치카는 그렇게 말하더니 콧노래까지 불러가며 다시 짐을 꾸리기 시작했다. 조금 전까지의 가련한 모습은 도대체 어디로 사라진 걸까.

……내일 ……소우헤이의 가족과, 만나는 건가…….

그렇게 생각하자 갑자기 긴장되기 시작했다. 이치카를 위해 따라가는 것이지 특별한 의미는 없지만…… 역시 가슴이 두근거렸다.

가능한 한 참하고 호감도 높을 것 같은 옷을 입고 가자. 그렇게 생각한 나는 옷장을 열고 내일 코디에 대해 고민하기 시작했다.

⸻

　신칸센을 타고 가면 교토와 나고야는 깜짝 놀랄 정도로 가깝다. 1시간도 안 돼서 도착한다. 나는 본가에 갈 때 고속버스 밖에 타지 않았기 때문에 그 엄청난 속도에 깜짝 놀랐다.

　느닷없이 "집으로 돌아갈래"라고 말한 이치카는──무슨 이유에서인지 "소우헤이도 같이 가"라는 말을 덧붙였다. 나는 그렇다 쳐도…… 나나세까지 끌어들이다니, 도대체 무슨 꿍꿍이인 걸까.

　나고야 역에서 버스를 타고 오랜만에 본가로 향했다. 본가에 가는 건 나나세의 손에 억지로 끌려왔던 그날 이후로는 처음이다.

　나나세와 이치카는 말 한마디 없이 창밖만 가만히 바라보고 있었다. 이치카의 표정도 살짝 굳어 있긴 했지만 나나세는 그보다 더 긴장된 표정을 짓고 있었다. 기분 탓인지 얼굴도 새파랗게 질린 것 같다.

　"……나나세, 괜찮아?"

　"아, 으, 응. 괘, 괜찮아."

그렇게 말하는 나나세의 발그레한 입술이 살짝 일그러진다. 그 얼굴만 보면 별로 괜찮아 보이진 않는데…… 우리 가족과 만나는 데 부담감을 느끼고 있는 걸까. 그렇다면 왠지 미안하다.

"가만히 생각해 보니 나…… 아무 생각 없이 평소 모습 그대로 와버렸어. 엄마가 보고 놀랄지도 몰라."

갑자기 이치카가 불안하게 중얼거렸다. 오늘 이치카는 가족들 앞에서 보여주는 참한 옷이 아니라 화려한 갸루 스타일을 하고 있었다.

"벌써 봤으니까 상관없나──. 그래도 피어스는 빼야지……."

이치카는 그렇게 말하더니 귀에 주렁주렁 달고 있는 피어스를 뺐다.

"나, 나도 이런 차림으로 괜찮을까? 이, 이상하지 않아……?"

나나세까지 걱정스러운 얼굴로 그렇게 물었다. 나나세는 양갓집 규수처럼 하얀 블라우스에 무릎 아래로 내려오는 치마를 입고 있었다. 평소에도 참하게 입고 다니니 딱히 신경 쓸 필요는 없는데.

그러는 동안 버스가 멈췄다.

버스 정류장에서 본가로 향하는 길은 왠지 저번과는 분위기가 상당히 달라진 것 같았다. 계절에 따라 거리 풍경이 꽤 많이 달라지는 법이다. 아이들이 매미를 잡고 있는 공원 앞을 지나 본가 앞에서 걸음을 멈췄다. 그러고 보니 저번에는 여기서 이치카가 말을 거는 바람에 그대로 줄행랑을 쳤었다.

오늘은 망설이지 않고 인터폰을 눌렀다.

"……! 어, 어서 오렴."

문이 열리고 나온 사람은 엄마였다. 이치카의 얼굴을 보자마자 마음이 놓이는지 눈가가 누그러졌다.

"……이치카, 왔구나."

이치카는 조금 멋쩍은지 우물거리며 "다녀왔어요"라고 말했다.

그러고 나자 엄마는 그제야 나나세의 존재를 알아차린 모양이었다. 내 뒤에 서 있는 나나세를 보더니 깜짝 놀라 눈을 휘둥그레 떴다.

"어머, 소우헤이, 이 아가씨는…….."

"……처, 처음 뵙겠습니다! 나나세 하루코라고 해요!"

그러면서 나나세는 얼른 몸을 숙였다. 교토 역에서 사온 아자리모찌를 엄마에게 머뭇거리며 내민다.

"저기, 이건, 별것 아니지만 입맛에 맞으시면 좋겠어요."

"세상에, 이렇게 신경 써줘서 고마워요."

아자리모찌가 든 쇼핑백을 건네자 두 사람은 서로 고개를 숙여가며 인사를 나누었다. 둘 다 사교적인 타입은 아니라서 조금 어색한 분위기가 감돌고 있었다.

"……이 아가씨에게 이치카가 신세를 졌던 거지?"

"아, 응. 맞아."

"정말 고마워요. 일단 안으로 들어와요."

현관에서 구두를 벗은 나나세는 그대로 예의 바르게 신발을 가지런히 정리했다. 엄마는 나나세가 신경 쓰이는지 계속 힐끔힐끔 이쪽으로 시선을 주고 있다.

거실로 가니 의붓아버지가 주방에 서 있었다. 사람 수만큼의 유리컵에 보리차를 따르며 쾌활하게 웃는다.

"아, 이치카. 이제 왔냐? 소우헤이도 어서 오렴."

나는 어색하게 "다, 다녀왔어요"라고 대답했다. 아직도 이 말을 하는 게 영 익숙하지가 않았다.

안내를 받은 대로 우리 셋이 소파에 앉자 의붓아버지와 엄마가 바로 맞은편에 자리를 잡고 앉았다. 이치카와 엄마는 어색하게 서로 살피는 것처럼 시선을 줬다가 얼른 다시 거두었다.

일단 이 모녀 사이의 문제부터 해결해야겠다.

"……엄마, 이치카 말인데."

나는 거기서 말을 끊고 이치카를 힐끔 곁눈질했다. 갸루 모드인 이치카는 영 마음이 불편한지 무릎 위에서 손을 만지작거리고 있었다.

"이 녀석이 이런 차림을 하고 있는 거, 어떻게 생각해?"

"소, 소우헤이!"

내 질문을 들은 이치카가 당황해서 외치더니 내 등을

퍽퍽 때렸다.

"아얏. 왜 그래?"

"너, 너무해! 왜 그렇게 직구를 던지는 거야!"

"에둘러 물어본다고 뭐가 달라져?"

"그래도……!"

옥신각신하고 있는 우리를 본 엄마는 미안한 듯 눈을 살짝 내리깔더니 "……미안하구나"라고 작은 목소리로 중얼거렸다.

"사실 이치카가…… 무리해서 참하게 입고 다니는 거, 어렴풋이 눈치채고 있었어."

"……어엇…….”

이치카는 숨을 삼켰다. 엄마는 곤혹스러운지 눈썹을 내리며 웃었다.

"이치카, 사실은 그런 차림을 좋아하는 거지? 아빠가 사진을 자주 보여주셨어. 이치카, 화장을 참 잘하는구나."

이치카는 도끼눈을 뜨고 "아빠?!"라면서 의붓아버지를 노려봤다. 아버지는 시치미를 뚝 뗀 얼굴로 보리차를 마시며 "무슨 문제라도 있나?"라고 말했다.

"그, 그치만…… 나 줄곧 엄마 앞에서, 착한 아이인 척했는데. 사실은…… 이런데."

"그렇지 않아. 이치카는 어떤 모습을 하고 있어도 착한 아이인 걸. ……그에 비해 ……난 참 못난 엄마야. 옛날에 소우헤이에게 심한 말도 했었고."

갑자기 떠오른 기억이 내 가슴을 후벼팠다. 오랫동안 나를 괴롭혀온 말은 이제는 딱지가 앉았지만 이렇게 한 번씩 욱신거릴 때가 있었다. 아마 엄마는 지금도 후회로 괴로워하고 있는지도 모른다. 이젠 신경 쓰지 않아도 되는데.

"그래서 딸이 생긴다는 걸 알았을 때, 잘 지낼 수 있을지 불안했지만…… 이치카가 사이좋게 지내려고 해줘서 얼마나 기뻤는지 모른단다."

"엄마…….."

"그래서 네가 무리하고 있다는 걸 알고도 말하지 못해서…… 미안해."

엄마는 그렇게 말하며 머리를 숙였다. 이치카는 필사적으로 고개를 붕붕 흔들었다.

"아냐. 나야말로 거짓말해서 미안해."

"거짓말이 아니야. 엄마한테 보여줬던 얼굴도 분명…… 진짜 이치카니까."

이차카는 우는 것 같기도 하고 웃는 것 같기도 한 얼굴로 "그럴, 지도"라며 고개를 끄덕이고 있었다. 겨우 이 정도로도 두 사람 사이에 있던 작은 응어리는 눈 녹듯 사라졌다.

결국 두 사람 사이에 있었던 건 아주 사소한 오해일 뿐. 이치카가 걱정할 정도로 큰 문제는 아니었던 셈이다. 나처럼 악화하지 않아서 다행이라고 진심으로 생각했다.

"이제부터는 엄마 앞에서도 이치카가 원하는 모습대로 있어도 돼."

"응. 그치만 조금씩 할게…… 갑자기 그러면 엄마가 깜짝 놀랄지도 모르니까."

이치카와 엄마는 그렇게 말하더니 푸흡 하고 서로 웃음을 터뜨렸다.

"그러고 보니 얼마 전에…… 이치카가 친구랑 같이 있을 때 엄마가 말을 걸어서 미안했어."

"뭐?! 난 전혀 신경 안 써! 오히려 친구한테 너희 엄마 미인이라는 말을 듣고 얼마나 기뻤는데!"

눈 깜짝할 사이에 화해한 이치카와 엄마는 온화한 분위기 속에서 웃고 있었다. 잘 됐다……라며 감동하고 있던 나는 문득 정신을 차렸다.

……어라……? 내, 내가…… 여기 온 의미가, 있나?

이치카의 부탁으로 따라오긴 했지만, 결국 난 아무 말 없이 앉아 있기만 할 뿐, 한 것이라곤 아무것도 없었다. 애당초 이 자리에서 나만 외부인이다. 어, 어떻게 하지…… 이 녀석은 왜 왔지? 라고 생각하는 건 아닐까…….

안절부절못하며 시선을 이리저리 굴리고 있자 이치카가 갑자기 소우헤이를 보고 "아, 맞다!" 하고 큰 소리로 말했다.

"오늘의 진짜 목적을 잊을 뻔했네."

"응? 뭔데?"

의아한 표정을 짓고 있는 소우헤이를 이치카가 팔꿈치로 살짝 찔렀다.

"소우헤이, 할 말 있지 않아?"

"……뭐?"

"내가 왜 일부러 소우헤이랑 하루코 씨를 데리고 왔는지 알아? 하루코 씨를 안심시켜 주고 싶다면서?"

"엣? 나, 말이야?"

갑자기 내 이름이 나오자 깜짝 놀랐다. 소우헤이는 어깨를 으쓱이더니 작은 목소리로 "……그런 거구나"라고 중얼거렸다.

그리고 나를 힐끔 쳐다보더니 어머니와 아버지를 똑바로 마주 보고 앉았다. 유난히 굳은, 긴장한 것 같은 표정을 짓고 있다.

"엄마. 그리고 아버지……."

소우헤이는 헛기침을 한 번 하더니 등을 쭉 펴고 말했다.

"……소개할게. 이 사람 ……나나세, 하루코. 내, 여자 친구야."

한순간, 소우헤이가 한 말의 의미가 금방 이해되지 않았다. 한 박자 늦게야 깨달았다.

……소우헤이, 방금…… 나를, 여자 친구라고 한 거야?

나는 그 자리에서 당장이라도 승리의 포즈를 취하고 싶은 걸 꾹 참았다. 야호! 드디어 언질을 받았다! 내가 소우헤이의 여자 친구래!

히죽거리고 싶은 걸 꾹 참고 필사적으로 평정을 유지했다. 소우헤이는 쑥스러운지 뺨을 긁적이며 살짝 고개를 숙인 채 말을 이어갔다.

"소개가, 늦어서 미안해. 저기…… 진지하게 사귀고 있으니까, 걱정하지 마."

……나랑 소우헤이는, 사귀는 사이구나.

새삼 기쁨이 샘솟았다. 물론 고백도 받았고 나와 소우헤이가 사귀는 건 의심할 여지가 없지만. 그래도 다른 사람에게──특히 가족에게──여자 친구라고 소개하는 건 각별한 기쁨이 있었다. 뭐랄까, 여자 친구로 제대로 인정받은 것 같은 느낌이 들었다.

소우헤이의 말을 들은 어머니는 갈라진 목소리로 "여, 역시, 그, 그랬구나?!"라고 말했다. 갑자기 일어난 일에 동요한 어머니를 보고 이치카가 한마디 거들었다.

"엄마! 하루코 씨는 너무 멋진 사람이야! 전혀 걱정할 필요 없어."

"아, 응…… 다, 당연히 그렇지! 미, 미안해요. 좀 놀라서 그랬어요."

어머니는 작게 기침을 하더니 내 얼굴을 가만히 쳐다봤다. 나도 모르게 등을 쭉 폈다.

"……소우헤이. 집을 나갔을 때는 그렇게 갑갑해했었는데 ……요즘은 왠지 분위기가 부드러워졌어. ……분명이 아가씨 덕분이겠지."

어머니는 눈을 살짝 접으며 미소 지었다. 소우헤이와 별로 안 닮았다고 생각했는데 웃을 때의 눈 모양은 소우헤이와 똑같았다.

"나나세 양. 이치카뿐만 아니라…… 소우헤이까지 신세를 진 모양이네요. 정말 고마워요."

"아뇨! 저……저야말로 감사한걸요! 늘 소우헤이에게 도움만 받고…… 저기, 이렇게 뵙게 되어서 정말 기뻐요."

"앞으로도 우리 소우헤이 좀 잘 부탁해요."

어머니의 말에 나는 힘주어 "네"라고 대답했다. 소우헤이는 그런 나를 어머니와 똑같이 눈을 살짝 접으며 바라보고 있었다.

그날 나는 상당히 오랜만에 본가에서 저녁을 먹었다. 의붓아버지가 만든 피자와 파스타는 살짝 놀랄 정도로 맛있었다. 나는 줄곧 외동이었고 아버지는 집에 거의 들어오지 않았기 때문에 이렇게 여럿이서 식탁에 앉아 밥을 먹는 건 처음 경험했다.

이치카는 신이 난 모양인지 많이 떠들고 많이 웃었다.

나나세는 처음에는 긴장하는 것 같았지만 이치카 덕분에 금방 익숙해져서 의붓아버지나 엄마와도 편하게 대화를 나누었다. 엄마는 나나세가 퍽 마음에 드는지 "정말 좋은 아가씨구나"라고 몇 번이나 반복해서 말했다. 나나세는 성실하고 착하니 당연하다.

이곳에 내 자리가 없다는 생각은 더 이상 하지 않았다. 내 자리는 나 스스로 만드는 것이다. 그저 나 혼자 소외 감을 느끼고 가족을 멀리하고 있었을 뿐이었다. 그 사실을 깨달은 건 이치카 덕분이다.

"오랜만에 왔으니 자고 가면 좋을 텐데."

엄마는 그렇게 말했지만 나나세와 난 바로 돌아가기로 했다. 갑자기 우리 본가에서 자고 가는 것도 나나세에게 는 부담이 될 것이다.

나는 현관에서 운동화를 신으며 엄마에게 말했다.

"……또 올게. 설이나 그즈음에."

"……! 그, 그래, 기다리고 있으마."

엄마는 기뻐하며 고개를 끄덕였다. 상당히 감격한 모습이었다. 기분 탓인지, 눈물까지 글썽이고 있는 것 같다. 엄마 옆에 있는 이치카는 기쁘게 웃으며 말했다.

"설에 하루코 씨도 같이 와! 정 안 되면 하루코 씨 혼자만 와도 돼."

"너 진짜……."

"나나세 양, 괜찮으면 또 놀러 와요."

"네, 꼭 그럴게요!"

나나세는 그렇게 말하더니 "오늘 정말 감사했어요"라며 예의 바르게 인사를 했다.

둘이 함께 집을 나오자 나나세가 휴우 하고 짧게 숨을 토해냈다. 조금 전까지만 해도 잔뜩 긴장한 느낌이었지만 지금은 아주 조금이긴 해도 긴장감이 풀린 표정을 짓고 있었다.

"미안. 긴장했지?"

"아냐! 즐거웠어. 소우헤이의 의붓아버지, 요리 솜씨가 대단하시더라."

"나도, 처음 알았어."

나는 새로 생긴 가족에 대해 아는 게 아무것도 없다는 사실을 새삼 깨달았다. 앞으로 조금씩…… 가족이 되어 가면 되겠지.

"저기, 소우헤이."

나나세가 내 이름을 부르더니 살짝 올려다본다.

"난 소우헤이의 여자 친구 맞지? 자신 있게 그렇게 말해도 되지?"

"새삼스럽게 무슨 말이야."

"그치만! 다른 사람에게 여자 친구라고 소개해 준 거, 오늘이 처음이잖아……."

나나세는 "고마워"라며 미소 짓더니 살짝 팔짱을 꼈다. 가로등 불빛에 반사되는 눈동자에선 더 이상 불안한 기색은 보이지 않았다.

"……안심, 했어?"

"응! 너무 기뻐. 소우헤이의, 여자 친구."

곱씹는 것처럼 반복한 나나세가 헤엣 하고 눈꼬리를 풀며 웃었다. 그 표정을 본 순간, 어찌할 길 없는 사랑스러움이 샘솟았다.

동네 사람들 눈도 있어서 본가 근처에서 꽁냥거리는 건 내키지 않았지만……어둡기도 하고 아무도 없으니까 조금은 괜찮지 않을까?

어깨를 끌어안으려고 하는데 뒤에서 누가 "소—우—헤—이—!"라고 부르는 소리가 들렸다. 뻗으려던 손을 얼른 다시 거둔다.

달려온 사람은 이치카였다. 숨을 헐떡이며 내 앞에서 멈춰 섰다.

"자, 이거, 스마트폰. 소파에 놔두고 갔더라."

"엇? 아, 깜빡했구나…… 다행이다, 고마워."

스마트폰을 전해주러 왔나 보다. 고맙다고 말하고 스마트폰을 가방에 넣자 이치카가 "맞다"라며 짓궂게 웃었다.

"마지막으로 하나 더! 깜빡 잊고 말 안 한 게 있어."

"뭔데?"

까치발을 한 이치카가 내 귀에 대고 작게 속삭였다.

"……바로 코앞에서 여동생이 자고 있는데 여자 친구랑 뽀뽀하는 건 좀 그렇지 않아?"

"……?!"

……설마 이 자식, 그때 깨어 있었던 건가?!

내가 소스라치게 놀라는 걸 본 이치카는 깔깔거리며 웃었다. 그러더니 "하루코 씨, 이것저것 고마워!"라며 나나세를 향해 손을 흔들었다.

"또 교토에 놀러 갈 테니까 그때도 재워줘."

"응, 물론이지!"

그리고 이치카는 얼굴 가득 환하게 웃으며 말했다.

"그럼, 다음에 봐, 오빠…… 그리고 미래의 올케언니!"

나나세와 나는 무의식적으로 서로 마주 보았다. 난 이번에는 부정하지 않았다.

그런 다음 우리는 누가 먼저랄 것 없이 손을 잡고——버스 정류장으로 이어지는 길을 걷기 시작했다.

거짓말쟁이 입술은

사랑에 무너진다

usotsuki lip ha koi de kuzureru.

거짓말쟁이 입술은 사랑에 무너진다

usotsuki lip ha koi de kuzureru.

제7장

너와 함께 걸어가는 장밋빛 인생

8월이 끝나고 9월이 되었다. 아직 더위는 가실 기미가 보이지 않고 격심한 늦더위가 계속 이어지고 있었다.

이치카가 본가로 돌아간 후, 나나세는 조금 쓸쓸한 눈치였다. 저번에는 "나도 모르게 이치카의 몫까지 저녁을 만들어 버렸어……"라면서 풀 죽은 모습으로 마파 가지 요리를 들고 왔었다.

그래도 연락은 자주 주고받는지 "숙제, 안 늦게 잘 제출했다나 봐" "엄마랑 옷 사러 갔었대" 등 나는 모르는 이치카의 근황을 들려주곤 했다. 아마 지금은 나보다 나나세가 우리 본가의 현재 상황에 대해 더 잘 알고 있을 것이다.

여름 방학도 2주 남은 9월 중순, 1학기 성적이 발표되었다.

나는 스마트폰을 꽉 쥐고 기도하는 심정으로 WEB 페이지를 열었다. 표시된 결과를 보고 작게 승리의 포즈를 취했다.

노력한 보람이 있었는지, 개인적으로는 꽤 만족하는

결과를 얻을 수 있었다. 이번만큼은 나 자신을 칭찬해 주고 싶다. 기분 좋게 가슴을 쭉 펴고 크게 기지개를 켰다.

……나나세는 어떨까…….

1학기 시험을 얼마 남겨두지 않았을 때, 나나세는 평소와 달리 다소 흐트러진 모습을 보였었다. 즉시 마음을 다잡고 죽을 각오로 열심히 공부하긴 했지만…… 과연 늦은 만큼 만회했을까.

아무래도 신경이 쓰인 나는 나나세의 집으로 향했다. 인터폰을 누르자 나온 나나세의 얼굴은 밝았다.

"앗, 소우헤이. 성적 봤어?"

내가 말을 꺼내기도 전에 나나세가 먼저 물었다. 나는 "응" 하고 고개를 끄덕였다.

"하나둘셋, 하면 서로 스마트폰을 보여주는 거야!"

나는 나나세의 제안을 받아들였다. 둘이 "하나둘셋!" 하고 외치는 동시에 서로 스마트폰을 내밀었다. 눈앞에 있는 화면을 본 나는 입을 쩍 벌렸다.

"……너, 너…… 전부, 최고 점수잖아."

나나세는 "에헤헤" 하고 웃으며 피스 사인을 했다. 나나세의 성적이 떨어지지 않아서 안도하는 것과 동시에 감출 수 없는 분함이 치밀어 올랐다.

이번에는 나도 열심히 했는데 나나세는 이기지 못했다. 물론 이기고 지는 게 중요한 게 아니라는 건 알고 있지만.

……역시 좀 더 노력해야겠어…….

다음에는 절대 나나세에게 지고 싶지 않다. 좀 더 자신 있게, 나나세 옆에 나란히 설 수 있도록. 현재의 내가 나나세에게 어울리지 않는 남자라면 그만큼 노력하면 된다. 무슨 일이 있어도 내겐 나나세가 필요하니까.

그런 내 결의는 꿈에도 모르는 나나세는 천진난만하게 웃으며 말했다.

"맞다, 소우헤이. 이번 문화제에서 또 스터디 그룹 강연을 한다면서?"

"……아―, 응."

나는 고민한 끝에 두 번째 강연을 맡게 되었다. 이번에는 꼼꼼하게 준비해서 반드시 설욕할 생각이었다.

"이제 나한테는 안 맞다면서 도망치는 건 질색이거든."

내 말을 들은 나나세는 마치 눈부신 것이라도 보는 것처럼 실눈을 떴다.

"대단해. 응원할게."

……나보다 네가 더 대단해.

그렇게 생각했지만 굳이 말로 하진 않았다.

———————○———————

그 후에 잠깐 이런저런 잡담을 나누다가 소우헤이는 자기 집으로 돌아갔다. 혼자 남은 나는 테이블 위에 있는 메이크 박스 앞에 가만히 앉았다.

······소우헤이는 역시 대단해.

아르바이트와 자격증 시험공부를 하면서 그렇게 좋은 성적을 거두다니. 얼마나 많이 노력했을까. 그는 조금 분해하는 것 같았지만 충분히 대단하다고 생각했다.

스터디 그룹의 강연만 해도 그렇다. 소우헤이는 적극적으로 노력하면서 조금씩 변하려 하고 있다. 그의 그런 모습이 지금의 내겐 너무 눈부셨다.

······소우헤이는 이렇게 노력하고 있는데 ······나는 이대로 괜찮을까.

잊고 있던 미래에 대한 불안이 슬금슬금 머리를 치켜들었다.

내가 어떤 사람이 되고 싶은지도 잘 모르겠다. 아무 목적도 없이 멍하게 보내는 매일을······ 과연 장밋빛이라 부를 수 있을까.

나는 바로 앞에 있는 메이크 박스를 열었다. 이 안에는 소중하고 소중한, 내 보물인 립스틱이 두 개 들어 있다.

하나는 소우헤이에게 받은 것. 또 하나는── 언니에게 받은 것이다.

벌써 꽤 많이 닳았지만 지금도 중요하거나 힘이 필요할 때는 꼭 바른다. 내게 힘을 북돋워 주는 소중한 보물.

──나한테는 똑같아. 예쁘고 다정하고 멋진 언니.

이치카가 한 말을 떠올리자 가슴이 뜨거워졌다. 나는

언니처럼은 못 된다는 생각에 굳어 있던 내 마음을 가만히 녹여주었다.

……나도 ……언니처럼 되고 싶다고 생각해도 될까?

나는 스마트폰을 꺼내서 바로 전화를 걸었다. 연결음이 몇 번 울린 후, "하루코, 어쩐 일이야?"라는 다정한 목소리가 들렸다.

"앗, 언니? ……있지 ……괜찮으면, 만나러 가도 돼?"

1학기 성적 발표가 있은 지 며칠 후. 갑자기 호죠에게 LINE이 왔다.

[사가라, 이제 곧 생일이제? 밥 사주마]

내 생일은 일주일 후인 9월 20일이다. 나나세로부터 스도를 경유해서 호죠의 귀에 들어간 모양이었다. 호죠가 사주겠다면 거절할 이유는 없었다. 공짜 밥에 낚인 나는 사이인 역 근처에 있는 술집으로 향했다.

상가 건물의 엘리베이터를 타고 6층으로 올라가서 바로 앞에 있는 야키토리 가게로 들어갔다. 종업원이 깜짝 놀랄 만큼 큰 소리로 "어서 오세요!"라고 외쳐서 조금 멈칫했다. 술자리에도 거의 참석하지 않는 나는 이런 가게에 와본 적이 거의 없었다.

"앗, 사가라. 이쪽이야, 이쪽."

입구 바로 근처에 있는 테이블 자리에 호죠가 앉아 있었다. 맞은편에는 키나미도 있다.

"……어라, 너도 왔었냐."

"사가라의 생일은 어찌 되든 상관없지만 히로키가 한턱낸다는데 내가 빠질 순 없지! 잘 먹으마!"

"먼 소리고? 니는 돈 내라. 아니지, 돈 좀 보태지?"

태블릿으로 적당히 주문을 마치자 바로 마실 게 나왔다. 아직 생일이 되지 않은 나는 우롱차다. 호죠가 시원한 맥주잔을 높이 들었다.

"그럼, 조금 이르긴 하지만. 사가라, 생일 축하해ㅡ"

나는 "고마워"라면서 잔을 쨍 하고 부딪쳤다. 축하 말은 그것뿐. 곧이어 쓸데없는 잡담이 이어졌다. 딱히 신경 쓸 필요 없는 이 분위기가 왠지 마음이 편하고 좋았다.

……친구에게 생일 축하를 받는 것도 오랜만이네.

그런 생각을 하다가 너무 자연스럽게 호죠와 키나미를 '친구'로 정의했다는 사실에 깜짝 놀랐다. 동요를 감추듯 우롱차를 목구멍으로 흘려 넣는다.

"그나저나 유스케, 필수 학점은 땄나?"

"아ㅡ 몇 과목은 포기했어. 뭐, 졸업할 때까지 따면 되니까."

"그러다가 나중에 취업이 결정 나더라도 학점이 부족해서 졸업을 못 하는 경우도 있다고 하더라. 사가라는 이번에도 풀로 채웠나?"

"당연하지."

"켁, 얄미운 놈."

키나미는 그렇게 말하며 실망한 표정을 지었다.

키나미는 학점이야 어찌 되든 상관없는지, 무한 리필인 양배추를 토끼처럼 입안 가득 넣고 먹으며 비와호에서 헌팅했던 여자와 헤어지고 예전 여친과 다시 만난다는 얘기를 했다. 다시 만나는 것만 해도 벌써 네 번째라고 한다. 너무 변함이 없어서 마음이 놓일 정도다.

"얼마 전에 여친이랑 온천에 갔는데, 같이 들어가자고 하니까 절대 싫다면서 거절하는 거야——. 이러면 온천에 간 의미가 없지 않냐?"

"그게, 같이 목욕하는 거 싫어하는 여자들이 의외로 많더라고."

"그나저나 어떠냐? 아직 못한 동맹 제군들은."

키나미가 히죽거리며 말하자 호죠는 아무렇지도 않은 얼굴로 감자튀김을 집어 들면서 "언제적 얘기냐?"라고 대답했다. 나는 깜짝 놀라 호죠의 얼굴을 쳐다봤다.

"……너, 너, 설마……."

"뭐, 사가라 너도 열심히 하면 돼."

호죠는 그렇게 말하더니 내 어깨에 손을 툭 올려놓았다. 득의양양한 표정을 보니 화가 났다. 진짜 동맹을 결성한 건 아니지만 왠지 배신당한 기분이 드는 건 왜일까.

"그런데 사가라, 진짜 아직 안 한 거냐? 하면 죽기라도 해? 도라도 닦냐?"

"시끄러워. 나, 나한테도 내 나름의 페이스라는 게 있다고……."

"그냥 겁먹어서 그런 건 아니고? 단순한 일을 왜 그렇게 복잡하게 생각하냐?"

키나미가 어이없다는 듯 말하자 나는 말문이 막혔다.

……이 자식은 아무 생각도 없는 것 같으면서 묘하게 핵심을 찌르는 말을 한단 말이지.

나는 지금까지 별것 아닌 일로 고민하고 망설이느라 한 걸음도 내딛지 못했다. 하지만 이젠 결심했다. 내 행복에는 나나세가 필수불가결하고 앞으로도 쭉 함께 있고 싶었다.

그렇다면…… 더 이상 망설일 필요도 없는 것 아닌가?

나는 제법 무거운 잔에 든 우롱차를 단숨에 들이킨 후, 테이블 위에 힘껏 내려놓았다.

"……알았어. 이제 나도 각오했어."

그렇게 중얼거린 나를 보고 키나미는 히죽거리면서 "배대뒤치기 당하지 않도록 조심해"라고 말했다가 호죠의 따가운 눈초리를 받아야 했다.

소우헤이의 생일까지, 이제 일주일이 남았다.

나는 삿짱과 둘이 생일 선물을 사러 갔다. 백화점과 쇼핑몰을 여기저기 다니고, 평소에는 잘 들르지 않는 남성복 매장까지 기웃거렸다. 반나절 정도 걸려서 한참을 고민한 끝에—— 결국 결정하지 못했다.

삿짱은 인내심 강하게 끝까지 함께 다녀줬지만 "이젠 지쳤어. 어디 가서 차라도 좀 마시자!"라는 말과 함께 그대로 나를 카페로 끌고 갔다.

삿짱은 아이스 카페 라떼를 마시면서 어이없는 표정으로 턱을 괸다.

"남자 친구 생일 선물이, 그렇게 고민할 일이가?"

"당연하지……소우헤이의 취향도 잘 모르니까…….."

이래저래 고민해 봤지만, 나는 소우헤이가 무엇을 가지고 싶어 하는지, 좋아하는 건 또 뭔지, 아직 잘 모른다. 벌써 반년 이상이나 사귀고 있는데. 역시 아직 이해가 부족한 걸까…….

"……아아, 어떡하지~…….."

"그냥, 선물은 나♡, 라고 하면 안 되겠나?"

삿짱이 싱글거리며 한 말에 나는 뺨을 잔뜩 부풀렸다. 중요한 순간에 남자 친구를 배대뒤치기로 날린 사람이 한 말이라는 게 믿기지 않았다. 자기 일이 아니라고 아무 말이나 마구 해대는 것도 아니고.

"그럼, 삿짱도 그냥 하면 되잖아. 선물은 나, 라고."

반격할 생각으로 한 말이었는데 삿짱은 아무렇지도 않

게 "하긴 그게 돈도 안 들고 더 낫긴 하겠네"라고 중얼거렸다. 그 여유로운 태도에 나는 눈이 동그래졌다.

"앗. 사, 삿짱, 혹시 호죠랑……."

"나보다 하루코 니는 어떻나? 진전은 있나?"

추궁할 작정이었는데 반대로 당하고 말았다. 다음에 자세히 말해달라고 해야지, 하고 마음먹으며 대답했다.

"어, 그게…… 얼마 전에 소우헤이의 본가에 갔어."

"헐, 뭐꼬, 난 처음 듣는데? 순조롭게 잘 진행되고 있었네. 제법인데?"

"아, 아냐! 그런 식으로 말하지 마. 삿짱도 호죠의 본가에 간 적 있잖아?"

"있긴 하지만 우리 같은 경우는 둘 다 본가에 사니까 그런 거고. 정식으로 인사드린 것도 아니야."

"나도 마찬가지야. 게다가 소우헤이…… 결혼 같은 건 별로 생각해 본 적 없대."

――아직 그런 건 상상이 안 돼.

――누군가와 가족이 된다는 건 그렇게 간단한 일이 아니잖아. 게다가 난……그런 건, 안 맞는 것 같아.

소우헤이의 말을 떠올린 나는 작게 한숨을 쉬었다.

"그런 건 자기랑 안 맞다고 했어……."

그의 가족 관계를 생각하면 그 마음도 당연히 이해는 한다. 그래서 강요할 생각은 없지만……슬프지 않냐고 하면 그건 거짓말이다.

"하지만 반대로 진지하게 생각하고 있다는 증거라고 볼 수도 있지 않나? 유스케처럼 사귄 지 사흘 만에 『결혼하자!』고 하는 녀석도 있는데."

"그건 너무 가벼워서 좀 그래⋯⋯."

그렇게 생각하니 가벼운 마음으로 프러포즈를 받는 것보다는 훨씬 나을지도 모르겠다. 적어도 나와 결혼하고 싶지 않은 건 아니라고 했으니까. 가족들에게도 정식으로 소개해 주었고, 얼마 전에 이치카가 「언니」라고 불렀을 때도 부정하지 않는걸⋯⋯.

"⋯⋯삿짱은 호죠랑 결혼하고 싶어?"

"우와, 부담스러운 얘기! 그런 생각은 전혀 안 해봤는데. 우린 아직 학생이기도 하고."

삿짱은 그렇게 말하며 오른손을 팔랑팔랑 흔들었다.

아무래도 학생 신분으로 결혼에 대해 진지하게 생각하는 건 '부담'스러운 모양이다. 헤어지지 않는 한 결혼할 가능성이 높으니까 사귀는 건 결혼과 이어진다고 생각하지만, 혹시 이런 사고방식은 별로 일반적이지 않은 건가?

"게다가 히로키의 가족은 하나같이 다 미남미녀거든. 누나가 셋 있는데 다 모델 못지 않은 미녀. 그런 집안의 가족이 되는 거, 상당한 용기가 필요하데이."

"그건 좀 이해가 돼⋯⋯."

"그리고 호죠 가문의 유전자를 남기는 것도 압박감이 장난 아니고⋯⋯ 나를 닮으면 어떡하냐고⋯⋯ 아, 그건 그것대로 히로키는 기뻐할 것 같지만…….”

“……저기, 삿짱. 사실은 결혼에 대해 꽤 진지하게 생각하고 있는 거 아니야?”

내 지적에 삿짱은 아무 말 없이 카페 라떼만 마셨다.

사실 삿짱은 호죠를 많이 좋아하고 있고 진심으로 결혼하고 싶어 하는 게 분명했다. 그런 마음을 겉으로 드러내는 게 부끄러운 것뿐. 뭐야, 삿짱도 '부담스러운 여자'잖아.

“나도 삿짱의 마음을 꽤 이해하게 된 것 같아.”

“앗, 또 이상한 생각 하고 있제?”

삿짱이 내 뺨을 잡고 살짝 잡아당겼다. 나는 웃으며 “삿짱도 나랑 똑같다는 말이야!”라고 말해줬다.

“그치만 결혼보다 먼저 할 일이 있을 텐데?”

“……화, 확실히, 그렇긴 하지…….”

결혼은 그렇다 쳐도. 나 역시 조금 더…… 앞으로, 나가고 싶어…….

이치카가 돌아간 후에도 우리 사이는 여전했다. 단둘이 있어도 아무 일도 일어나지 않았다. 소우헤이에겐 아직 그럴 마음이 없는 게 분명했다. 계속 다그치는 것도 내가 원하는 건 아니라 요즘은 나도 별로 밀어붙이지 않았다.

있지, 소우헤이…… 우리의 페이스는 어느 정도야?

그렇게 묻고 싶은 마음도 들었지만 용기가 나지 않았다. 나는 한숨을 쉬고 망고 주스의 빨대를 입에 물었다.

샷짱과 헤어진 후, 집으로 돌아왔다. 결국 소우헤이의 선물로 뭐가 좋을지 하나도 생각나지 않았다.

……이렇게 된 이상, 그냥 본인에게 물어볼까…….

소우헤이도 사용하지 않는 물건이나 취향에 안 맞는 것을 받는 것보다는 원하는 것을 선물로 받는 게 더 좋을 것이다. 나는 그러기로 마음먹고 소우헤이의 집으로 찾아갔다.

"……아, 나나세."

문을 열고 나온 소우헤이는 자다가 일어났는지 머리에는 까치집이 생겨 있었다.

"졸려 보이네. 혹시 자고 있었어?"

"응…… 어제 호죠, 키나미랑 아침까지 같이 있다가 그대로 아르바이트를 하러 갔거든."

소우헤이는 그렇게 말하고 하품을 크게 했다. 밤을 새워서 셋이 같이 놀다니, 꽤 많이 친해진 모양이다. 왠지 마음이 흐뭇해졌다.

"참, 무슨 일이야?"

"아, 응……소우헤이, 생일 선물로 뭘 받고 싶어?"

단도직입적으로 물었다. 소우헤이는 "어?"라며 고개를 갸웃거렸다.

"미안. 내가 고르려고 했는데 도저히 생각이 안 나서…… 원하는 거, 없어?"

내 물음에 소우헤이는 진지한 얼굴로 팔짱을 꼈다. 꽤 오랜 시간 고민하고 있다. 어쩌면 물욕이 별로 없는 편인지도 모르겠다.

이윽고 고개를 든 소우헤이는 나를 빤히 바라봤다. 진지한 빛을 띤 검은 눈동자가 나를 쳐다보자 심박수가 급격하게 상승했다.

"……나나세……."

"……어어……."

내가 입을 쩍 벌리고 있자 소우헤이는 그제야 정신이 들었는지 눈을 돌렸다. 그리고는 대충 얼버무리려는 듯 빠른 어조로 말했다.

"아, 아니, 아무것도 아니야. 지, 진짜, 아무것도 아니야."

"앗, 으, 응. 아, 알았어. 새, 생각해 볼게……."

나는 "그럼, 나중에 봐"라며 어색하게 집으로 돌아왔다. 문을 열고 혼자가 된 순간, 흐물흐물 그 자리에 주저앉았다.

소우헤이, 방금 ……나, 나를 원한다고, 한 거야?

내가 잘못 들은 게 아니라면 그는 분명 내 이름을 말했다. 소우헤이의 목소리를 반추하고 곱씹고 이해하고 나서야 "으아아아아아" 하고 고함을 지르며 머리를 감쌌다.

나, 나, 나, 나를 원한다니……그, 그런 뜻이야?! 여, 역시 삿짱이 말했던 게, 정답이었어?!

나는 한동안 혼자 버둥버둥 괴로워한 후, 벌떡 일어났

다. 다시 기합을 넣는 것처럼 두 뺨을 착 때린다.

……조금 놀라긴 했지만 ……소우헤이가 원한다면, 오히려 거부할 이유는 없었다. 그도 그럴 것이, 나도 같은 마음이니까.

소우헤이의 생일까지는 이제 일주일도 남지 않았다. 그때까지 다이어트라도 해야 하나, 하고 진지하게 고민했다.

———————————————

[Happy birthday]라는 문구가 장식된 치즈 케이크에는 커다란 초 두 개가 꽂혀 있었다. 생일 케이크다운 느낌은 별로 안 나지만, 단 것을 별로 좋아하지 않는 나를 위해 나나세가 골라준 것이다.

"소우헤이, 생일 축하해~!"

그렇게 말하며 박수를 치는 나나세는 평소보다 더 완벽하게 화장을 해서 눈이 부실 정도로 빛나고 있었다. 얼굴 가득 환한 미소를 보면서, 예쁜 여자 친구와 생일을 보내는 기쁨을 음미했다.

여름 방학도 종반에 접어든, 오늘 9월 20일은, 내 20번째 생일이다.

오늘은 둘이 함께 교토 수족관에 고래를 보러 간 후,

우메코지 공원에서 도시락을 먹고 근처 케이크 가게에 예약해 둔 치즈 케이크를 받아서 집으로 돌아왔다.

나나세가 준비해 준 건 하나같이 다 내가 좋아하는 것들이었다. 나는 좋아하는 게 없는 줄 알았는데 나나세 덕분에 알게 된 것들이 참 많다.

"생일 느낌은 별로 안 나지만…… 너무 일반적인 이미지에 사로잡히지 않고 축하해보고 싶었어!"

나나세는 그렇게 말하며 생긋 웃었다. 그녀가 나를 위해 얼마나 열심히 고민했을지 눈에 선했다. 다른 사람들이 보기엔 어떨지 몰라도 내겐 무엇보다 행복한 생일이었다.

……내가 나나세의 생일을 축하해줬을 때 그녀가 느꼈던 기분을 고려한 걸까. '근사한 남자 친구'라는 것에 사로잡힌 나머지 뻔한 형식에 집착하고 너무 독선적으로 굴었는지도 모르겠다.

내년에는 좀 더 내 나름대로 고민해 보자. 다음에는 무리하지 않고…… 아니, 역시 조금은 무리할지도 모르지만. 그래도 나나세를 위해서라면 어느 정도 무리하는 건 즐거우니까 괜찮나.

치즈 케이크에 꽂힌 초의 불을 후우 하고 불어서 껐다. 나나세가 한 번 더 "축하해!"라며 짝짝 박수를 쳤다.

"자, 이번에는 생일 선물."

그러면서 나나세는 쇼핑백을 건넸다. 안에 끈주머니

같은 게 있어서 열어보니 검은색 가죽으로 된 반지갑이 들어 있었다. 꽤 고급스러운 가죽의 감촉이 느껴진다.

"소우헤이가 지금 사용하는 지갑은 너무 낡아서…… 취향에 맞을지는 모르겠지만."

"아냐, 고마워. 슬슬 새로 사야 하나 생각하던 참이었거든."

나나세는 정말 나를 잘 살펴보고 있는 것 같다. 이 선물을 고를 때도 얼마나 많이 고민했을까. 좋아하는 사람이 나를 위해 고민해 주는 게 제일 기뻐, 라고 말했던 나나세의 마음을 나도 잘 알 것 같았다.

"난 좋아하는 게 전혀 없어서…… 고민 많이 했지?"

"아냐! 소우헤이를 생각하면서 고르는 거, 힘들긴 해도 즐거웠어!"

나나세는 언제나, 무슨 일을 하든 즐거워 보인다. 그녀는 온 힘을 다해 인생을 즐기고 있고, 내가 미처 깨닫지 못한 '근사함'을 찾아내서 감동하는 데 아주 뛰어나다.

나도 나나세와 함께 있다 보면 내가 좋아하는 것을 많이 찾아낼 수 있을 것 같은 기분이 들었다. 공허했던 내 내면이 '근사함'으로 가득 채워지는 날이…… 언젠가 올까.

많이 달지 않은 치즈 케이크를 다 먹고 나자 나나세가 짓궂은 미소를 짓더니 마치 마이크처럼 오른손을 앞으로 내밀었다.

"그럼 소우헤이. 스무 살이 된 포부를 들어볼까요."

나는 당황하면서도 "어―" 하고 입을 열었다.

"그럼, 일단…… 2학기 시험은 나나세에게 지지 않도록 전과목 최고 점수를 노리겠습니다."

"와아, 굉장해. 둘 다 열심히 하도록 해."

"그리고 다음 달에 있는 자격증 시험에 합격하고 문화제 강연도 성공시키고 ……음, 건강이 나빠져서 나나세에게 폐를 끼치지 않도록 주의할 생각입니다……."

"아하하, 그건 꼭 좀 부탁드릴게요."

"아, 그리고."

나는 손을 뻗어 나나세의 오른손을 가만히 잡았다. 약지에는 내가 선물한 반지가 전구 불빛을 받아 빛나고 있었다.

"……나나세가 장밋빛 대학 생활을 보낼 수 있도록, 최선을 다해 협조할 겁니다."

"소우헤이……."

"나는 근사한 남자 친구와는 거리가 멀지만…… 네가 다시 무너지려 할 때는 내가 있으니까 힘낼 수 있다고 생각할 수 있는 그런 존재가 되고 싶어."

나나세는 긴 속눈썹을 깜빡거리며 "응" 하고 미소 지었다. 그리고 내 손을 살짝 마주 잡더니 "나 말이야" 하고 속삭이는 듯한 목소리로 말한다.

"나 말이야. 장밋빛 대학 생활이라는 게 뭔지, 나도 알수가 없어져서…… 얼마 전에 도쿄에 있는 언니를 만나러 갔었어."

화장품 회사에서 일하는 언니는 여전히…… 아니, 저번에 만났을 때보다 훨씬 더 반짝반짝 빛나고 있었다. 얼마 전에 자신의 첫 기획안이 통과되었다며 기쁘게 이야기하는 모습은 정말 눈이 부셨다.

──역시 난 언니처럼은 못 될 것 같아.

그렇게 말하며 고개를 숙이는 나를 보고 언니는 웃으며 말했다.

──왜? 내가 대학생이었을 때는 하루코와는 비교도안 될 정도로 엉망진창이었어. 학점도 제대로 못 따고 구직 활동도 죽어라 기도만 할 정도였지.

──거짓말. 그렇게는 안 보였어.

──그야 네 앞에서는 멋진 척했으니까 그렇지. 멋진 언니로 봐줬으면 해서 필사적이었거든. ……환멸을 느끼지?

언니의 물음에 나는 있는 힘껏 머리를 옆으로 흔들었다. 언니가 어떻게 생각하든 내 눈에 비치는 언니는 언제나 빛나고 있었으니까.

언니도 나처럼 필사적으로 허세를 부리며, 자신이 되고 싶은 사람처럼 보이려 애쓰고 있었던 건지도 모른다. 하지만 그건 거짓말이 아니라…… 적어도 내게는 그것

역시 진짜 언니였다

그렇다면 나 역시 앞으로도 계속 발돋움하고 허세를 부리고 싶다. 언젠가 거짓이 사실이 되어 진짜 빛나는 여자가 될 수 있도록.

"나, 역시……언니처럼 화장품 관련 일을 하고 싶어."

용기를 내어 말하니 사가라는 "응" 하고 고개를 끄덕여 주었다.

"그치만 아직 구체적인 건 하나도 없어…… 화장품이나 미용 관련 일도 괜찮겠지만 패션 쪽 일도 멋질 것 같아. 패션 잡지 편집부나 웨딩 관련 일도 좋을 것 같아. 그 외에도 나한테 맞는 일이 많이 있을지도 몰라."

물론 여전히 불안하긴 하지만, 가능성이 많아진다는 건 참 멋진 일인 것 같았다. 분명 난 앞으로도 그 무엇이든 될 수 있을 것이다.

"앞으로도 많이 방황하고 다양한 것들을 동경하면서 내 나름의 장밋빛을 찾고 싶어. 그러니까 앞으로도 협조해 줘!"

앞으로 내가 어떤 길을 선택하든 내 장밋빛에는 소우헤이가 꼭 필요하다. 소우헤이가 있으면 힘낼 수 있다. 앞으로도 그런 나로 있고 싶었다.

내 말을 들은 소우헤이는 다정하게 웃으며 "하루코" 하고 내 이름을 불렀다.

"저번에 말했던, 내가 원하는 것, 말인데……."

소우헤이의 말에 가슴이 두근거렸다. 오른손에 닿은 손의 온도가 높다 보니 맞닿은 곳에서 전해진 열로 인해 내 체온도 점점 올라갔다.

……괜찮아. 각오라면 이미 했으니까.

그렇게 마음을 정한 순간, 소우헤이가 내 오른손 약지에 낀 반지를 가만히 만졌다.

"……그 반지, 빼."

"……뭐……어?!"

상상조차 못 한 말에 내 기분은 곤두박질쳤다. 온몸에서 피가 빠지며 손가락이 끝이 싸늘하게 식어갔다.

이, 이 상황에서 반지를 빼라니…… 무슨 뜻이지?! 도, 돌려달라는 건가?! 그, 그, 그건 즉, 헤, 헤어지자는 뜻……?!

"어, 어떻게 그런 말을 할 수 있어?! 저, 절대 안 뺄 거야!"

"아, 아니, 내 말은 그게 아니라…… 잠깐만."

"시, 싫어…… 앗!"

내 필사적인 저항도 허무하게 소우헤이는 내 손가락에서 억지로 반지를 뺐다. 그러더니 왼손을 잡고── 그대로 왼손 약지에 반지를 다시 끼워줬다.

가느다란 금반지는 내 왼손 약지에서 반짝 빛났다.

"……엇……?"

내가 멍하게 있자 새빨간 얼굴을 한 소우헤이가 내 두 손을 꽉 잡았다. 그 손은 굉장히 뜨겁고 가늘게 떨리고 있어서 그가 얼마나 긴장하고 있는지 싫어도 알 수밖에 없었다.

"중요한 얘기가 있어."

유난히 심각하게 울리는 목소리에 내 심장은 큰 소리를 내며 뛰기 시작했다. 소우헤이는 진지한 표정으로 이야기하기 시작했다.

"……지금의 난 너무 부족하고 ……하루코에게 전혀 어울리지 않는 남자야. 아마 나나세를 행복하게 해줄 수 있는 남자는 나 말고도 많이 있겠지."

"그, 그렇지 않……."

"그래도 내 행복에는…… 하루코가 필요해."

소우헤이는 거기서 말을 멈추더니 내 눈을 똑바로 바라봤다. 눈동자 깊은 곳에 어딘가 필사적인, 귀기 어린 빛이 깃들어 있어서 눈을 돌릴 수가 없었다.

"……우린 아직 학생이고 ……지금 당장은 무리겠지만, 졸업하면……."

"으, 응."

"나와 결혼해 줘."

그가 한 말의 의미를, 내 뇌는 즉시 처리하지 못했다. 10여 초 생각하고 나서야── 천천히 이해되기 시작했다.

……겨, 결혼…… 사가라, 지금, 결혼, 이라고 했어?!

"뭐, 어, 어……어어어어어어엇?!"

나는 고함을 지르며 그 자리에서 몸을 젖혔다. 나도 모르게 뒤로 넘어진 나는 테이블에 힘껏 머리를 부딪치고 말았다.

───────●━━━━━━━━━━━━●───────

"하, 하루코?!"

갑자기 고함을 지르며 뒤로 넘어진 나나세를 허둥지둥 안아서 일으켰다. 그녀는 "아야……"라며 괴로워하더니 당장이라도 익을 것처럼 새빨간 얼굴로 금붕어처럼 입을 뻐끔거렸다.

"겨, 겨, 겨, 결혼, 이라니…… 가, 갑자기, 무슨 일이야?"

결코 지금 생각나는 대로 떠든 말은 아니었다. 얼마 전부터 생각했던 일이다.

나는 가족과 잘 지내지 못했던 내가 나나세를 행복하게 해줄 수 있을 리 없다──고만 생각했다. 하지만 이치카의 말대로 나나세는 내가 행복하게 해주는 게 아니라 자신의 힘으로 행복을 잡을 수 있는 여자였다.

그래도 내 행복에는 나나세가 필수불가결이다. 네 인생을 내가 책임져줄게, 같은 말은 입이 찢어져도 못한다. 그렇지만 둘이 손을 잡고 무거운 짐을 반씩 나눠질 테니까 앞으로도 쭉 곁에 있었으면 좋겠다.

내가 제일 원하는 건 나나세 하루코와 함께 걸어가는 인생이다.

"……혼자 앞서 나가서 미안해. 순서가 엉망진창이지?"

"아, 아냐…… 놀라긴 했지만 기뻐."

그렇게 말하는 나나세의 커다란 눈은 눈물로 글썽이고 있었다. 그러더니 미래를 예약하기라도 하는 것처럼 왼손 약지에 낀 반지를 사랑스럽게 어루만졌다.

"소우헤이, 아까 나를 행복하게 해줄 수 있는 사람은 얼마든지 있을 거라고 했지?"

내가 고개를 끄덕이자 나나세는 내 두 뺨을 가만히 감쌌다. 살짝 토라진 것 같은 얼굴로 입술을 쭉 내밀고 있다.

"그 말은 너무했어. 왜 내 행복을 소우헤이가 마음대로 정하는 거야?"

"하루, 코."

"나도…… 소우헤이의 가족이 되고 싶어. 내 행복에도 소우헤이가 필요하니까. 둘이 함께라면 반드시 행복해질 수 있을 거야."

그렇게 단호하게 말하는 나나세를 보고 있으니 사소한 불안 따윈 어딘가로 사라지고 없었다. 그녀가 그렇게 말한다면 틀림없이 그럴 거라고 의심의 여지 없이 믿을 수 있었다.

"……난 대학을 졸업하면…… 장밋빛 인생을 보내고 싶어."

"……응."

"그러니까…… 내 인생이 장밋빛이 될 수 있도록 협조해 줄 거지?"

내 말에 나나세는 헤엣 하고 웃더니 나를 힘껏 끌어안 았다.

"⋯⋯내가 소우헤이랑 쭉 함께 있고 싶은 거니까 협조 해 줄게!"

나나세의 등으로 팔을 두르자 서로 이마가 콩 부딪쳤 다. 맞닿은 이마는 나와 똑같은 온도를 띠고 있었다. 둘 이 똑같이 빨개져 있다는 게 왠지 웃겨서 코가 맞닿을 것 처럼 가까운 거리에서 마주 보고 웃었다.

그런 다음, 나나세가 긴 속눈썹을 흔들면서 눈을 가만 히 감고—— 우리는 자석처럼 이끌리듯 키스를 나누었다.

"⋯⋯저, 저기, 소우헤이."

입술이 떨어진 순간, 나나세가 수줍게 얼굴을 붉혔다.

"아직 소우헤이에게 못 준 게 있는데⋯⋯ 그건 필요 없어?"

한동안 그 말의 의미를 생각하다가, 이해한 순간 온몸 이 훅 달아올랐다.

⋯⋯어째서 나나세는 늘 내가 무엇을 원하는지 잘 알고 있는 것일까. 역시 나는 아무리 발버둥 쳐도 나나세는 당 해내지 못할 것 같다.

나는 "⋯⋯감사히 받을게"라며 부드러운 몸을 끌어안는 팔에 힘을 주었다. 귓가에 입술을 댄 나나세가 "소우헤이 에게만, 보여주는 거야"라고 작은 목소리로 속삭였다.

그 후에 나에게만 몰래 보여준, 아무것도 가리지 않은 그녀의 모습은 정말 예쁘고 사랑스러웠다. 미안하지만 이건 나만의 비밀이다.

거짓말쟁이 입술은 사랑에 무너진다

usotsuki lip ha koi de kuzureru.

거짓말쟁이 입술은

사랑에 무너진다

usotsuki lip ha koi de kuzureru.

살짝 맛보는 미래의 이야기

"소우헤이, 빨리, 빨리!"

나나세는 분홍색 드레스 자락을 흔들며 내 팔을 마구 잡아당겼다. 굽이 높은 구두를 신고 달리다 넘어지진 않을지 가슴이 조마조마했다.

졸업식 직후의 캠퍼스에선 여기저기 이별을 아쉬워하는 학생들이 보였다. 그런 가운데 손을 잡고 빠른 걸음으로 어딘가로 향하는 우리가 안 좋은 의미로 눈에 띈다는 자각은 하고 있었지만, 난 하루코의 손을 꽉 잡은 채 놓지 않았다. 학교 안에서 손을 잡고 걷는 건 내 주의(主義)에는 반하지만 오늘이면 졸업이니 딱히 상관없었다.

"그렇게 초조하게 굴 필요는 없잖아."

"안 돼! 이젠 일 분, 일 초도 못 기다려!"

그렇게 말하는 하루코의 목소리는 들떠 있었다. 이젠 절대 놓지 않겠다는 듯 꽉 잡은 손을 나도 힘주어 마주 잡았다.

하루코와 만난 후, 계절은 돌고 또 돌아 우리는 무사히 대학을 졸업했다. 나와 하루코 모두 취직이 결정되어서 이번 봄부터는 어엿한 사회인이다.

"하루코 씨! 소우헤이!"

도서관을 지날 때 누가 이름을 불러서 멈춰 서니 이치카가 종종걸음으로 달려오는 게 보였다. 아무래도 우리를 기다리고 있었던 모양이다.

열심히 공부한 끝에 우리 대학에 합격한 이치카는 작년 4월부터 어엿한 릿세이칸의 학생이 되었다. 다소 무리해서 입학했기 때문인지 시험 때마다 "학점이 아슬아슬해"라며 우는소리를 하지만 그럭저럭 열심히 잘하고 있는 것 같다.

이치카는 내게는 눈길 한 번 주지 않고 하루코를 힘껏 끌어안았다.

"졸업 축하해—! 하루코 씨, 드레스 너무 예뻐!"

"이치카, 고마워!"

이치카는 하루코의 품에 얼굴을 파묻은 채, "하아……" 하고 우울한 한숨을 내쉬었다.

"……4월부터는 하루코 씨가 없다니 ……이제부터 시험 전엔 누구를 의지하면 되냐고."

"이치카는 하면 할 수 있으니까 괜찮을 거야. 무슨 일 있으면 또 언제든 상의해."

하루코가 다정하게 머리를 쓰다듬어 주자 이치카는 "네" 하고 고분고분하게 대답했다.

"역시 우리 언니가 최고야! 오빠랑은 너무 달라."

"뭐라고? 나도 허구한 날 공부 가르쳐줬잖아!"

몇 번이나 벼락치기 공부를 함께 해준 은혜를 잊다니, 무정한 동생이다. 이치카는 "난 그런 거 모르겠는데?"라며 혀를 쏙 내밀었다.

　"하루코 씨, 다음에 엄마랑 같이 새집에 놀러 갈게!"

　"응, 꼭 와! 깨끗하게 청소해 놓을게!"

　"소우헤이는 없어도 괜찮아."

　"뭐라고?"

　이치카는 밝은 얼굴로 "그럼 나중에 봐―!" 하고 웃으며 손을 흔들었다.

　캠퍼스 여기저기 있는 벚나무는 만개해서 벚꽃이 아름답게 흩날리고 있었다. 올해는 예년보다 개화가 조금 빨랐다고 한다.

　그 순간 광장에 낯익은 남녀의 모습이 보였다.

　"앗, 하루코와 사가라 아이가―!"

　진한 보라색 하카마를 입은 스도가 여전히 무지막지하게 큰 목소리로 손을 붕붕 흔들며 온다. 그 옆에는 정장을 입은 호쿄와 키나미도 있었다.

　"어라, 하루코, 하카마, 벌써 갈아입었나? 드레스, 예쁘네!"

　"고마워! 조금 있다가 사은회에서 사진 잔뜩 찍자!"

　하루코는 스도와 깍깍거리고 있다. 하루코도 조금 전까지는 빨간 하카마를 입고 있었지만 식이 끝나자 학부 사은회를 위해 드레스로 갈아입었다.

나는 지금까지 여자를 가장 아름답게 보이게 하는 옷은 유카타라고 생각했지만 하카마를 입은 하루코도, 드레스를 입은 하루코도 믿을 수 없을 만큼 예뻤다. 웨딩드레스도 분명 잘 어울릴 것이다. 결혼식을 올리려면 아직 조금 더 있어야겠지만.

"사가라와 나나세, 어디 가는데?"

호쬬의 물음에 나와 하루코는 서로 얼굴을 마주 보았다. 하루코는 머뭇거리며 눈을 굴리더니 입을 열었다.

"……혼인 신고서 내고 오려고."

나도 묘하게 쑥스러워서 고개를 숙인 채 뺨을 긁적였다. 호쬬가 "지금? 그 정도도 못 참냐?"라며 놀렸다.

하루코의 가슴에는 A4 사이즈의 갈색 봉투가 소중히 안겨 있었다. 안에는 나와 하루코의 호적 서류와 기입을 마친 혼인 신고서가 들어 있다.

졸업하면 결혼하자는 우리 둘의 약속이 오늘에야 드디어 이루어지는 것이다.

이미 양가 부모님께도 인사를 드렸고 졸업식을 마치면 입적하는 것도 이미 승낙을 받았다. "그렇게 급하게 입적할 필요는 없지 않나?"라는 말도 들었지만, 결혼하면 경제적으로도 안정되고 서로의 근무지도 고려해 주는 등——장점을 늘어놓자 더 이상 반대하지 않았다.

하루코에게는 "초조하게 굴 필요는 없잖아"라며 짐짓 여유로운 척했지만, 더 이상 기다리지 못하는 건 나도 마찬가지였다. 나 역시 줄곧 참고 있었으니 말이다.

"둘이 진짜 결혼하는구나……."

스도가 감개무량하게 중얼거렸다. 호죠는 기분 좋은 목소리로 말했다.

"내는 쭉 너희 둘을 응원해서 그런지 너무 기쁘다."

"아─아, 이제 나나세도 유부녀인가──. 뭐. 유부녀라는 말도 그 나름대로 좋긴 하지만."

"좋아하지 마."

키나미는 결국 졸업할 때까지도 이 상태였다. 지난 4년 동안, 사귀다가 헤어지기를 반복한 여자 친구와도 그럭저럭 잘되고 있는 모양이었다. 난 도저히 이해가 안 되지만 그것 또한 여러 연애의 형태 중 하나이리라.

"결혼식 때는 내도 불러야 한데이."

"응! 삿짱도 호죠랑 결혼할 때 불러야 해."

"당연하지. 축의금이나 준비하고 있으라고!"

호죠가 여유로운 미소를 지으며 스도의 어깨를 끌어안았다. 스도는 뺨을 붉히며 "할지는 모르지만!"이라며 목소리를 높였다. 우리는 소리 내어 웃었다. 세 사람은 손을 흔들며 다시 걷기 시작했다.

대학에 입학했을 때는 이렇게 마음 편한 친구가 생길지 상상도 못 했었다. 친구도 연인도 필요 없다── 그렇게만 생각했었는데.

나나세 하루코를 만나고 나서 내 대학 생활은 180도 변했다.

정문 앞까지 오자 걸음을 멈춘 하루코가 빙글 돌아섰다. 나도 하루코를 따라 뒤돌아선 다음, 익숙한 캠퍼스 풍경을 눈에 깊이 아로새겼다.

둘이 함께 점심을 먹고 공부를 하고 쓸데없는 얘기를 나누며 웃기도 했다. 가끔 서로 엇갈렸다가 다시 화해하기를 거듭했다. 그녀와 함께한 헤아릴 수 없이 많은 날이 이곳에 가득하다.

봄바람에 흩날린 벚꽃잎이 하늘하늘 떨어졌다. 투명하리만치 파란 하늘이 눈부시고 아름다워서 내 시야는 살짝 부예졌다. 하루코에게 들키지 않도록 재빨리 눈가를 훔쳤다.

"있지, 소우헤이."

"……응?"

"내 대학 생활, 소우헤이 덕분에 너무 즐거웠어. 고마워!"

하루코는 그렇게 말하며 반짝반짝 빛나는, 얼굴 가득 환한 미소를 지었다. 그녀의 대학 4년은 분명 장밋빛으로 물들었을 거라고 확신하게 하는 미소였다.

"나도 즐거웠어. ──고마워."

하루코를 만난 후로, 내 인생은 좋은 일들로 가득해졌다. 앞으로도 하루코가 내 옆에서 웃어주고 있다면 나는 분명 행복해질 수 있을 것이다.

© Yukiko Tadano

……바라건대 하루코도 내 곁에서 행복하기를.

우리는 캠퍼스 정문을 나와 두 사람의 행복한 미래를 향해 나란히 걷기 시작했다.

──이제부터 시작되는 것은 나와 그녀의 장밋빛 인생 이야기이다.

거짓말쟁이 입술은

사랑에 무너진다

usotsuki lip ha koi de kuzureru.

후기

안녕하세요, 오리지마 카노코입니다!

이렇게 『거짓말쟁이 입술은 사랑에 무너진다』 2권을 사주셔서 정말 감사합니다! 1권에 이어 이 작품으로 다시 만나 뵐 수 있게 되어서 얼마나 기쁜지 몰라요.

1권은 제가 생각했던 것보다 훨씬 많은 분이 읽어주시다 보니 감상을 볼 기회도 많아서 정말 기뻤답니다. 내가 전하고 싶은 이야기가 잘 전해졌다니 너무 기뻐! 같은 감상이나 옳거니, 그런 시점도 있구나! 하게 되는 감상도 있었는데 하나같이 다 집필하는 데 감사한 양분이 되었어요. 여러분의 "재미있었어"라는 한마디가 오리지마 카노코를 살린 겁니다……!

2권에서는 마침내 교제를 시작한 사가라와 하루코의, 사귀는 사이이기에 생기는 고민과 망설임, 갈등, 그리고 무엇보다 제가 너무 즐겁게 쓴 알콩달콩한 순간들을 가득 담았습니다. 1권이 의외로 깔끔하게 마무리 되어서 "이거 속편이 있다고?"라는 의견도 제법 있었지만, 제가 생각하는 해피 엔딩, 그 너머를 최선을 다해 썼습니다!

1권에서도 잠깐 언급했지만 이 작품은 제가 교토를 떠나서 향수병을 앓은 게 계기가 되어 쓰기 시작한 이야기입니다. 오랜만에 고향에 가보니 제 기억 속에 있는 풍경이 점점 변하고 있어서 조금 쓸쓸하기도 했지만 사가라와 하루코가 내가 모르는 교토에서 즐겁게 지내고 있을지도 몰라……라고 생각하면 왠지 힐링 되는 것 같은 느낌이 들어요.

독자 여러분도 교토에 오게 되시면 어딘가에 있을지도 모르는 사가라와 하루코의 존재를 느껴주신다면 행복할 것 같아요!

그럼, 여기서부터는 감사 인사를 드릴 차례네요.

1권에 이어 멋진 일러스트를 그려주신 타다노 유키코 선생님! 독자 여러분이 하루코를 응원하고 사랑해 주신 것도 선생님의 일러스트의 힘이 크다고 생각합니다. 2권에서도 최고로 예쁜 하루코의 다양한 표정을 생생하고 정성스럽게 그려주셔서 정말 행복했습니다. 감사합니다……!

담당 편집자인 누루 씨 & 서브 담당자인 단우라 씨. 개고 때마다 계속 경로를 이탈해서 정말 죄송했습니다! 앞으로도 계속 잘 부탁드리겠습니다!

그리고 1권부터 응원해 주신 독자 여러분께. 2권이 무사히 출판될 수 있었던 것도 여러분 덕분입니다! 이렇게 사가라와 하루코의 이야기를 끝까지 함께 해주셔서 정말 기쁩니다. 그리고 진심으로 감사드려요!

지금은 다음에 어떤 걸 쓸까~! 하고 가슴을 두근거리며 고민하는 중인데, 다음 작품을…… 낼 수 있게 되었으면 좋겠어요! 아니, 반드시 낼 겁니다! 바라건대 다시 어딘가에서 만나 뵐 수 있기를!

오리지마 카노코

거짓말쟁이 입술은 사랑에 무너진다

usotsuki lip ha koi de kuzureru.

Usotsuki Lip wa Koi de Kuzureru 2
© 2024 Kanoco Orijima
Illustrations Copyright © 2024 Yukiko Tadano
All rights reserved.
Original Japanese edition published by SB Creative Corp.
Korean translation rights arranged with SB Creative Corp.

거짓말쟁이 입술은 사랑에 무너진다 2

2025년 2월 15일 1판 1쇄 발행

저　　　　자	오리지마 카노코
일 러 스 트	타다노 유키코
옮 긴 이	권미량
발 행 인	유재옥
담 당 편 집	정영길

이　　　　사	조병권
출판본부장	박광운
편 집 1 팀	박광운
편 집 2 팀	정영길 조찬희 박치우
편 집 3 팀	오준영 이소의 권진영 정지원
디자인랩팀	김보라 이민서
디지털사업팀	김경태 김지연 윤희진
콘텐츠기획팀	박상섭 강선화
라이츠사업팀	김정미 이윤서
영업마케팅팀	최원석 이다은 윤아람
물 류 팀	허석용 백철기
경영지원팀	최정연
인쇄제작처	㈜코리아피엔피
발 행 처	㈜소미미디어
등　　　　록	제2015-000008호
주　　　　소	서울시 마포구 토정로222, 502호 (신수동, 한국출판콘텐츠센터)
판매 및 마케팅	(070) 8822-2301

ISBN 979-11-384-3635-9 04830
ISBN 979-11-384-3567-3 (세트)